Es beginnt mit der Beerdigung der Großmutter.
Die Enkel Max und Paul, der glatte Karrierist und der ewig erfolglose, an der Welt und an dem Älterwerden leidende Romantiker, gehen sich schon seit Jahren aus dem Weg. Nun müssen sie mit der Mutter am Tisch sitzen und um die Großmutter trauern. Und das, obwohl diese Großmutter sich bereits vor Jahren von der Familie abgesetzt hatte, dorthin wo sie niemand behelligen konnte – in die DDR. Als die Mauer fiel, starb die alte Frau, und Paul macht sich nun daran, die Wohnung seiner Großmutter im Berliner Osten aufzulösen. Hier bekommt die Geschichte eine ganz unerwartete Wendung, und Paul und der Leser befinden sich plötzlich in einem spannenden Krimi, in dem es um sehr viel Geld geht. Im Laufe einer abenteuerlichen Suche nach dem Geheimnis seiner Großmutter gerät Paul aber nicht nur in die Abgründe des Schweizer Bankwesens sondern auch in die der eigenen Familie. Und dabei entdeckt er seinen ungebremsten Bruderhaß.

Bernd Schroeder, 1944 in Aussig geboren, studierte Germanistik und Theatergeschichte in München. Seit 1968 ist er Autor, Co-Autor und Regisseur zahlreicher Hör- und Fernsehspiele. Er wurde 1992 mit dem Bundesfilmpreis ausgezeichnet. Bisher erschienen von ihm weiterhin ›Versunkenes Land‹ (1993, FTV Bd. 15778), ›Die Madonnina‹ (2001, FTV Bd. 15780) und ›Kleine Philosophie der Passionen: Handwerken‹ (1999). In Zusammenarbeit mit Elke Heidenreich entstanden ›Kühlschrankpoesie‹ (1999) und ›Rudernde Hunde‹ (2002). Zuletzt veröffentlichte Bernd Schroeder ›Mutter & Sohn‹. Bernd Schroeder lebt heute in Köln.

Unsere Adresse im Internet: www.fischerverlage.de

BERND SCHROEDER

UNTER BRÜDERN

ROMAN

FISCHER
TASCHENBUCH
VERLAG

Veröffentlicht im Fischer Taschenbuch Verlag,
einem Unternehmen der S. Fischer Verlag GmbH,
Frankfurt am Main, Juli 2004

Lizenzausgabe mit freundlicher Genehmigung
des Carl Hanser Verlages München Wien
© Carl Hanser Verlag München Wien 2002
Die erste Ausgabe erschien 1995
im Verlag Kiepenheuer & Witsch, Köln
Druck und Bindung: Clausen & Bosse, Leck
Printed in Germany
ISBN 3-596-15779-X

UNTER BRÜDERN

»Es gibt viele häßliche Dinge auf Erden, dachte die Konsulin Buddenbrook, geborene Kröger. Auch Brüder können sich hassen und verachten; das kommt vor, so schauerlich es klingt. Aber man spricht nicht davon. Man vertuscht es. Man braucht nichts davon zu wissen.«

(Thomas Mann, Die Buddenbrooks)

I

PAUL HATTE DEN BRUDER anders in Erinnerung. Dicker, um nicht zu sagen feister, fettiger, von dieser unguten Gemütlichkeit bayerischer Politiker, bierdimpfeliger, durchschaubarer verschlagen, und er hat sich in den zehn Jahren seit Vaters Tod, seit jenem denkwürdigen Treffen, das den endgültigen Bruch zwischen ihnen brachte, dieses Bild von ihm mit lustvoller Gemeinheit erhalten. Natürlich hat er ihm, an den kein Wort mehr zu richten er sich damals geschworen hatte, keine Entwicklungsmöglichkeit, wenn nicht eine negative, zugetraut. Jetzt sitzt da ein ganz anderer Max, einer, der ihm fremder ist als der, den er abgelegt hatte. Die einst fast schwarzen Haare sind silbergrau, aber voller, kräftiger als seine eigenen, die Lücke zwischen den oberen Schneidezähnen ist durch perfekt gemachte Kronen geschlossen, eine nicht billige Arbeit, denkt Paul, und ein gut sitzender BOSS-Anzug umhüllt eine sportliche Figur, an der kein Gramm Fett zu sein scheint. Nichts mehr von jenem Bierbauch, über dem sich immer eines dieser billigen Nyltesthemden spannte, die er damals in großen Mengen

gekauft hatte, um sie in Prag gegen bacchantische Sauf- und Fress-Wochenenden einzutauschen. Keine Hamsterbacken mehr, nichts offensichtlich Billiges mehr, was dem einstigen jungsozialistischen Studenten damals noch anzusehen war. Die berufliche Karriere, die ein beispielloser Durchmarsch gewesen sein muß, hat den Körper, das Outfit, den Geschmack mitgenommen in die höheren Weihen der Führungskräfte. Ein Versicherungsdirektor vom Reißbrett, denkt Paul, und er freut sich darüber, daß ihm diese Klassifizierung eingefallen ist, kann er auf ihr doch sogleich ein neues Negativbild vom verhaßten Bruder aufbauen, das den Max aus der Erinnerung geradezu schmeichelhaft erscheinen läßt.
Nein, des Feindes neue Verkleidung täuscht ihn nicht. Die Haltung, die Bewegungen, die lässige Arroganz, das verlogene Lächeln, all das ist Styling, ist einstudierter Teil dieses Kunstproduktes Max Helmer, das sich der Arbeitgeber etwas kosten läßt, denkt Paul. Man schleift sie zu glitzernden, verführerischen Edeldiamanten, ehe man sie in die Chefetagen schickt. Sie sind so postmodern wie ihre neuen Büros, die man ihnen gebaut hat, mit privilegiertem Blick auf die Naturoasen der Städte.
Paul hat einen Tisch für dieses seltsame Begräbnisessen zu dritt bewußt hier reserviert, bei Luigi, diesem windigen Italiener, der ein netter Kerl ist und seit zwanzig Jahren diese folkloristische Rumpelbude betreibt, die er »Ristorante Venetiano« nennt, obwohl sie nicht mehr als eine schmuddelige Pizzeria mit schlechtem Essen ist. Hierher hat er den Bruder und die Mutter bestellt, um sie zu demütigen, die nur widerwillig seiner Einladung gefolgt sind und es wohl

schon bereuen, sie nicht ignoriert zu haben, so wie es Onkel Willi, Tante Waltraud, Simon, Tante Elisabeth und Istvan und die anderen Verwandten, die er ausgemacht und eingeladen hat, getan haben. Er will das Heft in der Hand behalten, will im Sinne der Verstorbenen, die die Einfachheit geradezu gesucht hat, Abschied nehmen und nicht die Erwartungshaltung eines bayerischen Versicherungsdirektors und seiner Frau Mutter erfüllen.

Mit zunehmender Freude registriert er die abfälligen, kontrollierenden, verächtlichen Rundblicke des Bruders, die sagen wollen, aha, da verkehrst du also, das ist deine Welt, so siehst du aus. Er, Max, der über keinen besseren Geschmack verfügt als Luigi, er, dem Innenarchitekten und Wohndesigner das Haus eingeräumt haben, er, der mit Christa, in deren Elternhaus noch Lampen aus Wagenrädern an der Decke hingen, geradezu den schlechten Geschmack, das Stillose, das Spießige geehelicht hat, er, dessen Welt phantasielose Hotels sind, er schickt jetzt spöttische Blicke in die hintersten Ecken von Luigis Schmuddelbude. Er, der als Juso geredet hatte, wie ihm der Schnabel gewachsen war, dann aber einen Redekurs machte, als er in seiner Firma Personalchef wurde, er, der die Fremdwörter gern, aber falsch benutzte, er, dem man damals nie zugetraut hätte, daß er außer auf seinen kolonialistisch angehauchten Prag- und Budapest-Spritztouren jemals über die bayerischen Sprach- und Denkgrenzen hinausgeraten könnte, er, den Paul schon als Katasteramtsleiter mit Ärmelschonern und einer Sparkästchenvereinsmitgliedschaft versacken sah, parliert jetzt mit Luigi in verdammt perfektem Intensivkursitalienisch und zieht so, wie es Chefattitude ist, die Gestaltung dieser ihm völlig unwichtigen, ihn in keiner Weise interessierenden, nur von der Mutter warum auch immer gewollten Familienveranstaltung an sich. Und Luigi – ist es wirklich Zufall, daß er ausgerechnet heute eine frisch gewaschene und gestärkte Schürze anhat, die ihn sofort als den Herrscher über Küche und Weinkeller ausmacht? – erkennt mit untrüglichem Instinkt die Wichtigkeit dieser Person, die jetzt unausgesprochen, wie immer schon seit Vaters Tod, das Familienoberhaupt ist.

Wie vor einem Padrino, den es, was die Schutzgebührenzahlung betrifft, gütig zu stimmen gilt, wirft er sich vor Max in den Schmutz, preist Weine und deren Lagen an, die dieser als minderwertig abtut, breitet eine hier nie geahnte, noch je gesehene Speisekarte mit girlandenreichen Worten aus, um sie sich mit einer wegwerfenden Handbewegung zerstören zu lassen. Bei der Ehre aller seiner ehelichen und unehelichen Kinder, deren Zahl ihm jetzt nicht einfalle, er sei eben ein Freund der Frauen, nicht wahr, ist er bereit, dem Herrn »direttore«, der doch der Bruder seines Freundes Paolo sei, das Allerheiligste seines kulinarischen Tempels zu öffnen. Er macht den Narren und wird als solcher bestätigt, er spielt den im Staub liegenden fliegenden Händler seiner Genüsse und wird mit Füßen getreten. Und dabei merkt er nicht, denkt Paul, daß er mit seinem devoten Gewinsel dem langjährigen Freund das Wasser abgräbt, ihn verrät.

Luigi, denkt Paul, ich habe dir sehr genau erzählt, daß ich diesen Bruder verachte, daß er ein Schwein ist, das seine Familie verrät um eines finanziellen Vorteils willen. Ich habe dir gesagt, daß der, wenn überhaupt, nur zu Großmutters Begräbnis kommt, weil er glaubt, daß da was zu erben ist.

Ich habe dir erklärt, wie es zwischen meiner Mutter und mir steht, daß das vermintes Gelände ist. Und du ziehst diese miese Nummer ab, nimmst die »mamma« in den Arm, küßt sie, läßt dir ihren ältesten Sohn, den »Herrn Direktor«, vorstellen und bewegst dich nur noch auf den Knien. Bist du noch bei Trost? Fresse ich jahrelang widerspruchslos, nur weil du ein netter Kerl bist und ich meine paar Brocken Touristenitalienisch an dir erproben kann, deine patschige Pizza Funghi mit den Dosenpilzen, damit du jetzt diese lächerliche Karte herunterbetest, die dein Laden nie und nimmer hergibt? Trinke ich dafür, seit ich dich kenne, deinen »Landwein vom Faß«, das Glas zu sechs Mark, den du morgens aus Fünfliterkanistern in dieses holzverkleidete Plastikfaß schüttest und in Kreuzberg im Großhandel für zehnmarkfünfzig die fünf Liter kaufst, damit du vor dem »Herrn direttore« so tust, als gebe es in deinem Lokal auch nur einen einzigen Wein, den man nicht in jedem Supermarkt für ein paar Mark kaufen kann, als wüßte überhaupt jemand hier, wie man Wein lagert, behandelt, als verstündest du etwas davon? Luigi, denkt Paul, du bist eine miese, korrupte Ratte, und in deinen ganz und gar verdorbenen Italienerkopf will einfach die Tatsache nicht hinein, daß es Familienkonstellationen gibt, die nicht mit heute küssen und morgen schlagen und übermorgen wieder küssen ablaufen. Luigi, die Mafia soll dir deinen ganzen versifften Schuppen zusammenschlagen, meingott.

Man einigt sich, ohne daß die Brüder auch nur ein einziges Wort miteinander reden müssen, auf »risotto milanese« und einen »osso-buco« »nach Rezept von meine mamma für Mamma von meine Freund Paolo und Herrn direttore

Massimo« und auf den Wein vom Faß, den, wie Paul der Mutter erzählt, um die Stimmung zu lockern, Luigis Verwandte – alles Mafia – mit nackten Füßen aus Trauben der vatikanischen Weinberge stampfen, weswegen man diesen Wein auch »pisciata del Papa«, die Pisse des Papstes, nennt. Aber die Frau, die Luigi nun zärtlich »mamma« nennt, während Paul Hilde zu ihr sagt, weil ihm Mutter und Mutti und Mami und Mama schon lange nicht mehr über die Lippen gehen wollen, die Frau, die nicht etwa gekommen ist, um ihrer eigenen Mutter das letzte Geleit zu geben, denn sie hat allein der unbedingte Wille hierhergetrieben, die beiden zerstrittenen »Eine-Mutter-liebt-alle-ihre-Söhne-gleich«-Brüder zu versöhnen, diese Frau kann darüber nicht lachen.
Emma, ihre Mutter, ist für sie schon in den Fünfzigern gestorben, als diese sich nach dem Tode des Großvaters von der ganzen Familie losgesagt hatte und nach Ostberlin gegangen war.
Sie, Hilde, die sich nie mit ihrer Mutter verstanden hat und mit ihrer eigenen Schwester Waltraud seit Jahren zerstritten ist, will wieder einmal nicht wahrhaben, daß nicht unbedingt zusammengehört, was sie geboren und erzogen hat. Beinahe stumpfsinnig sitzt sie da, sagt nichts, ist mit allem zufrieden, wenn es nur keine Mißstimmung gibt, bewundert nicht den einen, ärgert sich nicht über den anderen, obwohl ihr danach ist, ist Urmutter und Glucke, Zentrum und ruhender Pol. Und als flössen in ihrem Körper magnetische Ströme von den Fingerspitzen der einen zu denen der anderen Hand, umklammert sie die Handgelenke beider, schließt die Augen, drückt zu, was ihre Kraft hergibt, und

versucht so Glück herbeizuzaubern, ein Füllhorn von Familienglück über die Häupter zu ergießen, wozu sie doch noch nie das Talent gehabt hat. Max läßt der Zugriff der Mutter, den er unter ihren Altweiberhysterien ablegt, kalt, und Paul bekommt eine Gänsehaut. Sie aber, die sie nunmehr dieses Familientreffen dergestalt gesegnet hat, sieht keinen Grund mehr, nicht Harmonie anzunehmen, und sie plappert augenblicklich los, geradezu besessen davon, keine Pause mehr zu lassen, in der die Brüder irgendwelches Kriegsgeplänkel ausführen könnten. Der verordnete Weihnachtsfriede auf den Kriegsschauplätzen, den die Heckenschützen nutzen, ihre Geschütze in neue Positionen zu bringen.

Es schmecke ihr sehr gut, und es sei übrigens traurig, so ein Begräbnis mit so wenigen Menschen. Aber das hätte ihre Mutter ja nicht anders gewollt. Sie hätte eben die Einsamkeit gesucht und in der DDR gefunden. Einmal, in den sechziger Jahren, hätte Onkel Willi sie besuchen wollen, doch sie hätte auf dessen Brief gar nicht geantwortet. Nein, so etwas sei ihre Sache nicht. Sie liebe die Menschen, alle. Und wie groß die Trauergemeinde bei ihr einmal sein werde, das könne man an der des Vaters ermessen. Da wären all die Mitglieder des Bundes der Berliner noch gar nicht dabeigewesen, weil man damals ja noch gar nicht in dem Verein gewesen wäre, weil Vater das ja nie gewollt hätte, weil er ja Vereine gehaßt hätte, wie sie ja beide wohl auch wüßten. Aber daß die alte Frau Kuckelkorn, die ja sicher schon beinahe auf die Neunzig zugehen müsse, wieder in Ostberlin wohne, das habe sie gar nicht gewußt. Ganz erstaunt sei sie gewesen, daß die am Grab gestanden sei, aber sie habe sie sofort

erkannt, an der Nase. Die wären ja damals, es muß wohl um 38-39 herum gewesen sein, weggezogen, die Kuckelkorns.
»Weggezogen?« fragt Paul, denn er traut wieder einmal seinen Ohren nicht.
»Ja, ich weiß es noch sehr genau, die jüngste Tochter, Sarah, war ja so alt wie ich, sechzehn, siebzehn. Wir haben zusammen bei dem Juwelier gearbeitet, und Kuckelkorns haben über uns gewohnt. Und eines Tages sind sie weggezogen. Da war mit dem Vater irgendwas Politisches.«
Paul schaut den Bruder an, wundert sich darüber, daß der nichts sagt, sieht aber, daß er am Gespräch gar nicht teilnimmt, daß er gar nicht hinhört, was die Mutter erzählt, daß er sich längst in seinem Businessclass-Sessel in der Achtzehnuhrdreissigmaschine nach München wähnt, daß er in Gedanken schon wieder in seinem Büro am Park oder in seinem Edelreihenhaus am Stadtrand ist oder sonstwo, nur nicht hier, bei banalen Familiengesprächen, die ihn noch nie interessiert haben, bei Streitigkeiten und Meinungsverschiedenheiten, denen er sich immer in dem Maße entzogen hat, in dem Paul sich in sie verbissen hat.
»Man hat sie auf Lastwagen geprügelt, auf der Straße, vor dem Haus. Sarah, Ruth, Susanne und Vater Kuckelkorn sind vergast worden. Nur sie hat überlebt, durch einen Zufall, durch irgendeinen verdammten Zufall.«
»Das habe ich nicht gewußt«, sagt die Mutter, während sie den letzten Bissen vom Teller räumt.
»Ach?! Komisch, deine Mutter hat es gewußt. Und sie hat sich geschämt dafür. Noch fast fünfzig Jahre danach hat sie sich jedesmal geschämt, wenn sie aus einem Fenster auf eine Straße hinuntergeschaut hat. Sie hat es mir erzählt, wie es

war. Ihr seid alle oben am Fenster gestanden und habt zugeschaut, wie sie die Kuckelkorns abgeholt haben. Nur euer Vater wollte was tun, wollte sich wehren, wollte hinunterlaufen und sich mit den Nazis anlegen. Eure Mutter mußte ihn festhalten, damit er nicht hinunterrannte in seinen sicheren Tod. Und daran kannst du dich nicht erinnern?«
»Ich war noch zu jung.«
»Du warst achtzehn, als das passierte.«
»Kannst du dich an alles erinnern, was war, als du achtzehn warst?«
»An alles natürlich nicht.«
»Na also.«
»Sie haben Menschen, eure Nachbarn, deine Freundinnen und deren Familie auf Lastwagen geprügelt, und du erinnerst dich nicht!«
Sie schweigt wie immer trotzig.
»Vermutlich kannst du dich auch nicht an einen Krieg und an einen Herrn Hitler erinnern, der ihn angezettelt hat.«
Paul wird laut, schreit, und Max lächelt, denn es ist ihm in diesem Augenblick wichtiger, den unverbesserlichen, lauten Eiferer auf Mutters trotziges, beleidigtes Schweigen auflaufen zu lassen, als zurechtzurücken, was er natürlich sehr genau weiß. Das ist immer seine Haltung gewesen, denkt Paul, das Schweigen, das Lächeln, die gespielte Überlegenheit, die alle bedingungslos friedlich Gesinnten wie die Mutter stets für ihn eingenommen hat.
Und die Mutter bockt, signalisiert, wie das ihre Art ist, daß man ihr die Harmonie zerstört hat, verteilt Schuld daran durch stummes in die Ferne Sehen, um dann nahtlos zu einem anderen Thema überzugehen, das ihr geeignet

scheint, die Wogen zu glätten und sie als die Mäßigende, Vernünftigere, im Streit Nachgebende dastehen zu lassen. Sie schaut Max an.
»Paul hat sich bereit erklärt, die Wohnung aufzulösen und sich um einen Grabstein zu kümmern.«
Max übernimmt die Anrede in der dritten Person.
»Was da noch an Zeug ist, kann er ja verkaufen, das deckt dann vielleicht die Kosten. Groß zu holen ist da ja sicher eh nichts.«
Er zieht seine American-Express-Karte aus der Brieftasche und legt sie auf den Tisch.
»Il conto, per favore!«
»Subito, direttore!« eifert Luigi.
Paul steht langsam auf, legt sich seinen Schal um, nimmt den Mantel über den Arm und schaut die Mutter an.
»Ich hoffe, du weißt es ihm zu danken, daß er gekommen ist, obwohl da nichts zu holen ist.«
Dann geht er hinaus, ohne Luigi auch nur eines Blickes zu würdigen. Draußen zieht er seinen Mantel an und verschwindet in der Februarkälte.

2

»Du Lieber Himmel! Jetzt ist es ja endgültig alles Schrott. Mal sehen, was noch zu retten ist«, sagt Dr. Armin Vogt, »viel wird es nicht sein.« Paul kann, was der Zahnarzt sehr wohl weiß, nicht antworten. Gummibehandschuhte Hände, Speichelzieher, Absauger und eine Aesculap-Sonde, ungeduldig unter der lockeren Brücke stochernd, Morsches zutage fördernd, zwingen ihn zu schweigen, sich zu ergeben, geschunden zu stöhnen und Gnade in den fachkundig sachlichen, übergroßen Augen der Sprechstundenhilfe zu erflehen, in denen er schon tiefer versunken ist und sich verloren hat als in den Augen irgendeiner anderen Frau.
Mit Fug und Recht kann Paul behaupten, die technische Entwicklung der Zahnarztpraxen in den letzten vierzig Jahren schmerzlich mitverfolgt zu haben. Die ratternden Bohrer, deren Antrieb über Schnüre und kleine Rädchen lief, allzu sichtbare, Angst machende Gefährlichkeit, Folterinstrumenten gleich, waren schon dem kleinen Jungen in ihrer zuverlässigen Unbarmherzigkeit vertraut. Die Technik ist über die Jahre perfekter, das Schmerzbereitende hinterlisti-

ger und versteckter geworden. Servicewellengedudel und Comicvideos, Schnäpse und bunte Gemälde, von Zahnarztkinderhand gemalt, wollen die Praxis für den Patienten zum Erlebnispark machen. Und die freigebiger dargereichten Spritzen, sozusagen schmerzfreie Behandlung garantierend, sollen Fortschritt vortäuschen und für den Zahnarzt als Freund und Helfer werben.
Doch Paul, wenn auch mit Dr. Vogt flüchtig befreundet, täuscht das alles nicht. Es paßt, dieses Filzschreibergekrakel der Dr. Vogtschen Blagen, denkt Paul, denn hier in diesem Stuhl wirst du immer wieder zum Kind, einem tückisch über dich gebeugten Erwachsenen ausgeliefert, verhöhnt und verspottet von dessen Gerede, dem du nicht antworten kannst. Es hat sich nichts geändert, hier bist du nicht erwachsen geworden, und du versuchst deine Würde durch ein läppisches Heldentum zu retten.
Wie schon der kleine Paul, die Zähne frisch geputzt, die Hände gewaschen, brav frisiert, sich wünschte, es möge sich eine Glasscherbe in den Fahrradreifen bohren, ein plötzlicher Orkan ausbrechen oder der Zahnarzt einen Schlaganfall bekommen, um den vereinbarten, von der Mutter sorgsam beäugten Termin unmöglich zu machen, so hofft Paul auch heute immer wieder, trotz aller Bemühungen keinen Parkplatz zu finden und sich derart zu verspäten, daß Dr. Vogt mit Bedauern einen anderen Patienten vorgezogen und nun keine Zeit mehr haben wird.
Hatte es der kleine Paul einmal geschafft, bis zur Praxis zu kommen, so taten ihm plötzlich die Zähne nicht mehr weh, so daß er den Besuch bei Dr. Wagner gar nicht mehr für nötig hielt und gelegentlich auch schwänzte. Dr. Wagner. Die Na-

men der Zahnärzte, die einen durchs Leben begleiten, denkt Paul, vergißt man nie mehr, schon gar nicht ihre Gesichter, ihren Mundgeruch, die Farbe ihrer Augen, in die man so oft so flehentlich blickte, ihre Zähne, die immer weiß glänzten und die man ganz selbstverständlich für tadellos hielt, für perfekt, nicht wie die eigenen, zerbröckelnden, verrottenden, verfaulenden, wertlosen, hassenswerten, deren Verfall einen ein Leben lang schmerzlich verfolgt. Nichts, denkt Paul, zeigt einem deutlicher den körperlichen Verfall, das Altwerden. Die Unvollkommenheit und die Fehlkonstruktion des Körpers schlechthin sind die Zähne.
Der zehn Jahre alte Ersatz, eine fest im Unterkiefer installierte Brücke, ist Paul vor einer Woche zerbrochen und herausgefallen. Mit Sekundenkleber hat er sie selbst repariert, mit Cavit wieder eingesetzt, ganz der kleine Hobbydentist, und sich sofort diesen heutigen Termin bei Dr. Vogt geben lassen. Und als könnte es nicht anders sein, als wollten ihn seine Zähne wieder einmal wie schon so oft verhöhnen, als hätten Dr. Armin Vogts Künste telepathische Kräfte, schmerzt ihn seit gestern abend der Rechtsuntendrei, von dem er weiß, daß der noch »lebt«. In der Nacht hat er ihn das eindrucksvoll spüren lassen, hat gepuckert, gezogen, gestochen, die Gesichtshälfte unter Strom gesetzt, zu einem Flammenmeer gemacht und Paul so gepeinigt, daß er irgendwann Zweifel daran bekam, ob es überhaupt der Rechtsuntendrei und nicht vielleicht doch der Linksuntendrei ist oder ob er nicht eine Mittelohrentzündung oder sonst irgendeine viel gefährlichere Krankheit als Zahnweh habe, zumal die Schmerzen auch in den Kopf übergingen, hinter die Augen, was Paul schon immer, auch wenn es die

offensichtlichen Folgen des Saufens waren, gerne an einen äußerst komplizierten Tumor glauben ließ. Doch die Hoffnung Pauls, gegen Ende seiner Vierzigerjahre wenn schon, dann an einer interessanten unheilbaren Krankheit zu sterben, zerstob, denn es war dann doch zu offensichtlich nur der Zahn, der schmerzte, der Augenzahn, wie man den Eckzahn Rechtsuntendrei auch nennt.

Verzweifelt, doch auch mit diesem leicht geilen Genuß, sich noch zu spüren, noch zu leben, und wie, hatte Paul tüchtig Alkohol in die Schmerzenshöhle geworfen und auch Tabletten, wobei er die für den Tag erwischte, die mit den Aufputschern drin, so daß er hellwach im Bett lag, mit seinem lebenslangen Freund, dem Zahnschmerz, eng umschlungen, dessen Kommen und Gehen spürend.

Die Schmerzen, die auch am Morgen noch angehalten hatten, ließen Paul, der noch am gestrigen Nachmittag, deprimiert von dem Essen mit der Mutter und dem Bruder, beschlossen hatte, den Termin zu verschieben, sofort einen Parkplatz finden. Schon eine halbe Stunde vor der Zeit, der erlösenden Behandlung entgegenfiebernd, sitzt er nun hier im Folterstuhl und ergibt sich wieder einmal seinem Schicksal. Dr. Vogt nimmt die Brücke, die beim Lösen sofort wieder zerbricht, aus Pauls Mund und klopft mit bedenklicher Miene an die mickrigen Stümpfe, was beim Rechtsuntendrei wieder den Schmerz verursacht, der Paul schon verlorenzugehen drohte, wie damals dem Kind. Um den Zynismus zu vervollkommnen, gibt Dr. Vogt Paul einen Spiegel in die Hand, um ihn selbst sehen zu lassen, was für eine Müllgrube sein Unterkiefer darbietet. Paul, immer bereit, sich pseudowissenschaftliche Kenntnisse anzueignen, läßt sich darauf ein.

»Der Linksuntendrei ist hinüber, morsch, da bröckelt alles. Den können wir nur noch ziehen. Und Rechtseins und Rechtszwei und die beiden entsprechenden links sind gut, aber die können nichts tragen. Und Rechtsuntendrei, fraglich, ob man den retten kann. Da können wir eine Wurzelbehandlung probieren, ich verspreche mir aber nicht viel davon. Auf gut deutsch, Paul, es ist Scheiße. Also wenn du mich fragst, raus damit, alles. Hast du ein für allemal Ruhe. Mit einem Totalersatz unten läßt sich leben, doch, doch.«
Paul will was sagen, will antworten, will sich wehren, ihn beschimpfen, einen Quacksalber nennen, einen Stümper. Doch er kann den Mund nicht schließen. Er fuchtelt mit den Armen, holt klägliche Krächzer aus der Kehle, die eine Sprechstundenhilfe veranlassen – sie sind jetzt zu zweit, weiß der Teufel, warum – ihm wieder einen Speichelzieher reinzuhängen, der sich sofort, da kein Speichel vorhanden ist, am Zahnfleisch festsaugt und ein ekliges Geräusch macht. Brocken des morschen, von Dr. Vogt halb herausgepulten Linksuntendrei geraten Paul in den Rachen, kratzen und lassen ihn würgen. Schon ist die zweite Sprechstundenhilfe mit einem Absauger da, den sie ihm so, daß er schier erbrechen will, in den Hals schiebt.
Nein, nicht ohne mein Einverständnis, ich gehe zu einem Kollegen, ich lasse deine Aussage überprüfen. Alles das kann Paul nicht sagen, alles das läßt ihn Dr. Vogt nicht sagen, er wird wissen, warum.
Paul fühlt sich an eine klägliche Situation seiner Kindheit erinnert. Als Mutter, der jedes Gespräch über Sexualität Zeit ihres Lebens zuwider war, sich viel zu spät aufgerafft hatte, Paul aufklären zu wollen, suchte sie sich einen ihr

genehmen, ihrer eigenen Verklemmtheit Rechnung tragenden Moment aus. Paul, fünfzehn, schon erste Härchen an der Scham und entsprechend verschämt, saß in der Wanne des zu kleinen, engen Badezimmers, das von der samstäglichen Reinigungsorgie der Familie stets überfordert war und danach noch tagelang wie eine Tropfsteinhöhle roch. Mutter, die den Schlüssel zu der Badezimmertür bewußt weggeworfen hatte, kam herein, um ihm den Rücken zu schrubben, ein Ritual, das Paul genossen hatte, als er klein war, nun aber als eine Art Folter empfand. Und diesen Moment seines Ausgeliefertseins, der Unmöglichkeit, sich zu entziehen oder wenigstens hinter Bekleidung zu verstecken oder davonzurennen, benutzte sie, um erst von den Bienen, dann von anderen Tieren und schließlich vom Bauch der Nachbarin zu erzählen, die gerade ihr fünftes Kind bekam, weil sie, was Mutter nicht sagte, Paul aber von seinem Freund Adolf erfahren hatte, wieder mit ihrem Mann gevögelt hatte, indem er ihr, wie Paul ebenfalls wußte, seinen Pimmel ins Loch, wo die Haare drumherum sind, gesteckt hatte, wovon ihr die Mutter, was Paul heimlich mitbekommen hatte, dringend abgeraten hatte, weil sie persönlich nämlich, wie sie der Nachbarin mitteilte, nach der Geburt von Paul ihren Mann gar nicht mehr hingelassen hätte.
Mutter, froh, ihn nicht ansehen zu müssen, zufrieden damit, daß er keine Fragen stellte, vollzog ihre Pflicht. Sie sprach von einer Sache, die beim Mann als Bedürfnis vorhanden sei und befriedigt werden müsse, wozu die Frau bereit sei, wenn sie ein Kind wolle, sonst aber nicht. Und sie schrubbte den Rücken tüchtiger als sonst, denn sie legte alle ihre Wut auf das der Frau zugeordnete Ertragenmüssen in

diesen Reinigungsvorgang. Paul nickte demütig und wünschte sich eine Tarnkappe, um ungesehen verschwinden zu können. Er starrte auf den kleinen schwarzen Flaum und sein kleines Gekringel darunter und dachte daran, daß er das alles selbst und ganz alleine entdecken würde. Er hatte schließlich auch Radfahren und Schwimmen ohne Hilfe der Mutter gelernt.
Dr. Vogt hat jetzt eine Spritze gesetzt. Er wolle es mit dem Rechtsuntendrei mit einer Wurzelbehandlung probieren. Viel Hoffnung habe er zwar nicht, aber gut, wenn man die Totalprothese noch ein paar Jahre hinausschieben könne, solle man das versuchen.
»Ich will mal so sagen, fünfzig sollte man schon sein. Hast du übrigens Technocell gekauft? Ich bin da mit hunderttausend reingegangen. War ein Tip von diesem kleinen Broker. Nicht übel, der Bursche. Wie heißt der noch? Hanno?«
Paul will nicken, doch auch das geht nicht, zumal er gerade das ungute Gefühl hat, die Spritze kommt am Unterkiefer wieder heraus.
»Ich glaube, in Technocell ist Phantasie drin. Die machen Umweltpapier und so, das hat Zukunft.«
Paul hört nicht hin, obwohl er zu anderer Zeit sehr gerne mit Dr. Vogt über Börsenentwicklungen und -spekulationen fachsimpelt. Die Wirkung der Spritze rückt den Zahnarzt und sein Lieblingsthema weit weg und auch die sechs Sprechstundenhilfen, die hintereinander aufkreuzen und neugierig in seinen Mund starren, jeweils von einer Kollegin geschickt, sich diesen einmaligen Schrotthaufen im Mund des Patienten Paul Friedhelm Helmer anzusehen. Der aber denkt an die Mutter, den Bruder und die Großmut-

ter, und an all das, was nach dem Tode eines Menschen zu tun ist, was er aber noch nie getan hat. Und er denkt an die Verwandtschaft, die sich vor all dem drückt, und es mindert das Gefühl der Kläglichkeit nicht.
»Du brauchst jetzt etwas Zeit und Geduld«, sagt Dr. Vogt.

3

Er war immer ungern nach Ostberlin hinübergegangen. Ein paarmal mit Helga zu irgendwelchen ihrer Genossen, ins Theater, ein- zweimal alleine, immer mit dem schlechten Gefühl im Bauch, mit dieser seltsamen Beklemmung, mit jener unkontrollierten Wut gegenüber den jungen Kerlen, die, halb so alt wie er, es darauf anlegten, ihn mittels törichter, aus launigem Machtgefühl kommender Fragen zu provozieren und an den Punkt des Ausrastens zu bringen.
»Haben Sie eine Freundin, ach Sie haben keine Freundin! Was arbeitet Ihre Freundin? Warum haben Sie keine Freundin? Haben Sie in der Deutschen Demokratischen Republik eine Freundin? Suchen Sie in der Deutschen Demokratischen Republik eine Freundin? Was haben Sie in der Tasche? Ach, das lesen Sie!? Was steht da drin? Wem wollen Sie das bringen? Ihrer Freundin?«
Zu leicht bekamen sie ihn dahin, wo sie ihn haben wollten, um ihn dann mit spöttischen, muffig-arroganten Gesichtern zurückzuschicken, aus fadenscheinigen, konstruierten Gründen. Weil sein Dreitagebart nicht zum Paßbild paßte

zum Beispiel und er sich doch erst einmal rasieren solle, ehe er den Boden der Deutschen Demokratischen Republik betrete. Da konnte es passieren, daß er sie anschrie, daß er brüllte, »was wollt ihr, ihr Idioten, für euch kämpfen wir gegen die Reaktionäre in unserem Land, und ihr benehmt euch genauso wie diese Ärsche.«
Von sicherem Westberliner Boden aus hat er ihnen das zugerufen, und es dauerte fast ein Jahr, bis sie ihn wieder passieren ließen. Nie hatten sie ihm eine Begründung gegeben, zwei- dreimal hatte er es versucht, vergeblich. »Unerwünscht«, hieß es lakonisch.
Den entwürdigenden Prozeduren an den Transitübergängen hatte er sich schon lange nicht mehr ausgesetzt. Wenn es irgendwie ging, flog er. Das Auto hatte er nur noch für die Stadt.
Paul hat ein paar der Gesichter dieser Grenzkontrolleure nie mehr vergessen. Milchgesichter, selbst voller Angst vor der Rolle, die sie einem Vorgesetzten vorspielen mußten, auch zynische Gesichter, voller Haß gegen den Klassenfeind, dumme Befehlsempfängergesichter, Körper, nur von der Uniform zusammengehalten, unbedarfte Kerle, aber von der Aufgabe hier aufgegeilt, gierig danach, in diesen westlichen Taschen und Existenzen zu wühlen. Was machen die jetzt? fragte sich Paul später, als die Mauer gefallen war. Was machen die, an deren Gesichter, Stimmen und Gehabe er sich so genau erinnern kann? Ob sie wieder in einer Situation arbeiten, in der sie Staatsmacht spüren, Willkür walten lassen können gegen die, die jetzt für sie Ausländer sind? Wie die Vorkriegsortsgruppenführer die Nachkriegsbürgermeister und die Vorkriegsrichter die Nachkriegsrichter ge-

worden waren, so lief das auch jetzt. Und manche blieben einfach, was sie waren, weil es keinen Unterschied machte. Die Frau, die im Weimarer Goethehaus aufpassen mußte und muß, daß keiner Goethes Nachttopf berührt, war und ist dieselbe. Und es kann manchmal noch passieren, daß sie sich im Ton vergreift und einen Besucher anschnauzt, wie man das in den alten Zeiten getan hat.

Auf die Idee, die Großmutter zu besuchen, die er zum letztenmal als Zwölfjähriger gesehen hatte, kurz nach Großvaters Tod, ehe sie dann sang- und klanglos verschwunden, zurück nach Ostberlin gegangen war, war er nie gekommen. Er hatte sie, wie das in der ganzen Familie üblich war, aus seinem Gedächtnis gestrichen.

Doch dann kam – es war 1985 – Mutters Anruf. Ihre Stimme war sanft, gnädig, von Güte beseelt. Sie war an Vaters Grab gewesen, wo »alles in Ordnung« war, wie sie sagte, was immer das heißen mochte, denn was, außer den von einer beauftragten Friedhofsgärtnerei gepflanzten immergrünen Bodendeckern hätte nicht in Ordnung sein sollen? Vielmehr meinte sie, schoß es Paul durch den Kopf, was sie natürlich nicht sagte, daß es in Ordnung ist, daß er, der Vater, da unten unter den Bodendeckern liegt und sie am Grabe steht. Daß er, der sie ein halbes Leben lang betrogen hatte, jetzt schon seit fünf Jahren da unten liegt und nicht sie, das ist ihre Ordnung, dachte Paul. Aber sie war milde gestimmt, suchte diesmal nicht auf versteckte Art Streit, pries nicht des Bruders Karriere, beklagte nichts, hatte nur eine Idee.

»Deine Großmutter wird am Samstag fünfundachtzig.«
»Ach ja?«
Es fiel ihm sofort auf, daß sie nicht »Meine Mutter« sagte,

sondern »Deine Großmutter«. Da war ihm schon klar, daß es nur darum gehen konnnte, daß er, Paul, etwas einlösen sollte, was sie sich ausgedacht hatte, daß sie ihm zuschob, was sie für schicklich hielt, selbst aber aus verbissenem Trotz nicht zu tun bereit war.

Er hätte das Datum von Großmutters Geburtstag nicht gewußt, nur das Jahr, das konnte man sich merken, denn Großmutter war immer so alt wie das Jahrhundert, 1900 geboren.

»Ich meine, so ein runder Geburtstag, das ist dann doch ein Anlaß, einmal nach ihr zu sehen, auch wenn sie nichts mit uns zu tun haben will.«

»Bist du denn da überhaupt so sicher?«

»Hach, du warst ja noch zu klein damals. Mit einem patzigen Brief hat sie sich von uns verabschiedet. ›Meine Pflichten sind getan, ihr braucht mich nicht mehr‹, hat sie geschrieben. Damit war für sie ein halbes Jahrhundert Familienleben erledigt. Stell dir nur mal vor, ich würde so etwas meinen Söhnen schreiben!«

Paul stellte es sich vor, fand den Gedanken nicht unattraktiv und schwieg.

»Und danach kein einziges Wort mehr. Als man hörte, daß es den Leuten in der Zone schlechtgeht, habe ich ihr ein Paket geschickt. Mit Kaffee und Schokolade und Photos von euch allen. Nicht einmal ein Dankeschön! Frau Seybold hat auch Pakete rübergeschickt. An wildfremde Menschen. Du solltest die Dankesbriefe sehen! Die basteln ihr zu Weihnachten kleine Geschenke, Strohsterne und bemalte Nüsse. Und die Kinder zeichnen kleine Bildchen. Sie packen niedliche Päckchen; sie haben nichts und geben da-

von! Rührend. Aber von der eigenen Mutter nichts. Trotzdem, du weißt, daß ich nie nachtragend bin.«
Er schweigt.
»Sie wird fünfundachtzig, und da sollte jemand hingehen. Ich dachte, Du könntest das tun. Auch wenn sie das nicht will. Wir sollten ihr zeigen, daß wir die Friedfertigeren sind. Vielleicht ist sie ja jetzt gnädiger gestimmt. Vielleicht hat sie ja auch mal darüber nachgedacht, daß sie eine Familie hat und daß es Blutsbande gibt, die man nicht zerschneiden kann, und daß man als Mutter ein Leben lang Mutter ist, daß man nie aufhört, Mutter zu sein. Und vielleicht weiß sie heute, daß es nicht unsere Schuld und auch nicht Großvaters Schuld war, daß wir damals so verarmt waren, daß wir Töchter beim Juden arbeiten mußten, sondern daß es Onkel Walter war, der uns alle ins Unglück gestürzt hat. Dieser Onkel Walter, über den man nichts Negatives sagen durfte, wenn sie anwesend war.«
Schon war sie wieder auf ihrer Linie, schon war der Anflug von Wärme, von Anteilnahme dahin, schon war sie über die Gründe gestolpert, die sie sich für diesen Anruf zurechtgelegt hatte, schon hatte sie sich wieder einmal wie so oft in den Fallstricken ihrer Lebenslügen verheddert. Beflissen wob sie Paul aus all ihren Vorurteilen, dummen Rechtfertigungen und angehörten Besserwissereien ein Tuch, das sich aus dem Telefonhörer heraus direkt um seinen Hals wand und ihn zu erdrosseln drohte.
»Soll ich sie nun besuchen oder nicht?« Paul witterte trotz allen Unbehagens eine spannende Auseinandersetzung, an deren Ende er vielleicht sogar ein paar Pluspunkte auf sein Familienstreitkonto buchen könnte.

»Du mußt es wissen. Ich wollte dir nur sagen, daß sie Geburtstag hat. Geh damit um, wie du willst.«
»Wie wäre es, wenn du herkämest, und wir würden zusammen hinübergehen nach Ostberlin?«
Das saß. Schweigen am anderen Ende. Dann:
»Nein. Den Gefallen tue ich ihr nicht. Sie hat uns verlassen. Sie ist gegangen. Sie hat diese Briefe geschrieben. Sie hat die Brücken abgebrochen.«
»Mutter –« er sagte selten Mutter zu ihr, aber hier schien es angebracht – »Mutter, selten bauen die die Brücken wieder auf, die sie abgerissen haben.«
Paul genoß es, daß sie ihm nicht folgen konnte.

Paul hat die Großmutter dann alleine besucht. Er hat einen großen Strauß Blumen gekauft, ist mit der Reichsbahn gefahren und hat geduldig die Befragungen der beiden DDR-Grenzbeamten über sich ergehen lassen. Wo er hinwolle und warum. Ob er denn glaube, daß die alte Dame ihren Geburtstag nicht im Kreise ihrer Nachbarn und Freunde feiern könne, ob sie denn einen Antrag auf seinen Besuch gestellt habe? Nein, er wolle sie überraschen, ihr eine Freude machen. Wieso er denn auf den Gedanken komme, daß es für die alte Frau eine Freude sei, einen Besuch aus dem Westen zu bekommen. Wenn die Frau ein Interesse daran hätte, ihn zu ihrem Geburtstag zu sehen, dann hätte sie ja rübergehen können, sie dürfe schließlich als Rentnerin reisen. Und ob er denn glaube, daß es in der Hauptstadt der DDR nicht auch Blumen zu kaufen gebe? Ein friedlich oder auch nur auf andere Art willkürlich gestimmter Vorgesetzter der beiden Beamten ließ seinerseits Willkür walten und sagte:

»Nun gehen Sie schon und grüßen Sie die Dame im Namen der Volkspolizei.«
Er war die triste, nach Kohl riechende Straße mit den vielen kaputten, abbröckelnden Fassaden entlanggegangen und hatte sich gefragt, was er nun eigentlich über die Großmutter Emma in Erinnerung hatte. Es war sehr wenig. Er wußte eigentlich nicht sehr viel mehr, als daß sie in den Kriegswirren mit dem Großvater nach München geraten war, dort bis zu seinem Tode gelebt hatte und nach seinem Tode mit ein paar lakonischen Abschiedsbriefen an die drei Töchter und deren Familien verschwunden war. Und je näher Paul dem Haus kam, desto mehr Sympathie empfand er eingedenk seiner eigenen Beziehungen zu seiner Familie für diese Entscheidung, der 1961 der Bau der Mauer gewissermaßen noch unterstützend zu Hilfe gekommen war.
Er wühlte in den Schubladen seiner Erinnerung. Viel fand er nicht, kaum Bilder, keine Sätze. Als sie aus der Familie verschwunden war, war er gerade zehn Jahre alt gewesen. Da war ein Bild: die Begräbniszeremonie im Münchner Nordfriedhof. Großvater, der für den jungen Paul schon uralt gewesen war und darum hatte sterben müssen, lag in einem blumengeschmückten Sarg. Ein blasser junger Pfarrer, den Paul noch nie zuvor in seinem Leben gesehen hatte, sprach über den Großvater. Er nannte ihn den »Dahingegangenen«, und Paul war sicher, daß er nicht wußte, wie der Großvater hieß. Trauer oder Bedauern war bei Paul nicht aufgekommen, so sehr er auch in sich hineingehorcht hatte. Zu streng, zu abweisend, zu sehr immer und ewig an den Kindern herumnörgelnd hatte sich der Großvater gegeben. Sein Sterben war Paul wie eine gerechte Bestrafung vorge-

kommen. Mit Befremden hatte er wahrgenommen, daß die Mutter, Tante Waltraud und Tante Elisabeth und sogar ein paar andere Frauen, Nachbarsfrauen, engere Bekannte der Familie, weinten. Und sogar Onkel Willi und auch der Vater kämpften mit den Tränen. Paul wußte nicht, warum. Neben ihm stand sein Bruder Max und knabberte an den Fingernägeln, und Onkel Istvan, der vor ein paar Monaten Mutters Schwester Elisabeth geheiratet hatte, zwinkerte Paul aufmunternd zu, als er merkte, wie der in die Runde schaute.

Sein Blick war damals auf der Großmutter stehengeblieben, auf ihrem stolzen schönen Gesicht. Sie war sehr ernst und gefaßt gewesen, hatte aber nicht geweint. Dieses Bild, dieses Gesicht, diese Beobachtung des zehnjährigen Jungen, der da in dem vom Bruder übernommenen, ihm schon zu knappen Anzug zum erstenmal am Sarg eines Familienmitgliedes stand, kam Paul jetzt in den Sinn. Warum hatte sie nicht geweint? War sie so gefaßt? Hatte sie ihren Mann nicht geliebt?

Der kleine Junge hat sich diese Fragen nicht beantworten können, der Paul von jetzt aber, der nun mit zunehmender Neugier diese triste Straße entlangging, hatte mittlerweile mehr Erfahrung mit den verschiedenen Erscheinungsformen der Trauer. So hat er nicht vergessen, daß seine Mutter, als der Vater begraben wurde, keine echten Tränen geweint, sich vielmehr nur in leicht hysterischer Art die Augen wundgerieben hat. Wenn einen das Leben überhaupt irgend etwas lehrt, dachte Paul, dann vielleicht, echte von falschen Tränen, echte von falscher Trauer zu unterscheiden.

War es eigentlich richtig, sich auf den Weg hierher gemacht

zu haben? Sollte er sie nicht lieber in Ruhe lassen? Hatte sie nicht sehr deutlich signalisiert, daß sie nichts mehr von der Familie wissen wollte? Was trieb ihn jetzt? Doch nicht dieser vage Auftrag der Mutter, der nicht mehr als eine Laune war. Was ihn hierher trieb, war, dessen wurde sich Paul jetzt klar, die Neugier auf diese Frau, deren Entschluß, sich an einem Tag X von der Familie loszusagen, er heimlich bewunderte. Und da er sich den anderen Familienmitgliedern überlegen fühlte, bildete er sich ein, daß Großmutter Emma ihn sehr wohl und sehr gerne empfangen würde. Andrerseits dachte er sich, meingott, sie ist fünfundachtzig Jahre alt. Würde da überhaupt noch was sein, würde er mit ihr beispielsweise darüber reden können, warum sie damals gegangen war? Er rechnete mit allem, nur nicht damit, daß sie gar nicht da wäre.
Und sie war erst einmal gar nicht da.
Rüdiger Kowalski, ein Maurer mit Frau und fünf Kindern, der die Wohnung eine Etage tiefer bewohnte, verlangte und gab Auskunft. Was, ein Verwandter sei er, die habe doch gar keine Verwandten mehr, die Emma. Ach so, aus Westdeutschland. Na, auch davon habe sie nie was gesagt. Die sei wohl einkaufen. Jaja, das mache die alles noch selbst, die sei rüstig und in Ordnung im Kopf, die Emma. Und ob er schon mal dagewesen sei und warum nicht und ob er öfter käme, ob er Schwierigkeiten gehabt habe, und ob er ihm mal was organisieren könne, ein paar Rollen Tapete, einen Walkman, er könne doch sagen, daß es für die Oma sei. Ob er ein Schnäpschen wolle oder ein Bier oder beides?
Sie tranken in der stillos, wie vom Sperrmüll eingerichteten Wohnung, der eine Renovierung gut getan hätte, Schnaps

und Bier. Und Kowalski, der einen Blaumann trug, pries den Sozialismus und die Schlupflöcher, die das System einem wie ihm lasse, einem, der sich was zu organisieren verstehe, der froh sei, seine Arbeit zu haben, kaum Miete zu bezahlen, der recht und schlecht mit seiner großen Familie leben könne. Nun ja, meinte seine Frau, manches könnte man schon brauchen, was man entbehren müsse und im Westfernsehen in der Werbung sehe. Aber rüber in den Westen würden sie nicht wollen. Schon gar nicht mit fünf Kindern, für die sie dort niemals eine bezahlbare Wohnung finden würden, wie ihnen jemand gesagt hätte, was Paul ihnen nur bestätigen konnte. Es könne nur aufwärts gehen mit dem Sozialismus, sagte Kowalski, aber Paul war sich nicht ganz sicher, ob er wirklich daran glaubte.
Paul hatte sie sofort erkannt. Eine stattliche, aufrecht gehende Frau. Königinmutter, wie Onkel Willi sie damals immer genannt hatte. Sie kam die Treppe herauf, Kowalski empfing sie, rief ihr schon von oben entgegen, daß ihr Enkel aus Westdeutschland da sei. Da stand sie, atmete schwer, war überrumpelt, was Paul leid tat. Sie starrte ihn an, dachte nach, sagte erst einmal nichts, lächelte dann und sagte: »Meingott Jungchen, du siehst ja aus wie Walter.«
Sie schien von dieser Feststellung so verblüfft zu sein und auch so ungeübt darin, einen Besuch in der kleinen Zweizimmerwohnung zu empfangen, daß sie ihm, obwohl er fast zwei Stunden bei ihr saß, nichts anbot, ihn nichts fragte, ihn einfach erzählen ließ, meistens aber den Eindruck machte, als höre sie gar nicht zu. Aber immer wieder sagte sie, daß er Großvaters Bruder Walter so ähnlich sei, auch wie er spräche.

Beim zweiten Besuch, ein paar Wochen später, er war jetzt neugierig geworden, zeigte sie ihm ein Bild von Walter. Aber auf seine Fragen nach Walters Verbleib, nach dem, was ihm immer in der Erzählung von Großvater Fritz und dessen Bruder Walter und dem großen Desaster fehlte, was sich ihm nicht zusammenreimte, was möglicherweise, worüber er schon spekuliert hatte, mit Emmas Flucht von der Familie zu tun hatte, darauf antwortete sie nicht.
Er besuchte sie öfter, und es schien ihr zunehmend zu gefallen. Sie erzählte jetzt viel von früher, wie es war, als die Nazis kamen, als sie die Juden abholten, als die Bomben fielen, als die Mauer gebaut wurde, als Ulbricht starb, was sie bei Kowalskis manchmal im Fernsehen aus dem Westen sah und allerhand anderes. Aber nie gelang es Paul, sie dazu zu bringen, von der Familie zu erzählen. Es blieb alles im Allgemeinen. Sie erzählte, als ginge es lediglich um das Kollektivschicksal eines Volkes. Als hätte diese Familie, als hätten sie, Emma, Fritz, Walter, Tante Trude, die Töchter, deren Männer und die Enkelkinder in der Geschichte dieses Volkes keine Rolle gespielt. Paul war schnell klar, daß es da Unaussprechliches gab. Dabei fragte sie sehr wohl nach seiner Person, nach Brigitte, seiner früheren Frau, nach den Gründen der Trennung, nach dem Jungen, von dem er ihr erzählt hatte, nach seinen Geschäften und nach seinen Gedanken. Aber immer, wenn Paul geschickt versuchte, auf die Familie zu kommen, indem er zum Beispiel von seinem Bruder erzählte und von Mutters verzweifelten Versuchen, ihren Streit zu schlichten, schwieg sie, schien sie nicht zuzuhören, nicht interessiert zu sein. Einmal nur, als er vom Tode seines Vaters erzählte, lächelte sie und sagte: »Hermann war ein netter Kerl, doch.«

Irgendwann, wie es immer Pauls Art war, hatte er dann mit den Besuchen aufgehört, war es ihm zu umständlich, brachte es nichts Neues, wurden Kowalskis Ansinnen auf Mitbringsel immer üppiger, auch gefährlicher oder gar nicht durchführbar.

Dann fiel die Mauer. Außer seiner Freundin Helga, die sich mit ein paar ihrer Genossen in einer Kellerkneipe vor Enttäuschung vollaufen ließ, war ganz Berlin auf den Beinen. Ein völlig verwandelter Kowalski, der nach eigener Aussage und mittels Beweisstücken, die er wie Trophäen hochhielt, persönlich am Durchbruch der Mauer mitgeholfen hatte, saß betrunken in seiner Küche, begeistert von dem, was plötzlich an ganzdeutschem und zutiefstdeutschem Gefühl in ihm hochkam.

Paul fuhr sofort in den Osten der Stadt und raste zu Emma hinauf, die sich eingeschlossen hatte und erst nach einiger Zeit mißtrauisch, als stünde jetzt der ganze Westen vor der Tür, öffnete. Sie ließ ihn ein. Er war erstaunt darüber, daß sie die Fensterläden geschlossen hatte, obwohl sie doch von hier die Volksmengen hätte beobachten können, die in Richtung Brandenburger Tor strömten. Sie wollte das nicht sehen. Ihretwegen hätte man die Mauer nicht zu entfernen brauchen. Es ging doch auch so. Wer weiß, was das jetzt würde, wer weiß, was da auf einen zukäme, am Ende kämen jetzt, da es ja so einfach sei, noch allerhand Leute herüber, die man lieber nicht mehr sehen wollte. Ob sie damit ihre Töchter meine, fragte Paul. Sie nickte ernst und schwieg wieder.

Eine Woche später legte sie sich mit einer Erkältung ins Bett. Paul schaute nach ihr, schickte einen Arzt, telefonierte mit Kowalski, der sich rührend kümmerte, und er erfuhr dann, daß sie am 31. Januar 1990 in ihrem neunzigsten Lebensjahr gestorben war. Sie hatte nicht mehr weiterleben wollen. Noch ein neues Deutschland, das war ihr zuviel gewesen, wie diese Familie. Da hatte sie sich hingelegt und war gestorben. Die Fensterläden hatte sie seit dem 9. November 89 nicht mehr geöffnet.

Nun, da sie unter die Erde gebracht ist, kommt Paul wieder hierher in die Wohnung, zum ersten Mal ist er allein. Kowalski begrüßt ihn lauthals fluchend. Der Vermieter, ein adeliger Wessi, der kurz nach dem Fall der Mauer aufgetaucht sei, hat schon die Wohnung betreten wollen, hat Kowalski gefragt, ob der einen Schlüssel habe, was er aber verneint habe, obwohl es nicht stimme, denn Emma hatte ihm sehr wohl einen Schlüssel gegeben, den er aber nicht dem Vermieter, sondern Paul zurückgibt. Auf den Vermieter, einen Herrn von Rönne, typisch blaues Blut, wie Kowalski sagt, hat er sich schon eingeschossen. Schon bei der Mieterhöhung, die sehr schnell kam, war Kowalski ausgerastet. Da wolle er die Mauer wiederhaben, schrie er, das sei typisch für die da drüben, wer wisse denn, ob das rechtens sei, daß dem das Haus gehöre, ihm habe der nichts vorgelegt. Der sei einfach aufgetaucht und habe behauptet, er sei jetzt hier der Besitzer, dabei hätte seine Großmutter immer erzählt, daß das Haus einem Juden gehört hatte. Erst neulich hätten sie ein Schreiben bekommen, daß dieser Adelige der Besitzer sei. Am Ende habe der das jetzt erst gekauft, ohne daß man es ihm, Kowalski, angeboten habe, jedenfalls gehe es rundherum nirgends mit rechten Dingen zu und

man sei wieder einmal, schon nach einem halben Jahr sogenannter Freiheit wisse er das, der Beschissene.
Paul findet denn auch eine Kündigung des Herrn von Rönne im Briefkasten, adressiert an die Großmutter, »der guten Ordnung halber« nachträglich auf das Datum ihres Todes datiert. Außerdem steckt an der Tür die Visitenkarte des Adeligen mit der Bitte, sich bei ihm wegen eines, wie er schrieb, »allfälligen Räumungstermines« zu melden. Herrgott, der hats aber eilig, denkt Paul.
Und nun sitzt er wieder da. Allein. Ohne sie wirkt die Wohnung plötzlich ärmlich auf ihn. Das war ihm, als die Großmutter anwesend war, nie aufgefallen. Zum erstenmal geht er herum, schaut in die kleine Küche, sieht die Einfachheit der Einrichtung und doch die Liebe, mit der Emma den oft ungeschickten Versuch gemacht hat, etwas zu verschönern. Überall bröckelt die Farbe ab. Wo die auf Putz liegenden Rohre durch die Küche und das Bad nach oben gehen in das Dachgeschoß, scheint der Schwamm drin zu sein. Weißliches Pulver klebt an der Decke, Ränder haben sich um die Rohre gebildet, und es riecht, jetzt, da ein paar Tage nicht gelüftet worden ist, nach Schimmel und Muff und Fäulnis. Paul öffnet die Fenster, holt die kalte, klare Februarluft herein, schafft Zug, damit der Wind tüchtig durch die Wohnung blasen kann. Daß es ein Westwind ist, der da reinigend wirkt, fällt Paul als neckischer Zufall auf. Und doch wird er später einmal nicht darauf verzichten, dieses Detail beim Erzählen seiner ganz privaten Wiedervereinigungsgeschichte einzuflechten.
Im Mantel setzt er sich in den Lehnstuhl, ihren Lehnstuhl, in dem sie ihm gegenübergesessen hat. Er schaut sich um,

sieht das Stühlchen, auf dem er immer Platz genommen hat, da es ohnehin keine andere Sitzgelegenheit mehr gab, sieht den einfachen kleinen Schreibtisch, die Anrichte, das Sofa, das immer voller Bücher lag, den gläsernen Couchtisch, alles irgendwie zusammengewürfelt, nichts zueinander passend, keine Familiengeschichte erzählend, eher die Geschichte dieses lieblosen, leeren Ex-Staates, auf den Wut zu haben Paul im nachhinein immer leichter fällt.

Langsam spürt er die Großmutter in diesem Raum auf, der durch nichts den Versuch zeigt, bürgerliche Wohngepflogenheiten zu erfüllen. Paul findet Emma in Details, registriert die vielen kleinen unüblichen Dinge, die zerlesenen Bücher, die beklebten und beschrifteten Schachteln, die mit Schleifen zusammengebundenen Mappen, die Bilder an den Wänden, getrocknete Blumen unter Glas, Fotos, zum Teil montiert, zumeist aus den zwanziger und dreißiger Jahren. Eines hängt über dem Sofa, es zeigt Emma, sie wird etwa zwanzig gewesen sein, zwischen ihrem späteren Mann Fritz, dem Kleinen mit dem Schnauzbart, und dem größeren der Brüder, dem elegant aussehenden Walter. Ein Bild aus glücklichen, frühen, offensichtlich unbeschwerten Tagen, auf einer Kirmes gemacht oder einem Fest, vielleicht bei dem Ruderclub am Wannsee, von dem die Mutter manchmal erzählt hat und der in der Familie als ein Symbol für die guten Zeiten galt, als man wohlhabend, als man eine »höhere Tochter« war. Es muß die Zeit gewesen sein, denkt Paul – denn so viel weiß er –, als die Brüder gerade das schnell florierende Baugeschäft aufgemacht hatten. Man sieht es ihnen an. Zwei selbstbewußte, stolze junge Männer, die sich noch nicht geeinigt zu haben scheinen, wem die junge Schöne, die da zwischen ihnen steht, gehören soll.

Wie wenig man doch von einem Menschen weiß, dessen Spuren man in frühen Jahren verloren hat. In der Kindheit gehörte die Großmutter einfach irgendwie dazu, wie ein Familienmöbel, wie ein Haustier. Sie hatte wie der Hund Lux in den Augen des Kindes kein Eigenleben, nur die ihr in der Familie zugeordnete Funktion. Und in diesem Fall, da sich diese Großmutter Emma aus der Familie fortgeschlichen hat, als Paul noch ein Kind war, fehlen unwiederbringbar die Jahre und Jahrzehnte, in denen der Heranwachsende das Älterwerden eines Menschen wahrzunehmen imstande gewesen wäre. Als er ihr dann vor ein paar Jahren zum ersten Mal wieder gegenübergesessen hat, hat er sie eigentlich nicht mehr kennengelernt. Er hat sie nicht nachdrücklich genug nach ihrem Leben gefragt, denkt er jetzt, er hat das ungute Gefühl, nicht wißbegierig genug gewesen zu sein, er spürt die traurige Leere der verpaßten Chance, jetzt, da sie für immer weg ist und ihm diese wenigen Armseligkeiten hinterlassen hat, nichts als wertlosen Müll, mag man meinen, der keinem Menschen etwas bedeuten kann. Dabei hätte Paul noch so viele Fragen gehabt. Zu spät.

So, denkt Paul, wird es ihm wohl immer wieder gehen. Mit dem Bruder, der Mutter, mit Brigitte, vielleicht sogar einmal mit einem Menschen, mit dem er über längere Zeit, ein paar Jahre sogar, zusammenleben wird. Aber wird es dazu je kommen? Hat er sich nicht viel zu sehr an das Leben allein gewöhnt und ist nicht gerade das immer seine Art gewesen, sich nie wirklich für andere Menschen zu interessieren? Ist er nicht längst jemand geworden, der den Erzählungen der anderen kaum mehr zuhört, der sich keine Namen mehr merkt, geschweige denn Geburtstage oder dergleichen, was er, um sich seine Schwäche nicht eingestehen zu müssen, längst für überflüssig, unwichtig und entbehrlich erklärt hat. Paul kann sich nicht vorstellen, seine Wohnung, sein Bett, sein Bad noch einmal mit jemandem teilen zu können. Das Alleinleben seit Jahren ist zur intimen Lust geworden, zum wohligen sich vor sich selbst Gehenlassen, das eine Rücksichtslosigkeit jedem anderen Menschen gegenüber wäre, müßte der das miterleben und ertragen. Sich einzuschränken, zu beherrschen, scheint Paul nicht möglich. Wie könnte er darauf verzichten, was ihm außerhalb der Wohnung schon schwerfällt, seinen Blähungen freien Lauf zu lassen, oder bei offener Toilettentür, Zeitung lesend, die alten Bob-Dylan-Platten hörend, die täglich gegen neun Uhr morgens sich einstellende Notdurft zu verrichten, auf deren tadellose Beschaffenheit er angesichts aller anderen Beschwerden so stolz ist, daß er ihren Geruch gerne durch die Wohnung ziehen läßt? Und warum sollte er, was das Zusammenleben mit einer Frau unweigerlich heraufbeschwören würde, in seinem Alter noch diesen jedem Außenstehenden als Müßiggang erscheinenden Tageslauf rechtfertigen, der nur noch für ihn, und auch das zunehmend weniger, Erfüllung und Sinn bedeutet? Wie sollte er seine sich häufenden körperlichen Unzulänglichkeiten und Gebrechen mit einem Menschen teilen, der deren Entstehen nicht miterlebt hat, der nicht diesen Körper kannte, als er, Paul, selbst noch stolz auf ihn war? Bei den immer weniger werdenden Verhältnissen zu meist verheirateten und gebundenen Frauen war es Paul stets gelungen, eine seinem Alter entsprechende auch sexuelle Attraktivität vorzutäuschen. Aber die allzu große Nähe scheute er. Und eine auf der Ablage über dem Waschbecken liegengebliebene Haarspange oder ein Tampon, eine Zahnbürste, zu seiner ins Glas gestellt sozusagen als bedrohliches Symbol für Zweisamkeit, oder die Make-up-Flecken in seinem Badehandtuch machten ihm Angst.

Anders war und ist das nur mit Helga.

Er muß plötzlich an sie denken, an ihre zupackende Art. Wenn sie sich wieder einmal entschlossen hat, mit Paul schlafen zu wollen, was sie, warum bleibt ihr Geheimnis, meistens dann will, wenn sie gerade schon oder gerade noch ihre Periode hat, bringt sie, wie ein guter Handwerker, ihr Werkzeug mit. Mit ihrer wunderbaren Selbstverständlichkeit holt sie eine Schachtel Kleenex-Tücher und ein rotes Badehandtuch aus ihrer unergründlichen Tasche, breitet letzteres auf Pauls Bett aus, um sich dann im Schnitt 35 Minuten Zeit für diese ihnen beiden lieb gewordene Gemeinsamkeit zu nehmen.

Wie wäre es eigentlich gewesen, hätte er über längere Zeit mit einer Frau gelebt? Hätte er das gekonnt? Mit Helga wäre es nicht gegangen. Die war und ist immer zu sehr auf dem Sprung. Und Brigitte damals? Das war es nicht. Obwohl, wenn Paul ehrlich ist, dann muß er eingestehen, daß Brigitte es war, die nicht mit ihm leben wollte. Es hat sich ergeben, daß er das heute gern andersherum erzählt. Er hatte sehr wohl mit einem Zusammenleben, einer Familie, einem Familienleben geliebäugelt, damals. Später nicht mehr.

Ob man einen Menschen wie Großmutter Emma, die doch ein paar Entscheidungen und Entschiedenheiten in ihrem

Leben gewagt hat, in dem findet, was sie hier hinterlassen hat? Ob das alles, diese sogenannte Hinterlassenschaft, ein Geheimnis preiszugeben imstande ist? Denn irgendein Geheimnis muß es geben, wenn eine Frau ihrer Generation, nachdem sie ihre Familienpflicht erledigt hat, aus der Familie aussteigt, um ein eigenes, bescheidenes Leben zu führen, an welchem so viele andere alte Menschen, die in ein solches Leben der Einsamkeit ohne eigenes Zutun geraten, zerbrechen. Paul nimmt das Bild von der Wand, schaut die junge Emma an, die mit schiefem Hut auf dem Kopf dermaßen gewinnend lächelt, daß ihr Paul auf der Stelle verspricht, die Dinge, die sie hinterlassen hat, in ihrem Sinne zu ehren. Und er sieht, daß sie Walter anlächelt, den Schwager, nicht Fritz, ihren Mann.

4

»Mein Junge, es war schön, mit euch beiden mal wieder an einem Tisch zu sitzen, und daß du alles organisiert hast und daß du dich jetzt um den kleinen Haushalt von Großmutter kümmerst. Na, so viel Arbeit wird es nicht sein. Was wird sie schon gehabt haben.«
Paul sitzt auf dem Boden inmitten der Kartons mit einem Teil von Emmas gebündeltem Nachlaß, der sich hier in seiner fast leeren Wohnung verliert.
»Warum sagst du das? Es war eben nicht schön. Wir hatten uns wie immer nichts zu sagen, Max und ich. Ich habe euch einfach sitzen lassen, ich war sauer, und du warst böse auf mich.«
»Ach, das habe ich doch längst vergessen. Das nimmt eine Mutter nicht so ernst. Ich habe euch um mich gehabt, und das war schön. Ich sehe immer nur das Positive.«
Paul blättert in alten Photos, hält ein Hochzeitsphoto von Fritz und Emma in der Hand. Sehr ernst sehen sie aus. Emma sehr jung, fast ein Kind, denkt Paul. Er will den Hörer aufknallen, seine Ruhe haben, sich in diese Dinge hier verkriechen.

»Warum sagst du nichts? Bist du noch da?«
»Klar bin ich noch da. Was soll ich dazu sagen?«
»Kommst du mit der Haushaltsauflösung voran? Ist es viel? Du kannst doch alles verschenken. Die Leute da drüben sind doch sicher dankbar für alles.«
»Es ist so, wie Max es gesagt hat: es ist nichts zu holen.«
Paul sagt das bissig, und so dauert es einen Moment, bis Mutter, deren Gemüt auf Harmonie gestellt ist, das versteht.
»Max meint das nicht so.«
»Natürlich meint er es so.«
»Das legst du dir so zurecht. Ich bin ganz sicher, daß Max das nicht so meint.«
»Warum sagt er es dann?«
»Was sagst du nicht alles. Legst du deine Worte auch immer auf die Goldwaage?«
Warum lege ich den Hörer nicht auf? Warum höre ich mir das an, warum lasse ich das immer wieder zu? Warum? Weil sie stärker ist. Weil sie kurz darauf wieder anruft und sich innerhalb von zwei Minuten in ihrer empörenden Harmoniesucht einredet, daß die Leitung unterbrochen worden ist. Also, Paul, zur alten Taktik greifen, ablenken, Streit vermeiden, nicht nachbohren, nicht provozieren, so verführerisch das als Gegenschlag oft ist.
»War die Ehe von Emma und Fritz glücklich?«
»Aber natürlich.«
»Wieso ist das natürlich?«
»Sie waren verheiratet, sie hatten drei Kinder, sie waren ein Leben lang zusammen.«
»Sein Leben lang. Und das war kurz.«
»Das sagt man so.«

»Was beweist das denn, daß sie zusammen waren?«
»Na, hör mal?«
»Gab es nie Schwierigkeiten? Ich meine, er war doch sicher nicht einfach. Hat er nicht getrunken?«
»Ja, unser Vater ist ganz gerne in die Schnapshäuser gegangen. Aber da hat er auch seine Geschäfte gemacht, Leute getroffen, das darf man nicht vergessen. Das machst du doch auch. Schlimm wurde es erst später, nach dem Konkurs der Firma. Da hat er nur noch getrunken. Ich weiß noch, wie ich oder Waltraud ihn aus den Lokalen holen mußten, nachts, Mutter stand draußen und schickte uns hinein. Sie ging nicht rein, sie schickte immer uns. Da stand er dann und hielt Reden, auch gegen die Regierung.«
»Gegen Hitler? Wie ehrenvoll.«
»Großvater war mit keinem Politiker zufrieden.«
»Heißt das, daß ihr mit Hitler zufrieden wart?«
»Wir haben doch nichts gewußt.«
Sie macht eine kleine Pause und sagt dann fast schnippisch:
»Auf Frauen hat er jedenfalls gewirkt.«
»Auf jüdische Frauen tödlich, ja.«
»Hitler hat doch gar nicht gewußt, was mit den Juden passiert.«
Schweigen. Da sind wir wieder, denkt Paul, wo wir immer anlangten, wenn man nachfragte, vom Geschichtsunterricht in der Schule aufgewühlt, auf der Suche nach der Rolle, die die Eltern im geradezu Unbegreiflichen gespielt hatten.
»Was Großvater machte, war damals wahnsinnig gefährlich. Und er war von zweifelhaften Frauen umgeben und warf das Geld hinaus, das wir doch schon gar nicht mehr hatten.

Es war unser Geld, das wir, Waltraud und ich, verdienen mußten.«
»Und Walter?«
»Was?«
»Wie war der? Hat der auch getrunken, trieb der sich auch in Bars herum?«
»Walter? Nein, getrunken hat er nicht. Walter war durchtrieben. Ein stilles Wasser. Den hat man nie durchschaut. Erst als dann das wirtschaftliche Desaster da war, wußte man, was mit ihm los war.«
»Was denn?«
»Es fehlte viel Geld. Er hat wohl gespielt und verloren und sich immer mehr genommen. Er hat ja die Geschäfte geführt, also kam er ans Geld ran. Und nach dem Konkurs war er verschollen, hat Selbstmord begangen, hieß es später.«
»Wußte man das sicher?«
»Er wurde für tot erklärt. Man fand nie die Leiche. Vater sagte immer, Walter lebt in Rio und macht sich ein schönes Leben mit schönen Frauen, und alles von unserem Geld.«
»Hätte doch sein können.«
»Ach was. Da war er gar nicht der Typ dazu.«
»Wenn er Spieler war?!«
»Aber er hatte nie was mit Frauen. Ich kann mich nicht erinnnern, daß er je eine Frau hatte.«
»War er schwul?«
»Das kannte man damals nicht. Das war man nicht.«
Ruhig Blut, Paul, du bist auf dem richtigen Weg. Jetzt keine Irritationen, keine falschen, weil unfruchtbaren Diskussionen.
»Gab es denn Beweise dafür, daß er Selbstmord gemacht hatte?«

»Nein. Das ist ja damals alles irgendwie nicht richtig untersucht worden. Man hat ein halbes Jahr später eine verkohlte Leiche im Grunewald gefunden. Es hieß, das sei Walter gewesen. Aber an einer genauen Untersuchung hatte keiner ein Interesse.«
»Warum nicht?«
»Wir hatten andere Sorgen. Wir waren plötzlich arm, von einem Tag auf den anderen.«
»Mochte Großmutter Walter?«
»Ach Gott, er war der Schwager. Er gehörte dazu, ging bei uns aus und ein.«
Paul sticht der Hafer.
»Du hast einmal gesagt, daß man später in ihrer Anwesenheit nicht schlecht über Walter reden durfte.«
»Sie wollte einfach nichts mehr mit der Zeit zu tun haben.«
»Kann sie mit Walter was gehabt haben?«
Dieses eisige Schweigen am anderen Ende, das Paul so genau kennt, dieser Moment der Gedankenkollisionen in ihrem Gehirn, wo sich Vergangenheitsverdrängung und aktueller Harmoniewahn in ihrem in erster Linie mütterlichen Kopf zu einem Gewitter zusammenbrauen, das sie nicht weniger fürchtet als er. Ihr Schweigen ist das Grollen des Donners, sein Nachfragen ist der zuckende Blitz, der alles taghell erleuchtet.
»Bist du noch da?«
»Natürlich bin ich noch da. Wenn du schon mal anrufst –«
»Entschuldige, aber du hast angerufen.«
»Du rufst ja nicht an.«
Er überhört das.
»Kann denn nun Walter was mit Großmutter –?«

»Ach, was du dir immer ausdenkst.«
Das kommt wie diese Ohrfeigen, die sie, keine Antwort auf eine Frage abwartend, aus der Hüfte heraus blitzschnell austeilen konnte, damals, bis zu dem Tag, an dem Paul plötzlich einmal ebenso blitzschnell zurückgeschlagen hat, woran sich Mutter, so hat sie erst vor ein paar Jahren behauptet, nicht erinnern kann.
»Das gab es damals nicht. Das hätte sich niemand getraut.«
»Wie kommst du darauf. Das haben die Menschen zu allen Zeiten gemacht.«
»In unserer Familie damals gab es das nicht.«
Damit ist dann das Gespräch erschöpft, wieder mal an einem unerfreulichen Ende angelangt, was Paul gar nicht so sehr bedauert, denn er kann jetzt die Mutter mit wenigen lapidaren Sätzen abhängen.
Die Hand noch wie beschwörend auf dem aufgelegten Hörer, hält Paul den Atem an, um die plötzliche Stille voll zu genießen. Die Blitze haben aufgehört, die Donner grollen nur noch fern, um bald ganz zu verstummen. Paul öffnet das Fenster, wie um den Unrat an Wörtern hinauszulassen in die kalte Februarluft. Als er sich aber wieder seiner Beute widmen will, klingelt das Telefon. Paul erschrickt, starrt den böse die Stille zerschneidenden Apparat an, der neben der Fotokiste mit Emmas Bildern steht. Nein, denkt er, nicht schon wieder, nicht noch einmal, nicht jetzt, heute abend, nicht wieder dasselbe. Entschlossen, sich in aller Schärfe diese Immerwiederanrufe zu verbitten, geht er doch dran.
Es ist Helga, kurz und bündig, wie immer.
»Hast du Zeit? Können wir uns treffen? Ich habe drei Fragen an dich. Nein, fünf, ich glaube, fünf Fragen sind es.«

»Ich hab auch eine Frage an dich. Okay, in einer halben Stunde.«

Helga. Das ist es genau, was er jetzt braucht. Klare, sachliche, präzise Aussagen. Weltumfassende Probleme auf den kleinsten Nenner gebracht. Helga, Tochter eines spanischen Widerstandskämpfers und einer Jüdin, Autodidaktin in allem, Frauenrechtlerin, Dokumentarfilmerin, Artikelschreiberin, Rundfunkmitarbeiterin, vor allem aber Kommunistin »der letzten Stunde«, wie sie die Tatsache nennt, daß sie immer noch ihren Mitgliedsbeitrag auf ein Konto in Kreuzberg zahlt. Davon mache sich ein roter Kreuzberger Rentner ein schönes Leben, wendet Paul immer wieder ein.

»Nein, sie sparen es für Erich«, sagt sie.

Helga ist vor etwa zehn Jahren auf einigermaßen groteske Weise in Pauls Leben getreten.

Eines Abends, er hing etwas überfällig an der Bar eines Lokals, stand sie plötzlich neben ihm. Sie kletterte auf einen Barhocker, um ihm ins Gesicht sehen zu können. Er kannte sie flüchtig, sie war wie er öfter hier, immer in Begleitung irgendwelcher ihrer Genossen oder Berufskollegen. Jetzt schaute sie ihn an, freundlich und bestimmt, geradeaus. Sie sah niedlich aus mit ihrer Stupsnase und den dicken blonden, nach allen Seiten hin abstehenden Haaren und den Sommersprossen.

»Hör mal«, sagte sie, »kann ich mit dir schlafen?«

Er lachte.

»Hör mal, das ist mein Ernst, da mußt du nicht blöde lachen, Mann«.

»Du, also, ich weiß nicht, ich –«

»Ach, darf eine Frau nicht fragen, wie?«
Sie wurde ungehalten, ließ aber nicht locker.
»Doch, aber, warum, ich meine, willst du ein Kind, oder wie?«
»Blödmann, warum soll ich ein Kind wollen, ich kenn dich doch gar nicht – und mich sowieso nicht. Aber das ist ein anderes Problem, das wir jetzt nicht weiter erörtern müssen.«
»Nein?«
»Nein.«
»Okay, ich dachte nur, hätte ja sein können, es gibt ja jetzt Frauen, die holen sich einen wildfremden Mann von der Straße –«
»Erstens bist du mir nicht wildfremd, zweitens weiß ich von meiner Genossin Anneli, daß du vasektomiert bist, was mir sehr entgegenkommt, und drittens ist hier keine Straße, okay?«
»Okay.«
Dann gingen sie zu seiner Wohnung, und unterwegs erzählte sie von zwei Filmen, an denen sie gerade drehte, einen über Sexualität in einem Altersheim für zwergwüchsige Varietékünstler und den anderen über kommunistische Lesbierinnen und ihre Schwierigkeiten in der Partei. Beide Filme wurden nie gesendet, weil sich Helgas Auffassung von Sexualität mit der der Redaktion nicht deckte.
Aber um Sexualität ging es Helga nun einmal.
In der Wohnung angekommen, kam sie unverzüglich zur Sache. Sie suchte das Bett, am Rest der Wohnung völlig desinteressiert, zog sich aus und wartete, bis er endlich nackt zu ihr kroch, nachdem er sich noch die Zähne geputzt hatte, denn er hatte Zwiebeln gegessen. Sofort setzte sie sich auf ihn, rieb ihn sich zurecht, führte ihn ein und ritt derart auf

ihm herum, daß ihm die Eingeweide krachten. Mit eisernen Hebeln hielt sie seine Hände fest, damit er sie nicht berühren oder sich ihres Gewichtes erleichtern konnte. Dann schrie sie das halbe Haus zusammen, was Paul der Einfachheit halber als Orgasmus einstufte, von dem er selbst noch Lichtjahre entfernt war. Dafür hatte sie allerdings keine Zeit mehr. Sie sprang, nachdem sie sich beruhigt hatte, von ihm herunter, ging durch die Wohnung, suchte und fand das Telefon und wählte eine Nummer.
»Inge?! – Es geht eben doch! – Jetzt gerade soeben. – Jawohl, blitzsauberer vaginaler Orgasmus. Nein, ganz normal, würde ich sagen. Nein, hat er nicht. – Ja, wollte es dir nur gleich sagen. – Ja, bis morgen, ciao!«
Dann kam sie wieder zu ihm, leicht verlegen sein erschlafftes Kringelchen betrachtend. Vergeblich wollte sie noch fairerweise etwas für ihn tun, doch er bekam einen furchtbaren Lachanfall, in den sie befreit mit einfiel. Dieses gemeinsame Lachen und ihr Dankeskuß auf seinen immer noch erschrocken sich versteckenden Beweisführer waren der Beginn ihrer langjährigen Freundschaft. Sie schrieb später in einem Buch in einer Frauentaschenbuchreihe einen Aufsatz über ihre Erfahrungen mit dem vaginalen Orgasmus mit einem Friedhelm, Pauls zweitem Vornamen.
Wieder einmal, wie so oft, denkt Paul mit großer Zuneigung an Helga, als er auf dem Weg zum Lokal die Grohlmannstraße hinaufgeht und alles wie immer ist, nur daß zwei Trabis an ihm vorbeistinken.
»Jetzt kommen die schon zu zweit«, sagt ein dicker Mann im Unterhemd, der seinen Boxer vor die Haustür kacken läßt.

5

»Erstens: kann ich die Wohnung von deiner Großmutter kriegen? Ich muß bei Inge raus, die hat jetzt so eine seltsame Lesbe zur Freundin, nein, also, und ich möchte gerne in den Osten, da ist doch noch Leben.«
»Glaubst du?«
»Aber Hallo!«
»Ich kann dir die Nummer des Hausbesitzers geben. Ich hab ihn noch nicht gesehen, nur telefoniert –«
Helga schaut kurz hoch.
»Otto Schily.«
Das verwirrt Paul.
»Was? Nein, es ist irgendein Adeliger – ach so.«
Er muß sich immer wieder neu an ihre Masche gewöhnen, stets den Namen der Person zu nennen, die gerade ins Lokal kommt oder es verläßt, wenn sie ihn denn kennt. Egal ob sie gerade von der Brustamputation einer Freundin oder den katastrophalen Zuständen in den Kantinen der öffentlich-rechtlichen Anstalten spricht. Und sie weiß viele Namen. Sie setzt sich immer so ihm gegen-

über, daß sie beobachten kann, wer zur Tür hereinkommt oder geht.

»Schily geht«, kann es dann nach drei Minuten mitten in einem Satz von ihm oder ihr heißen, »hat niemand gefunden, der ihn kennt.«

»Also der Mann heißt von Rönne, ist der neue Besitzer und tritt auch als solcher auf, ich gebe dir die Nummer. Und zweitens?«

»Zweitens, also, Lizzy, noch einen Weißen!«

»Noch ein Bier!«

»Also, wenn der Kapitalismus jetzt schon siegt, dann will ich endlich auch was von dem Kuchen abhaben.«

Paul grinst.

»Du weißt, ich zahle immer noch –«

»Für Erich, ich weiß. Gerade du solltest in der Wortwahl vorsichtiger sein. Der Kapitalismus hat nicht gesiegt, er ist übriggeblieben.«

Sie schaut auf den Tisch, malt Kringelchen, denkt nach, kapiert, gibt sich einen Ruck, greift nach seiner Hand.

»Du, das ist gut! Kann ich das benützen? Ist ein guter Gedanke.«

»Ist nicht von mir, ist von Gysi.«

»Ach?!«

»Und wo ist jetzt das Problem Nummer zwei?«

»Ich will jetzt meine Filme selbst produzieren. Ich will selbst die Kohle einstreichen. Und ich will in die Unterhaltung. – Klaus Emmerich –«

»Kenne ich nicht.«

»In der Unterhaltung wird das Geld verdient. Und ich will jetzt Geld verdienen. Endlich mal von den Schulden weg-

kommen, endlich mal was auf der Kante haben, schwarze Zahlen schreiben –«
»Keine roten mehr?«
»Arschloch.«
»Und drittens?«
»Wim.«
»Wer?«
»Wenders.«
»Und drittens?«
Er schaut sie fast belustigt an, diesen kleinen Kerl. Man könnte sie für eine nervöse Betriebsnudel halten, denn sie hat dieses ständig Zupackende, sich für alles und jeden verantwortlich Fühlende, wüßte man nicht wie Paul, daß sie auch ihre ganz zarten, zärtlichen, anlehnungsbedürftigen Momente hat. Ach, wie kann er sie heute dazu bringen, so zu sein? Er hätte sie jetzt gern ganz sanft, nach diesem Tag, an dem der kalte Wind der Familienverhältnisse durch die klappernden Fenster seines Gemüts gezogen ist. Er würde jetzt gerne bei ihr liegen, einfach nur so liegen, vielleicht ihre Plomben zählen oder ihr die immer rauhen Ellbogen mit Nivea einreiben. Aber da war wohl heute nichts zu machen. Sie war gerade drauf und dran, ihr Leben zu verändern. Sie hat sowas Aufgedrehtes, Flackerndes, wie ein kleines Mädchen vor der Bescherung, die es nun nicht mehr abwarten mag.
»Drittens. Paß auf. Hör zu: also, wo fange ich an? Du weißt doch, letztes Jahr im Frühjahr, ehe die Mauer fiel, sind Hunderte von DDRlern über die Warschauer Botschaft in den Westen abgehauen. Und über Ungarn auch. Die hat Springer mit Wissen von Kohl mit Geld geködert.«

»Das ist doch Quatsch.«
»Ist es nicht – aber die Details spielen auch jetzt keine Rolle. Tatsache ist, daß da viele Eltern ihre Kinder hilflos zurückgelassen haben. Und ganz viele haben sich auch jetzt nicht mehr gemeldet. Die Kinder leben in Heimen, bei Verwandten, bei Nachbarn, und sie suchen mit Anzeigen über das Rote Kreuz ihre Eltern und finden sie nicht, die sind im Kapitalismus untergetaucht. Ich habe mit einem Mädchen gesprochen, es ist elf und versteht die Welt nicht mehr. Du, ich hab Rotz und Wasser geheult bei dem Gespräch, ehrlich, Rotz und Wasser. Uwe Ochsenknecht im Unterhemd. Beide Eltern sind bei Nacht und Nebel abgehauen, sie war allein in der Wohnung. Sie gehen zum Essen zu Verwandten, haben sie ihr gesagt, sie hat drei Tage gewartet, dann hat sie bei den Verwandten nachgefragt, die wußten von nichts. Sie hat nie mehr was von ihren Eltern gehört. Ist doch Wahnsinn, oder?«
»Und du machst einen Film über sie?«
»Wollte ich. Habe aber eine bessere Idee. Auch schon verkauft. Ich hab die Sache einer Lektorin vom Kögel-Verlag erzählt, die hat auch gleich Rotz und Wasser geheult und gesagt, mach ein Sachbuch daraus. Das mache ich jetzt: ›Warum habt ihr das getan?‹ oder so. ›Gespräche mit Kindern, die vor dem Mauerfall von den Eltern verlassen wurden.‹ Vertrag hab ich schon. Und Vorschuß, fünf Mille.«
»Gut. Ich weiß das nicht, aber gehen denn solche Sachbücher?«
»Es gehen überhaupt nur noch Sachbücher. Und solche, in denen es tüchtig menschelt, sowieso. Die Leute wollen doch mit den Kindern leiden – wie verlogen das auch immer ist.«

»Gut. Wieviele Interviews mußt du machen?«
»Das ist der Punkt. Paß auf: erstens steh ich das emotional im Moment nicht durch, auch nur noch ein einziges solches Interview zu machen. Das macht mich zu fertig. Zweitens kommt bei solchen Interviews immer dasselbe raus. Alles eine Gebetsmühle. Das kann ich mir selber ausdenken. Zu viel sozialer Mief. Das waren doch alles dieselben Leute. Nach vierzig Jahren Sozialismus plus Westfernsehen haben sie die Kinder verlassen. Nach vierzig Jahren Kapitalismus plus Westfernsehen hätten sie sie wahrscheinlich umgebracht. Drittens habe ich nicht die Zeit, in den FNLS rumzugurken, um mir das Zeug anzuhören. Viertens würde der Spesensatz niemals den Arbeitsaufwand decken. Fünftens habe ich noch drei Filme fertigzumachen. Sechstens muß ich umziehen.«
Er bestellt sich noch ein Bier, sie sich einen Wein.
»Ilja Richter mit Hund und Zigarre«, sagt Helga.
»Nein, Paul, die Realität taugt nichts für so ein Sachbuch. Das ist der Hauptpunkt. Ich muß mir die Interviews ausdenken, dann sind sie besser und glaubwürdiger und vielfältiger. Ist natürlich top secret, bleibt unter uns, ja? Und du mußt mir helfen. Dir fallen doch immer so extreme Sachen ein. Das brauche ich.«
Er lächelt. Das ist Helga, wie er sie liebt. Sie merkt, daß er sich über sie amüsiert, und sie lächelt leicht verschämt. Er steht auf, beugt sich über den Tisch, küßt sie kurz auf den Mund, den sie dazu leicht spitzt. Als er sich wieder setzt, sieht sie über seine Schulter Otto Sander kommen und teilt das mit.
»Hilfst du mir?«

»Wenn ich kann, wenn mir was einfällt.«
»Es muß quer durch alle Schichten der DDR-Gesellschaft gehen. Der Bauarbeiter, der Oberarzt, der Schauspieler mit Staatspreis, der Parteifunktionär. Es wäre einfach zu diffamierend, zu sagen, das war ein typisches Unterschichtenmilieu, in dem das passierte.«
»War es aber doch.«
»Schon, aber das ist einfach zu langweilig.«
»Fußballprofi, Leistungssportler, Stasispitzel, Symphonieorchesterleiter.«
»Das ist jetzt auch wieder Unsinn. Keine Exotik. Es muß glaubhaft sein, »die Namen wurden geändert«, daß man also nicht fragen kann, ist das nicht der und der.«
»Namen und Anschriften der befragten Kinder sind der Redaktion bekannt.« Er grinst.
»Ja.«
»Margot hat Erich auch allein gelassen.«
»Keine solchen Scherze, ja.«
»Verzeihung.«
Sie phantasieren sich Geschichten zusammen, vertiefen sich immer mehr in den Ex-DDR-Alltag, zu dem sie immer noch ihr parteigefärbt-idealistisches Verhältnis hat und er gar keins, abgesehen von den zwei, drei Besuchen bei seiner Großmutter und dem zufälligen Zusammentreffen mit der Familie Kowalski. Sie spielen in verteilten Rollen Befragerin und verlassenes Kind, wühlen kräftig in allen möglichen und unmöglichen, banalen und gewagten Privatgeschichten herum und rühren schließlich eine derart sentimentale Schicksalssoße an, daß sie sich bald nicht mehr halten können vor Lachen. Und während halbwüchsige Kinder an Bet-

ten gefesselt, Säuglinge vor Parteibonzenvillen und Krankenhäusern abgelegt, Katzen, Hunde und Kleinkinder in Müllsäcken an Parkplätzen ausgesetzt und von Rabeneltern, die es in den goldenen Westen oder nach Übersee drängt, schmählich verlassen werden, woran, wie Helga selbst heute abend nicht aufgibt zu betonen, nicht die Verhältnisse im sozialistischen Staat, sonden die schnöden Lockmanöver der westlichen Medien schuld waren, gehen Otto Sander und Wim Wenders, kommen Elmar Wepper und Barbara Auer, streiten sich Ute Lemper und ein Helga nicht namentlich bekannter Filmproduzent, geben sich die Aspekte-Redaktion vom ZDF und die halbe Berliner Medienwelt, die laut Helga auch mit Schuld für die Massenflucht aus der DDR zu belegen sind, die Ehre. Ein gelbschopfiger, magerer alter Schwuler gibt jetzt am Kopfende des Tisches das Gesamtrepertoire von Marika Rökk zum Besten, wobei er nicht aufhört zu erzählen, daß er 1946 als kleiner Junge von ihr eine deutsche Mark in der Garderobe der Oper zu Frankfurt geschenkt bekommen hat.
»Eine Mark nur«, fragt einer.
»Jawohl, eine deutsche Mark. Rühmann hat mir nichts gegeben. Dabei hatten sie beide Geld. Die haben ja beide durchgespielt, seinerzeit.«
Da hat er denn doch noch die, denen er schon auf die Nerven zu gehen droht, als Lacher auf seiner Seite.
Etwa um zwei Uhr, als auch jener Klaus Emmerich geht, den Paul nicht kennt, der Helga aber von Ferne bekannt ist, ist das Sachbuch »quasi im Kasten«. Sie hat alles aufgeschrieben, einen dicken Block vollgekritzelt und ist zufrieden.
»Weißt du, Paul, das Buch ist mein vorläufiger Abschied

vom Traum einer sozialistischen Gesellschaft. Und ich finde es ganz wichtig, daß *ich* das mache, daß das aus unseren Reihen gemacht wird – und nicht von irgendeiner Tussi vom *Stern*, verstehst du?«
»Nicht ganz, ist aber egal.«
Da sitzt sie, denkt Paul, innerlich zerrissen, überwältigt von ihrem Arbeitstempo, verzweifelt vom Lauf der Zeit, überfordert und geknickt, zum Platzen voller Ideen und heimatlos. In Wuppertal sitzen ihre Eltern, alte Kommunisten aus Tradition und Überzeugung, und sie verstehen die Welt nicht mehr. Und sie kann ihnen nicht sagen, daß auch sie bereits Zweifel hat an der Glaubwürdigkeit der ehemaligen Führungsspitze der DDR, sie kann sich dem Umdenken im Lande nicht entziehen, denn sie denkt und lebt mitten drin und tobt zudem wie kaum jemand durch die Medien des Landes, um zu überleben. Ihr Motor läuft zu schnell. Sie ist blaß und nervös, und Paul würde jetzt gern mit ihr irgendwo liegen, sie festhalten und beruhigen. Und er würde ihr die Augen zuhalten, und Otto Schily und Wim Wenders und Otto Sander und wie sie alle heißen, könnten kommen und gehen, und sie würde es nicht merken, und er würde es ihr einfach nicht sagen, denn es wäre nicht wichtig für sie. Es ist dies wieder einmal einer der Momente, in denen Paul glaubt, daß er, der vor sich selbst gern damit kokettiert, nicht zu wissen, was Liebe ist, Helga liebt. Nur sie, eigentlich nur sie.
»Wir sind gut, wir beiden, was?«
»Aber du machst was draus.«
Das hätte er nicht sagen sollen, denn das mobilisiert unverzüglich ihre Mutterinstinkte, und wenn er an diesem Tag et-

was nicht mehr braucht, dann ist es das. Doch nun, voller Dankbarkeit auch, nimmt sie sich seiner an. Sie, die noch keinen ihrer Parteigenossen, der in der »Scheiße saß« (und in diesen Tagen sitzen viele darin), ohne mütterliche, schwesterliche, genossenschaftliche Fürsorge gelassen hat, seziert nun unverzüglich die Symptome von Pauls erfolgsdefizitärem Leben.

Sie mache sich nämlich, das müsse sie nun einmal sagen, schon seit einiger Zeit Sorgen um ihn, ja sie frage sich, wovon er eigentlich lebe, denn mal hier, mal da eine Antiquität zu verkaufen, das könne es doch nicht bringen, und er solle doch nicht glauben, daß ihr nicht aufgefallen sei, daß er ständig nur von diesem einen Geschäft, das er mal getätigt habe und das ihm vielleicht tausend Mark Gewinn eingebracht habe, erzähle. Sie könne er doch nicht darüber hinwegtäuschen, daß aus allen seinen Plänen, von denen er in den letzten Jahren gesprochen habe, nichts geworden sei, sie könne sich schon gar nicht mehr erinnern, daß er überhaupt in letzter Zeit etwas zuwege gebracht habe, das sei doch ein bedenklicher Zustand, aus dem er herausmüsse, aus dem sie ihm natürlich heraushelfen werde, verdammt noch mal, er sei doch so phantasiebegabt, habe so viele verrückte Ideen, auch Witz, ja auch durchaus Witz, Sarkasmus sogar. Und warum er denn, wenn er sich schon nicht am Schreiben, an Geschichten fürs Fernsehen versuchen wolle, was sie verstehe, denn das sei ja auch ein enger Markt, ein korrupter zudem, das wisse sie, warum er sich aber nicht, den Läufen der Zeit folgend, im Osten nach den vielen Antiquitäten umgesehen habe, die dort herumständen und jetzt von Leuten aufgekauft würden, die nicht annähernd sein Niveau hätten, und diese Großmutter habe doch wohl auch nichts vererbt, wovon er eine Zeit leben könne. Sie könne ihm vorschlagen, sagt sie, daß er ihr Produzent werde, daß er die Geschäfte für sie mache, die Verträge aushandle, jetzt, da sie sich doch entschlossen habe, am kapitalistischen Kuchen mitzuessen. Sie zusammen seien doch unschlagbar, eine Supertruppe, und er könne doch mit ihr zusammenarbeiten, mit seinen Ideen, mit seinem Witz, seiner Schlagfertigkeit. Sie werde morgen sofort den Vertrag auf sie beide umschreiben lassen, das Sachbuch, das sie doch quasi schon fast fertig hätten, könnte doch ihr erstes gemeinsames Werk sein, das erste von vielen, die folgen würden, an Themen würde es ihnen beiden doch nicht mangeln. Und da komme übrigens Wim Wenders schon wieder, und sie registriere in letzter Zeit, daß Paul verbitterter geworden sei, daß er über Gebühr diese Geschichte mit seinem Bruder strapaziere, statt selbst was auf die Beine zu stellen.

Überhaupt dieser Bruder und Pauls Zwist mit ihm: viel zu oft erzähle er davon. Das gehe ihm, da sei sie sicher, viel näher, als er zugebe. In Wirklichkeit beneide er den Bruder. Vielleicht nicht gerade wegen seines bürgerlichen Familienlebens, aber wegen des Wohlstandes und der gesicherten Existenz. Von einer solchen, das wisse sie ja, träume er heimlich auch.

»Helga, bitte, beschimpfe mich, hau mir alles um die Ohren, aber halte dich aus meinem Verhältnis zu meinem Bruder raus, bitte.«

»Ich will den jetzt mal kennenlernen. Vermutlich ist der ganz anders als du ihn beschreibst. Scheißberuf hin, Scheißberuf her, wenn der so ein Arschloch wäre, wie du sagst. –«

»Ich habe nicht gesagt –«
»Hast du wohl. Wenn er so wäre, wie du ihn hinstellst, dann hätte er keine Frau, dann –«
»Hör mal, die Frau ist ein Hauptgrund dafür, warum er so ist, wie er ist.«
»Das glaube ich nicht. Das legst du dir so zurecht, wie es dir in den Kram paßt. Nein, nein, ich möchte mir gern mein eigenes Bild von ihm machen.«
»Ich kann dir alles über ihn erzählen. Es würde dich langweilen. Der Mann ist völlig uninteressant.«
»Wenn das so wäre, dann würde er dich nicht so beschäftigen.«
»Ich gebe auf.«
Paul lehnt sich resigniert zurück.
»Ist er eigentlich Millionär?«
»Ich denke schon.«
»Dann will ich ihn sehen. Ich will wissen, ob man ihm das ansieht.«
»Es steht ihm auf die Stirn geschrieben.«
Paul hat das so lakonisch gesagt, daß Helga annehmen muß, von ihm überhaupt nicht ernstgenommen zu werden. Wenn sie etwas nicht ertragen kann, dann das. Jetzt legt sie erst richtig los.
Er bastle sich diesen Bruder wie einen imaginären Feind zurecht, neben dem er selbst immer gut aussehe. Das aber sei ein schlimmer Selbstbetrug. Damit wolle er nur von sich, von seinen eigenen Unzulänglichkeiten ablenken. Aber das lasse sie nicht mehr zu, jetzt gehe sie an die Wurzeln, schließlich sei Paul ja nicht allein, er habe ja sie, die Freundin, und als solche werde sie jetzt für ihn sorgen, und

überhaupt müsse er sich mal ein paar vernünftige Klamotten zulegen, es falle ihr seit einiger Zeit auf, daß er immer dasselbe trage, was sie einerseits als Geldmangel auszulegen bereit sei, aber doch auch als eine Nachlässigkeit sich selbst gegenüber sehe.

»Ich habe schon eine Mutter, und die ist schon eine zuviel!«, schreit Paul plötzlich ins Lokal.

Für einen Moment verstummen die Gespräche, aber nur für einen Moment. Man kennt hier solche Ausbrüche, denn viele, die hierherkommen, fühlen sich bemüßigt, ihren Emotionen freien Lauf zu lassen, und sei es, um sich der zu vielen falschen Mütter zu erwehren, die jedem immer wieder an allen Ecken bedrohlich begegnen.

»Ist gut«, sagt sie, »ich weiß, der falsche Fuß, das macht dich nervös, entschuldige, ich habe – es – das ist mir alles so rausgerutscht.«

»Helga, ist dir schon mal aufgefallen, daß wir noch nie eine ganze Nacht miteinander verbracht haben?«

»Was soll das jetzt?«

»Wir sind noch nie nebeneinander am Morgen aufgewacht.«

»Vielleicht gut so.«

Sie schauen sich an, müssen beide lächeln und wissen, daß sie wieder einmal einen Konflikt nicht wirklich miteinander ausgetragen haben.

Paul ist jetzt nach ein paar Cocktails. Helga würde zwar gern nach Hause gehen, sagt sie, um schon mal mit der Abschrift des Sachbuches zu beginnen, doch sie will ihn hier nun nicht hängen lassen.

Arm in Arm gehen sie über den Savignyplatz, erst schweigsam, dann herumalbernd, und Paul hat eine Idee, die er während der folgenden drei Cocktails in der ruhigen, leicht schummrigen, nicht mehr gut besuchten Bar konkretisiert.

»Ein Junge kommt ins Heim. Da war er schon mal, als er von zu Hause weggelaufen war. Eines dieser Heime, die sie drüben hatten, Erziehungslager, triste Kästen. Da ist er nun wieder, und dort findet er seinesgleichen, andere Kinder, die von ihren Eltern verlassen wurden. Einer, unser Junge, ist der Anführer. Sie brechen eines Tages aus, denn sie wollen ihre Eltern im Westen Deutschlands suchen. Sie wollen über die Mauer, haben nur eine kindlich-naive Vorstellung von der Gefährlichkeit ihres Unternehmens. Ein kindliches Spiegelbild der Vorstellung, die die Erwachsenen von der Mauer und dem Wunsch, sie zu überwinden, geprägt haben. Jetzt gehen also diese Kinder über die Mauer beziehungsweise über den Todesstreifen, zu einer Zeit, da die Mauer gerade fällt. Ein irres Bild, finde ich. Die Kinder wissen natürlich nichts von der aktuellen Entwicklung. Die sind gerade in den Tagen unterwegs, als alles passiert. Es gelingt ihnen, rüberzukommen, und sie sehen es als Erfolg ihrer Geschicklichkeit an. Sie verstehen gar nicht, warum das die Eltern mit ihnen nicht schon längst gemacht haben, wo es doch so einfach geht. Sie sind drüben. Wohin jetzt? Da kann man meinetwegen so ein paar Abenteuer einbauen, Spannung. Sie werden aufgegriffen und hauen wieder ab, und einer schafft es nicht. Der geht vielleicht tatsächlich bei einer Mine hoch oder so. Jedenfalls haben sie ein Ziel. Ja, genau, die müssen ein Ziel haben. Zum Beispiel hat der Vater unseres Hauptjungen immer von Köln gesprochen, von den Fordwerken, wo ein Freund arbeitet, der vor

Jahren abgehauen war. Und der Vater unseres Jungen ist vielleicht Automechaniker, hat Trabis gebaut, und der Junge sagt sich, da werden die Eltern hingegangen sein, zu Ford, nach Köln. Einmal sehen sie am Nachmittag beim Einbruch in einen Laden – sie müssen sich ja durchschlagen – im Fernsehen den Fall der Mauer, den ganzen Trouble in Berlin. Sie staunen, wissen das gar nicht einzuordnen.«
»Ja, da muß immer wieder die ganze Aktualität rein.«
»Ich sehe das als Film.«
»Ich sehe da ja fast eher einen Roman. Wäre auch die bessere Vermarktung. Erst als Roman, dann als Film.«
»Ach, ist doch nur so eine Spinnerei. Wie kanns weitergehen? Ich weiß: sie wissen den Namen des Freundes des Vaters. Sie kommen nach Köln, finden den auch und kreuzen bei ihm auf. Der und seine Frau, die sind ganz verwirrt. Der Freund, also der Vater von dem Jungen, ist zwar gekommen, aber, aber –«
»Hör zu: die Eltern waren zerstritten, wollten sich trennen. Sie hatte einen Amerikaner als Geliebten, der wollte sie über Ungarn rausholen. Ihr Mann hat das entdeckt und verlangt, daß sie ihn mitnehmen. Er hat versprochen, den Jungen nachzuholen, wenn er in Köln Fuß gefaßt hat. Sie ist mit dem Ami ab nach Boston. Er ist nach Köln, hat dort als Flüchtling sofort Arbeit bekommen, hat gesagt, seine Frau sei noch drüben. Von dem Kind hat er aber nichts gesagt. Oder so: er hat dem Freund gesagt, die Frau ist mit dem Kind nach Amerika – denn der hat ja sicher was von dem Kind gewußt. Jedenfalls –«
»– Der Freund ist jetzt überrascht, den Jungen zu sehen. Er geht mit ihm zum Vater, der irgendwo in einem Arbeiter-

heim mit Gastarbeitern wohnt. Dem Vater bleibt nichts anderes übrig, als den Jungen aufzunehmen. Der Junge, weil er den Vater ja nicht reinreiten will, sagt dem Jugendamtsleiter oder irgendeiner Figur, die sich da kümmert, ein Sozialarbeiter oder so, der sagt dem also, daß der Vater zuerst gegangen ist, weil die Mutter ihn verlassen hat. Der Junge denkt ja, also der muß denken, daß, nein –«
»Der muß denken, daß die Frau den Mann verlassen hat, also die Mutter den Vater, also hält er zum Vater. Gefällt mir aber nicht, weil das wieder gegen eine Frau geht.«
»Wieso wieder?«
»Weil solche Geschichten immer gegen die Frauen gehen.«
»Naja, wie auch immer. Jedenfalls, ich habs, ich hab den Schluß: der Junge bleibt beim Vater, und die anderen Kinder, mit denen der Junge geflohen ist, deren Eltern ja nicht aufzufinden sind, kommen in ein Heim in der Nähe, von wo sie wieder zurückgebracht werden sollen. Der Sozialarbeiter, der zu den Kindern und auch zu unserem Jungen eine ganz enge Beziehung gefunden hat, weil der, wie soll ich sagen, der –«
»– Der symbolisiert die eigentliche Vaterfigur. Das hat ganz viel Tragik, das ist toll, Paul!«
»Ja, und da geht ja mein Schluß auch hin: der Junge merkt, was der Sozialarbeiter auch merkt, nämlich, daß der Junge dem Vater überhaupt nicht willkommen ist. Das merkt so ein Kind schnell. Da hat der Vater schon eine Freundin – irgendeine Schlampe –«
»Vorsicht, ja!«
»Okay, also keine Schlampe. Meinetwegen eine kommunistische Betriebsrätin bei Ford, wenn dir das lieber ist, eine

wahnsinnig engagierte Frau, die aber in ihrem Leben auch keinen Platz für ein plötzlich auftauchendes Kind hat. Jedenfalls er, der Vater, hat sich mit aller Wucht in den Kapitalismus geschmissen, und jetzt stört ihn der Junge. Als der Junge das merkt, läßt er langsam die Wahrheit raus, will den Vater damit erpressen. Es gibt Krach. Das geht so weit, daß der Vater dem Jungen droht. Der Sozialarbeiter taucht auf, will dem Jungen die Möglichkeit geben, sich von den anderen Kindern zu verabschieden, merkt, was mit dem Jungen los ist, kann aber nichts tun. Aber er sagt ihm, morgen fahren wir – also er muß die Kinder in einem Bus zurückbringen in das Heim nach Thüringen, das Heim ist vielleicht in Thüringen. Er sagt dem Jungen so genau, wo sie am nächsten Morgen vorbeifahren, daß dem Jungen alles klar ist. Am nächsten Morgen steht er an der Straße und der Sozialarbeiter – das ist vielleicht ein Zivi, der beim Sozialamt keine Karriere machen will, ein Linker – der nimmt den Jungen einfach mit.«

»Das befriedigt mich nicht. Das ist kein Schluß. Das ist trist. Da ist keine Hoffnung drin. Du kannst heute keine Geschichte verkaufen, die einen negativen Schluß hat. Man braucht zumindest eine Perspektive, Hoffnung oder so.«

»Ich hab es schon: Kein Problem. Die Mutter muß ja annehmen, daß sich der Vater um den Jungen kümmert. Das war ja das Arrangement. Der Sozialarbeiter fährt auf der Autobahn Richtung Thüringen. Im Bus sitzt der Junge mit seinen Kameraden, die sehr bedrückt sind. Unser Junge sieht plötzlich ein Schild, »Flughafen Frankfurt«. Das ist ihm ein Signal. Flughafen, Flugzeug, Amerika, wo die Mutter ist.«

»Weiß er das?«

»Der Vater hat den Behörden gesagt, daß seine Frau nach Boston geflogen ist. Das hat der Junge mitbekommen. An einer Tankstelle versteckt er sich und läuft weg. Der Sozialarbeiter-Zivi-Linke begreift natürlich alles. Er sucht ihn nicht. Er fährt einfach weiter. Und der Junge –«
»Sehr unglaubwürdig.«
»Das ist Poesie, das ist Fiktion, fiction, das ist Kino, das ist kein Sachbuch, da muß man groß denken. Casablanca ist auch unglaubwürdig, und doch ist es groß. Oder gerade darum.«
»Okay, du hast recht.«
»Schluß: der Junge schlägt sich zum Flughafen Frankfurt durch. Auf einer langen Rollgangway, oder wie das heißt, verlieren wir ihn. Aus.«
»Du willst ihn nicht bei der Mutter ankommen lassen?«
»Nein, will ich nicht.«
Er sagt das etwas zu laut, merkt, daß er angetrunken ist und daß der Raum zu wackeln und ihr Gesicht zu schmelzen beginnt. Sie haben mindestens sechs Cocktails getrunken, alle Salzstangen und Chips und Goldfischli aufgegessen, und während sie diese Geschichte erfunden haben, sind zu verschiedenen Zeiten auch hier Otto Schily, Hellmuth Karasek, Hans Neuenfels und ein paar andere, Helga namentlich bekannte Prominente gekommen oder gegangen oder beides.
»Sind wir nicht verdammt gut?«
Sie kann trinken wie ein Roß, denkt Paul, denn sie steht da wie eine Eins und hält ihn fest, damit er nicht vom Hocker rutscht.
»Wenn der Junge, unser Junge, unser gemeinsamer Junge, du

verstehst mich, also wenn der sich da in, in erwartungsvolles Nichts auflöst, dann läßt das die, die Dings, die Möglichkeit offen für einen zweiten Teil. Verstehst du?«
»Du bist ein Filou. Warum machst du nicht die Filme, und warum schreibst du nicht die Romane?«
»Weil du sie schreibst.«
»Ich?«
»Schreib die Geschichte. Ich schenke dir meinen Anteil.«
»Wann soll ich das machen?«
»Nach dem Sachbuch.«
»Ich muß noch drei Filme fertigmachen. Schneiden, mischen, was weiß ich. Um die Geschichte als Roman zu schreiben, brauche ich einen Monat, mindestens.«
»Ich bräuchte zehn Jahre, wenn überhaupt.«
Sie gehen. Auf der Straße schlägt ihren heißen Gesichtern nasser, kalter Wind entgegen. Sie kuscheln sich für einen Moment aneinander. Paul fängt sich, steht wieder gerade, redet klar.
»Kannst du dich erinnern, daß ich dir am Telefon gesagt habe, ich hätte auch eine Frage?«
»Ach ja. Was war es?«
»Willst du wieder mal mit mir schlafen?«
Sie findet unverzüglich zu einer der Situation und der Nachtzeit überhaupt nicht angemessenen Sachlichkeit.
»Hör mal, Paul, das trifft sich ganz schlecht. Ich hab mir vorgestern ganz fest vorgenommen, die nächsten zwei Monate keinen Sex. Ich schaff das sonst einfach nicht. Das Sachbuch, die Filme, mein Vater kommt ins Krankenhaus, Wohnungssuche, Umzug, wenn was klappt – und wenn ich den Roman auch noch schreibe, was mich sehr reizt, weil es

schade wäre, wenn mans nicht macht, brauch ich mindestens noch einen Monat mehr. Sind also drei Monate. Weißt du, und mit Sex noch dabei schaffe ich das nicht. Ich arbeite einfach viel effektiver ohne Sex.«
»Bei mir ist es genau umgekehrt.«
Sie gehen zum Savignyplatz zurück. Das Thema ist abgehakt. Sie bittet ihn noch, nicht zu vergessen, ihr die Nummer des Hausbesitzers der Wohnung seiner Großmutter aufs Band zu sprechen, und sie nimmt sich vor, gleich morgen der Lektorin, die zwar nur fürs Sachbuch zuständig sei, es aber weitergeben könne, von der Geschichte zu erzählen.
»Mach das. Du kannst das.«
»Meinst du, es wäre vielleicht auch eine Fernsehserie?«
»Nein. Viel zu schade. Mach das, wie du es gesagt hast, äh, du hast doch gesagt, wie – wie war das noch mal, erst Film dann Roman, nein –?«
»Erst Roman, dann Film. So mach ichs.«
Am Savignyplatz nimmt sie ein Taxi und er noch ein Bier im Zwiebelfisch, wo er meistens zu so später Stunde einen von seinen Freunden aufgabelt, Freunde im Alkohol, muß man sagen, von denen er nicht weiß, was sie tagsüber tun, wie und wo sie leben, ob er sie in nüchternem Zustand überhaupt erkennen würde und sie ihn. Doch heute trifft er dort nur auf sich selbst, und das ist um diese Zeit, bei den letzten Bieren der Nacht, eine selbstmitleidige Angelegenheit.
Helga hat völlig recht. Er hängt doch jetzt schon seit Jahren untätig herum, weil er nichts richtig gemacht hat, in nichts eine Kontinuität hatte. Und was heißt seit Jahren? Hat er denn je irgendwas wirklich geleistet? Schau mir in die Augen, Paul Friedhelm Helmer. Wer bist du? Alt wirst du.

Schon dauert dein Wasserablassen länger, tröpfelt vor sich hin. Schon werden deine Schläfen grau, schon gehen dir massiv die Haare aus, schon spürst du Schmerzen, die du jeden Tag woanders ortest. Du hast dein Studium damals nach zwölf Semestern nicht wegen Erfolglosigkeit abgebrochen, vielmehr hast du nie so studiert, daß sich überhaupt irgendein Erfolg hätte einstellen können. Es war einfach überflüssig geworden, da noch hinzugehen, und einen Parkplatz kriegte man auch immer seltener. Auf einem Nichts wolltest du damals eine Familie gründen mit einer netten kleinen, runden Frau. Einfach so, weil sie ein Kind von dir bekam. Daß du das nicht getan hast, das preist du heute auch nur noch dann, wenn du dir deine Freiheit und Unabhängigkeit zugute hältst, um dir nicht einzugestehen, daß du allein und oft genug einsam bist, wie jetzt zum Beispiel.
Helga hat recht. Immer hast du dich über deinen Bruder erhaben gefühlt. Als Spießer hast du ihn abgetan. Seine Karriere hast du belächelt. Seine Frau hast du eine »kleinbürgerliche Schnepfe« genannt. Aber sei ehrlich, Paul, sein Geld hättest du doch gern. Und sein Haus. Überhaupt so eine wirtschaftliche Sicherheit, das wäre doch gar nicht zu verachten. Aber schau dich an, wo stehst du, wer bist du? Ein Möbelverkäufer? Ein Kunsthändler? Nichts davon, weil du alles immer wieder aufgegeben hast, wenn sich nicht unverzüglich sowas wie Leidenschaft und Berufung eingestellt haben. Ja, du hast Möbel verkauft. Später hast du sie dann Antiquitäten genannt. Und ein paar Bilder hast du auch verkauft. Du hast Geschäfte gemacht. Wenige. Und da hat Helga recht, du redest jahrelang davon, viel länger, als du

jeweils von dem Geld etwas gehabt haben kannst. Du machst dir eben immer was vor. Zugestanden, einmal warst du wirklich gut. Ein Bombengeschäft. Du warst mutig und geschickt, und man kann sagen, du hast sogar sowas wie eine kleine kriminelle Energie entwickelt. Das hat sich bezahlt gemacht. Aber danach, statt mit Claudio Pedrini weiterhin Geschäfte zu machen, hast du gedacht, du müßtest für den Rest deines Lebens nicht mehr arbeiten. Aber es ist nicht so. Das Geld ist fast weg. Du mußt dir was einfallen lassen. Du bist noch keine fünfzig und in spätestens einem Jahr pleite. Du brauchst neue Zähne. Die kosten mehr Geld als du auf der Bank hast. Du bist schlecht versichert. Die Kasse zahlt fast nichts. Neue Klamotten könntest du auch brauchen. Helga hat recht. Hättest du von deinen Zinsen leben wollen, hättest du anders, bescheidener leben und vielleicht auch was dazu verdienen müssen.
Paul Friedhelm Helmer, schau dich unter den Säufern hier um, von denen du oft genug auch einer bist. Es geht dir dreckig, und die einzige Freundin, die du hast, macht sich Sorgen um dich. Und du beschimpfst sie als »Mutter«. Gottseidank, du mußt nicht weiter nachdenken. Da kommt Kurti, den sie erst um diese Zeit hier reinlassen, weil es dann schon egal ist, wenn er die paar Leute, die noch da sind, anmacht. Kurti lebt vom Schnorren, und er schreibt Gedichte. Die liest er vor. Das heutige geht irgendwie um eine tanzende Träne auf den Niagarafällen. Du kriegst das nicht mehr so richtig mit. Aber Kurti fühlst du dich haushoch überlegen.
Paul torkelt zum Telefon und ruft Helga an. Er will sich dafür entschuldigen, daß er sie »Mutter« genannt hat.

Doch da ist besetzt. Oder er hat sich verwählt. Oder sonstwas. Ist doch scheißegal.
»Noch eins für Kurti und mich! Jaja, auf mich! – Prost, Kurti! – Also, Kurti, mein Bruder, also den kennst du nicht, der, der –«
»Leck mich am Arsch mit deinem Bruder.«

6

KOWALSKI WINKT AB. Er was davon brauchen? Nein. Lange genug hätten sie alles zusammengestückelt gehabt. Es hat ja nichts gegeben. Aber jetzt hat er sich mit der Frau umgesehen. Im KaDeWe und anderswo. Mit den Mauerstücken und russischen Uniformen hat er nebenbei ein ganz schönes Geschäft gemacht. Da hat er irgendwie einen Riecher gehabt. Und alles selbst verkauft, direkt an die Liebhaber, Amis meistens. Mit der Frau war er drüben auf den Flohmärkten. Er sagt immer noch drüben. Naja, hat er so gelernt und ist ja auch so, drüben, eben anders als hier, immer noch. Die Preise haben sie verglichen. Man muß auf der Hut sein. Schön langsam richten sie sich ein. Video haben sie schon. Und die Schüssel für die ganzen Programme.
Dem Hausbesitzer, der in Westberlin ein bekannter Grüner sei – das müsse man sich vorstellen, der sei jetzt der Besitzer des Hauses! –, dem habe er angeboten, das Haus zu renovieren, wozu der aber mit einem langfristigen Vertrag rüberkommen müsse, denn umsonst sei der Tod, und der koste das Leben, was schon sein Vater immer gesagt habe.

Schimpft sich »von« so einer, hat blaues Blut und bosselt bei den Alternativen herum. Und jetzt? Fein raus, denn dem gehören die zwei Häuser nebenan auch noch. Aber was solls, wenn der nun mal der Besitzer ist und man selbst nichts besitzt als die eigene Kraft, dann muß man sich eben arrangieren mit so einem, blaues Blut hin oder her. Wie gesagt, wenn der klug ist, läßt er ihn in Eigenregie das Haus renovieren und spart viel Geld. Aber jedenfalls nein, von den Sachen hier brauche er nichts. Denn das habe er seiner Frau versprochen, daß man sich ganz neu einrichte.
»Komm, wir stellen es auf die Straße runter, Mann, da kommen todsicher Pollacken und holen sich das.«
Kowalski stapft federnd durch die kleine Wohnung. Er kann nur stapfen, denn der etwa sechsfarbige, zwischen den Beinen beige Trainingsfreizeitanzug und die nagelneuen Reeboks verführen dazu, nicht normal zu gehen, sondern leicht federnd zu stapfen. Man geht ja, sagt die Werbung, nicht auf dem Boden, sondern auf unsichtbaren Luftkissen. Also stapft Kowalski federnd, geht wie auf frisch gefallenem Schnee, so als müsse jeder Schritt durch leichtes Wippen im Knie kontrolliert werden. Weil dieser federleichte, kaum am Körper zu spürende Trainingsfreizeitanzug so angenehm den Körper umspielt, möchte er ihn eigentlich nie mehr ausziehen, zumal er im Moment keinen Grund hat, den alten Blaumann anzuziehen, denn Arbeit hat er ja zur Zeit nicht. Und weil mittels einer aussagekräftigen männlichen Handbewegung so vielem Nachdruck zu verleihen ist, packt Kowalski mit der rechten Hand immer wieder einmal zwischen seine Beine, hebt seinen Sack nach oben, um quasi sicherzustellen, daß er noch da ist und sich nicht in der weitläufigen Hose verflüchtigt hat.

Paul, an die Allgegenwärtigkeit der weltumspannenden Freizeitkleidung gewöhnt, beobachtet Kowalskis Umgang damit sehr genau, denn es erstaunt ihn schon, wie schnell der verstanden hat, wie sich seinesgleichen überall auf der Welt kleidet und bewegt.
»Sicher, Mann, die Pollacken nehmen alles.«
Er bleibt am Fenster stehen, schaut hinaus und prüft die Beschaffenheit des Fensterkitts, der sich löst und mit den Fingern herausgepröckelt werden kann. Paul hat sich an Kowalskis neuen Kleidern sattgesehen, und er kümmert sich jetzt nicht mehr weiter um ihn. Er stöbert seinerseits in den Schubladen, legt Wäschestücke in einen Karton, findet ein Bündel Briefe, mit einer Schleife zusammengebunden, und stößt im Schlafzimmerschrank, den Kowalski mit den Worten »solche kannst du drei geschenkt haben von mir« kommentiert, noch auf einen kleinen Karton mit Fotos und Briefen und allerlei Krimskrams. Die beiden Funde wecken sofort Pauls Neugier. Er riecht an den Briefen und blättert das Bündel durch. Sie sind alle vom selben Absender: W. P. Paul ist sehr aufgeregt, und er wäre jetzt gerne allein, um sich darüber herzumachen.
Kowalski inspiziert die Toilette, pinkelt im Stehen und ohne die Tür zu schließen, während Paul feststellt, daß die fünfzehn Briefe durchnumeriert sind und das Datum ihrer Ankunft mit Bleistift auf die Kuverts geschrieben ist. Der erste ist vom 12. 3. 1935, der letzte vom 7. 10. 1939. Er öffnet einen der Briefe, entfaltet ihn, kann die Mischung aus Sütterlin und lateinischer Schrift, sehr schnörkelig geschrieben, nicht sofort lesen, schaut auf die Rückseite. »Immer, dein Walter« steht da. Pauls Herz tut einen Satz. Walter!

Großvaters Bruder. Da ist er, der Beweis für die der Mutter gegenüber so keck geäußerte Vermutung: Walter und Emma ein Paar, eine heimliche, verbotene Liebe. Sie hat also wirklich den geliebt, den sie auf dem allererten Foto angelächelt hat.

Wenn in der Familie von Großvaters Bruder Walter die Rede war, dann hieß es zumeist, »Walter, das Schwein«. Wollte Paul mehr wissen, von seiner Mutter oder von den Tanten Waltraud und Elisabeth, dann hieß es in der Regel, darüber wolle man nicht sprechen, das sei ein wunder Punkt, Walter, der Unselige, habe so viel Schuld auf sich geladen und so viel Unglück über die Familie gebracht, aber es habe ihn die gerechte Strafe des Herrn ereilt.

Aber was heißt das?

Was heißt das in einer Familie, in der weder jemand diesem Herrn nahestand, noch irgend jemand klar und verständlich über die Vergangenheit dieser Familie zu sprechen in der Lage war? Immer hatte Paul vor einem Puzzle von Details und Vermutungen gestanden. Wird er sich jetzt ein ganz neues Bild machen können, eines, das er in kühner Phantasie schon durchgespielt hat – nämlich daß es zwischen Emma und Walter eine Liebesgeschichte gegeben hat? Aber wo hat sie geendet, wie ist sie ausgegangen?

Herrgott, warum geht dieser Kowalski nicht endlich. Jetzt steht er vor Paul, der auf dem Boden kniet und die Stelle von Kowalskis Hose vor seinem Gesicht hat, die vom Vergewisserungsgriff ganz grau geworden ist.

»Wie gesagt, Mann, die Pollacken nehmen alles.«

»Ich warte mal, wer die Wohnung kriegt. Vielleicht kann der was brauchen.«

»Hoffentlich vermietet der nicht an Pollacken. Na also, ich gehe, machs gut.«

Endlich hört ihn Paul die Treppe hinuntergehen. Er atmet durch, fröstelt, schließt das Fenster, setzt sich mit dem Bündel Briefe in Emmas Sessel und beginnt zu lesen.

»Zürich, den 12. März 35. Meine liebste Emma, mein Täubchen.«

Es klingelt. Helga, blaß und übernächtigt, eingepackt in einen dick gefütterten Anorak, steht sie da. Wie süß sie aussieht, denkt Paul, ein Vogelköpfchen in einem großen Haufen Federn.

»Ich hab ja gleich gestutzt, als du sagtest von Rönne. Hartmann von Rönne. Ich dachte mir gleich, den Namen kennst du, aber woher. Was soll ich dir sagen, ich komme zu dem ins Büro, sehe ihn und flippe fast aus. Hartmann Rönne, »von« wußte ich gar nicht, hat er damals, glaube ich, weggelassen, kann ich aber nicht beschwören, jedenfalls ein alter Mitkämpfer aus ganz frühen Tagen. Hab ihn kennengelernt bei der Schahdemo 1967. Dann haben wir uns aus den Augen verloren. Später habe ich ihn wiedergesehen, da hat er bei einem linken Plattenlabel in Recklinghausen gearbeitet, es war, glaube ich, 1975 oder so, bei einem Hannes Wader-Konzert. Er war damals auch so ein Fan vom Hannes, diesem Überläufer der ersten Stunde. Weißt du, wenn es um den politischen Inhalt geht, treten für mich die musikalischen Aspekte in den Hintergrund. Aber wenn man nur noch Volkslieder singt und auf den revanchistischen Zug aufspringt, dann sollte man schon eine Gitarre stimmen können. Naja, egal. Jedenfalls, bei dem Konzert vom Hannes habe ich mich in den Rönne verliebt. Ich war

so verdammt scharf auf den, es lief aber nichts. Jetzt gibst du mir die Nummer, ich ruf den an, noch arglos, will auch nicht gleich was sagen in puncto kennen wir uns nicht oder so, kommt ja nicht so gut, wenn man eine Wohnung will, kann ja ein Schuß nach hinten sein. Ich gehe also in das Büro, sitzt da mein Hartmann. Mensch Hartmann, sage ich, du, alter Kämpfer! Und der ist politisch immer noch okay. Weißt du, das finde ich besonders bemerkenswert, wenn einer plötzlich so zu Besitz kommt und trotzdem politisch nicht umfällt. Wo war ich?«
»Du willst mir vermutlich sagen, daß du mit dem linken Herrn Hausbesitzer inzwischen den Mietvertrag für diese Wohnung ausgevögelt hast.«
»Was kannst du fies sein.«
»Ist es so oder nicht?«
»Wir waren immer scharf aufeinander. Und jetzt so im Gefühl des Wiedersehens und der gemeinsamen politischen Enttäuschung haben wir in seinem Büro sofort miteinander geschlafen.«
Sie schaut ihn voller Unschuld an, wie er da inmitten von Kartons, Bildern, gebündelten Briefen und Haufen von Wäsche sitzt und offensichtlich eifersüchtig ist.
»Kriegst du die Wohnung?«
»Na klar. Aber das hat damit überhaupt nichts zu tun. Hartmann vermietet alles, was er jetzt plötzlich geerbt hat, soweit es frei ist, an Leute, die ihm politisch nahestehen. Das täten andere nicht.«
Sie setzt sich auf einen Stuhl, schaut sich um, schon mit dem Blick dafür, was sie brauchen kann und was nicht. Er verfolgt ihre Blicke und fühlt sich plötzlich ganz ungewollt

in der Rolle eines Vormieters, der dem Nachfolger gegenübersitzt. Hier ist einfach alles Emma, da hat eine Helga, wie auch immer sie gerade drauf ist, keinen Platz. Da fühlt er sich bedrängt. Wirklich? Oder was ist das sonst für ein ungutes Gefühl in ihm? Eifersucht? Ja, verdammt, er ist eifersüchtig, was sonst?
»Sag mal, du bist doch nicht etwa eifersüchtig?«
»Soll ich darauf wirklich antworten? Ich denke nur mit einiger Belustigung an deinen Vorsatz mit den mindestens drei Monaten – du weißt, Sachbuch, drei Filme, ein Roman.«
»Paul, du kennst mich wie fast keiner. War ich schon mal konsequent, hab ich schon mal einen Vorsatz durchgehalten?«
»Gestern ja.«
»Hör mal, laß uns Tacheles reden, ja. Wenn es da bei dir irgendein Defizit gibt wegen gestern, ich meine, wenn du dich verarscht fühlst, ja, dann machen wir jetzt sofort hier auf dem Teppich eine wunderbare Nummer. Du weißt, das können wir.«
Sie schaut auf die Uhr.
»Wir haben fünfundzwanzig Minuten Zeit, dann holt mich Hartmann hier ab. Das schaffen wir spielend. Du bist mir doch der Wichtigste, Paul, das weißt du doch, oder? Was täte ich denn ohne dich, he?«
Er lächelt und denkt, wie diese Szene jetzt im Kino weitergehen würde. Sie würde mit dem Stuhl etwas näher an ihn heranrücken, hätte bereits einen Schuh lässig vom Fuß geworfen, drückte jetzt die Fußspitze zwischen seine Beine und ließe dort die Zehen spielen. Und er, der Filmheld, Redford, nein, de Niro, nein eher Nicholson, nähme ihren Fuß aus

seinem Schoß, drückte ihre Zehen an seine Lippen, legte sich ihr Bein verführerisch über die Schulter, stünde auf, träte näher an sie heran und ließe seine flache Hand das Bein hinauf, die Schenkel entlang bis zwischen ihre Beine gleiten. Und so weiter, denkt Paul. Aber das Leben ist kein Kino, nicht einmal das Leben mit Helga, die jetzt für einen Augenblick verwirrt hinter Pauls Gedanken herzujagen scheint, vergeblich.
»Es ist okay, Helga. Schau dich um, was du von den Möbeln und der Küche behalten willst, den Rest stell ich auf die Straße.«
»Laß da, was du nicht brauchst oder jemandem in deiner Familie geben willst. Ich zieh am liebsten einfach ein. Du weißt, ich muß schreiben, schreiben und noch mal schreiben. Das ist ein schönes Ambiente hier. Es hat was. Sie muß eine gute Frau gewesen sein, was?«
Sie hat ein Foto der jungen Emma vom Boden aufgehoben, betrachtet es, hält es nah und fern und wieder nah.
»Das war sie? Eine schöne Frau.«
»Ja.«
Sie legt das Foto wieder hin, schaut sich um, und ihr Blick fällt auf die Briefe. Sie lächelt, steht auf, nimmt Paul fest in die Arme und küßt ihn auf den Mund.
»Paul, so gefällst du mir. Das mit deiner Großmutter hier und den Sachen, das tut dir gut, das macht dich neugierig, man merkt es, das brauchst du jetzt, das ist der Rest deiner Familie, das sehe ich. Das ist wichtig für dich.«
»Ja.«
»Hör mal, ich habe der Tussi vom Verlag die Geschichte erzählt. Am Telefon, nur kurz, in Stichworten. Die war völlig

hin. Gut, die ist nur fürs Sachbuch zuständig. Aber sie hat gesagt, sie gibts weiter, und ich soll das unbedingt machen, und wenn es gelänge, da ein Zeitdokument mit einer phantastischen Geschichte zu verbinden, dann sieht sie große Chancen.«
»Schön. Also, mach.«
»Möchtest du denn nicht die Geschichte schreiben?«
»Helga, ich hab Architektur studiert und Möbel verkauft, und ich kann dir sagen, ob ein Art-deco-Teil echt ist oder nicht. Und ich könnte zur Not auch eine Kneipe führen oder einen Geschenkartikelladen. Und ich wäre auch handwerklich nicht schlecht. Aber ich kann keinen Roman schreiben.«
»Jaja, schon gut, ich schreib ihn ja. Und wenn die bei Kögel den nicht machen – es gibt auch andere Verlage.«
»Wie lange haben wir noch Zeit?«
Sie grinst anzüglich.
»Nein, nicht, was du denkst. Setz dich, ich erzähle dir eine Geschichte.«
Sie setzt sich, und er erzählt.
»Emma Zilke lernte 1916, da war sie 16, denn sie war immer so alt wie das Jahrhundert, die Brüder ihrer Schulfreundin Trude kennen, Walter und Fritz Hanke. Auf einer Kahnfahrt auf der Havel, im Grunewald, auf einem Fest, das weiß man nicht. Man weiß auch nicht, ob Emma in den einen oder den anderen verliebt war, sie mochte wohl beide, war auch noch zu jung, um sich wirklich ernsthaft zu verlieben. Fritz, der ältere der Brüder, damals 26, hatte es schon faustdick hinter den Ohren. Er war ein Frauenheld, ein Schlitzohr, ein kleiner Mann von Welt, der die Bars der Stadt kannte und

die einschlägigen Damen auch. Er hatte Maurer gelernt, sich schnell und früh weitergebildet, in einem Architekturbüro gearbeitet. Walter, damals 20, hatte eine kaufmännische Lehre in einer Baufirma gemacht. Beide mußten in den Krieg, nicht an die Front, aber doch in den Westen. Die drei Tage, in denen sie Emma kennenlernten, waren ihr Heimaturlaub. Fritz stellte es geschickt an, und kaum war der Krieg zu Ende, war er schon wieder in Berlin. Er suchte Emma auf, deren Eltern inzwischen gestorben waren und die im Schlepptau ihrer älteren Schwester drauf und dran war, ins zweifelhafte Nachtleben einzusteigen. Er, der ältere Mann, bewahrte sie davor und bot ihr eine Stelle an – als seine Frau. Sie zögerte, denn sie dachte an den Bruder Walter, der als vermißt galt, der doch diese schönen traurigen Augen hatte. Fritz drängte, Walter kam nicht, Emma heiratete Fritz – aus Liebe, aus Dankbarkeit, mangels anderer Gelegenheit, aus Vernunft, wer weiß das? Am Tag der Hochzeit, wie konnte es anders sein, das Schicksal liebt diese Zufälle, erschien Walter.«
Es klingelt.
»Erzähl doch weiter.«
»Nein. Ein andermal.«
»War das alles so, oder hast du dir das ausgedacht?«
»Es müßte etwa so gewesen sein.«

7

Tausend Gedanken schiessen Paul durch den Kopf, während er den alten Benz steuert, diesen zuverlässigen Kameraden, der sich heutigen Verkehrsansprüchen nur noch stöhnend und ächzend stellt, was die Liebe seines Besitzers zu ihm noch mehr steigert, sind sie somit doch beide dem Leben gegenüber in derselben Situation.

Nach langer Zeit geht Paul wieder einmal auf eine Reise, raus aus Berlin, auf die alte Transitautobahn, Hitlers Marschweg, den sie vierzig Jahre lang abgeriegelt hatten, in dem Glauben, so auch den Faschismus innerhalb ihrer Grenzen ausgemerzt zu haben, was sich schon wenige Monate nach dem Zusammenbruch der Festung als Trugschluß erweist.

Es zieht Paul nach Süden. Die von ihm so gefürchteten Grenzübergänge, diese Symbole menschlicher Willkür, sind jetzt verlassene, graue, häßliche Gebäude, wie aus einer anderen Welt, in der es keine Lebewesen mehr gibt. Er muß an diese Waffe denken, die in den siebziger Jahren so heiß diskutiert worden war, diese Wunderbombe, dieser weltwei-

te Traum aller Militärköpfe vom perfektesten aller ihrer Spielzeuge, das alles Leben vernichten sollte, die Gebäude aber in ihrem Legoland zur geflissentlichen sofortigen Benutzung der neuen Machthaber, der Sieger, stehen ließ. Es fällt Paul nicht mehr ein, wie man diese Bomben nannte. Wie ihm so vieles so oft und immer öfter nicht mehr einfällt. Namen, Adressen Telefonnummern, das sowieso, aber auch Buchtitel, Filmtitel, Namen von Prominenten, Politikernamen.
Erst neulich saß er mit Helga zusammen und redete dauernd von diesem Springerschreiber aus den sechziger Jahren, diesem Sudeljournalisten, dieser verbalen Dreckschleuder. Es fielen ihm die trefflichsten Bezeichnungen für ihn ein, aber nicht der Name. Helga ging es genauso. Jaja, sie wisse genau, wen er meine, und wenn er jetzt hier zum Lokal reinkäme, würde ihr der Name sofort einfallen, aber jetzt, Leere im Kopf. Es fiel ihnen auch noch ein, daß er einen Job bei der *Bunten* hatte oder hat und bei Mercedes und daß er Steuern hinterzogen, aber als Ehrenmann dieselben natürlich nachträglich gezahlt hat. Es marterte sie beide, daß ihnen der Name nicht einfiel, und sie kamen sich alt und verblödet vor. Später, als Helga auf ihm ritt, unter ihnen das rote Handtuch, hielt sie plötzlich inne und schrie: »Sudelpepe!« Jetzt ist sie verrückt geworden, dachte Paul, schade. »Peter Boenisch, Sudelpepe, so haben wir ihn doch damals genannt!«
Ist das das Alter, wenn einem die Namen lebenslanger Feinde nicht mehr einfallen? Da Paul zu oft auch die Namen von Menschen nicht einfallen, die er sehr wohl schätzt, mit denen er sogar befreundet war, läßt sich das Vergessen der

Feindesnamen schlecht als gnädiges oder souveränes Vergessenwollen erklären.
Ist das dieser Blick über den Hügel, nachdem man die Hälfte des eventuell zu erwartenden Lebens durch den Gipfelanstieg hinter sich gelassen hat?
Und was ist es, das ihn hier und jetzt treibt, den Benz Richtung München zu steuern? Hielt er es in Berlin nicht mehr aus?
Berlin für einige Zeit zu verlassen, fällt Paul im Moment gar nicht schwer. Da alle Welt hierher drängt wie die Fliegen auf das Aas, um sich gegenseitig die besten Plätze streitig zu machen, ist hier nicht gut bleiben. Und wenn man, wie Paul, nicht irgendeine Stellung zu halten und zu expandieren hat, wenn man nicht auf der Suche nach einem wie auch immer sinnvollen neuen Großdeutschland ist, sondern einfach einer Liebesgeschichte aus einer Zeit nachspürt, da dieses jetzt wieder beschworene Deutschland mit diesem Großberlin sich anschickte, die Welt zu verändern, dann fährt man ganz gerne die damals wie heute weniger befahrene Richtung der Hitlerautobahn, dahin, wo der Führer herkam und wo der Krieg die Flüchtlinge, die späten Protagonisten der Geschichte, hingetrieben hat.

Er hat ihn dann vorgestern doch noch kennengelernt, Helgas Kampfgenossen aus alter Zeit, Hartmann von Rönne, den Wiedervereinigungsgewinnler, den plötzlichen Herrscher über heruntergekommene, vergammelte, kaum restaurierbare, teilweise vom giftigen Schwamm zerfressene Ostberlinimmobilien, den Vermieter mit der todesfristgerechten Kündigung, pünktlich zum Ableben, der Ordnung

halber, wohlweislich mit neuem Büro im Westen der Stadt. Wie ein Abdecker kam er Paul vor. Nach einem Schattendasein in zahlreichen linksalternativen Organisationen war er jetzt zum Nachlaßverwalter geworden, zum Schrottverwerter. Durch plötzliches Erbe davor bewahrt, wie so viele der alten Linken, wenn sie nicht Helgas Überlebenstemperament haben, im Hinterzimmer der Geschichte still zu leiden bis zu irgendeinem bitteren Ende, das nur demütigend sein kann. Nun hält er die Hand über Großmutter Emmas Wohnung und über Helga, deren Traum von einer gerechteren Welt, den sie von ihren Eltern geerbt und immer hochgehalten hat, den Fassaden dieser Häuser ähnelt, die kaum imstande sind, die 8-Millimeter-Dübel für die Halterungen der SAT-Schüsseln zu ertragen, mit denen die Menschen jetzt die abendliche Betäubung empfangen, wie auch Kowalski.
»Sie können überall hingehen, sie haben die Freiheit dazu. Doch die Freiheit, die Möglichkeit, überall hingehen zu können, reicht den Leuten. Sie bleiben zu Hause und gukken sich auf zwei Dutzend Kanälen den Schrott an«, sagte ein Freund neulich zu Paul.
»Wir verkaufen SAT-Schüsseln aus dem Wohnwagen heraus. Wir brauchen gar keinen Laden. Sie reißen uns die Dinger aus der Hand.«
Es ist vielleicht wie mit den hungrigen, verwilderten Katzen, denkt Paul, natürlich reißen sie uns das Fressen aus der Hand, wenn wir es ihnen hinhalten. Doch trauen sie deshalb schon der Hand? Lassen sie, die oft genug Fußtritte bekommen haben, sich deswegen schon streicheln von uns? Und werden sie sich nicht vielleicht überfressen an dem, was wir ihnen hinhalten?

Paul läßt den Benz bedächtig seine Spur ziehen, läßt die nervösen BMWs vorbeifahren und denkt an Emma.

Emma, die da in ihrem Hochzeitskleid stand, so jung, und die plötzlich Walter sah, Walter mit den traurigen Augen, Walter, der schnell lernte, sich in das Geschehen zu fügen, Walter, der begriff, daß er erst jetzt den Krieg verloren hatte.

Walter und Fritz nutzten die Gunst der Stunde und gründeten eine Baufirma, die bald florierte. Sie bauten Häuser, Kinos, Brücken und Deiche, kamen zu viel Geld, so daß Emma, die mit neunzehn ihre erste Tochter bekam und diese Waltraud nannte, wie ihre Mutter, bald einem großen Haushalt vorstand, über Bedienstete verfügte und einen Chauffeur, Herrn Molitor, für ihre Besorgungsgänge hatte. Ein Jahr später kam Hilde, Pauls Mutter, und fünfzehn Jahre danach, als Nachzügler, Elisabeth.

Fritz, der kreative Kopf des Unternehmens, jetzt reich, mit gesichertem Zugang zu gewissen Gesellschaften, dachte gar nicht daran, das Leben aufzugeben, das er vor seiner Heirat geführt hatte. Er zog durch Bars, trank, hatte Weibergeschichten und schlug alle Klagen seiner jungen Frau in den Wind. Sollte sie doch zufrieden sein, sie, die aus einfachsten Verhältnissen kam. Finanzierte er ihr nicht ein wunderbares Leben? Wäre sie ohne ihn nicht in der Gosse gelandet wie ihre Schwester, die man eines Tages ermordet in einem zweifelhaften Etablissement aufgefunden hatte? Sollte sie also gefälligst zufrieden sein.

Irgendwann in dieser Zeit muß zwischen Emma und Walter das passiert sein, was diese Briefe aus den dreißiger Jahren signalisieren: eine Liebesgeschichte. Könnte es sein, fragt sich Paul, daß Emma schon von Anfang an Walters Geliebte gewesen war, könnte es dann sogar sein, daß Hilde, seine Mutter, Walters Kind war? Sieht sie deswegen keiner ihrer Schwestern ähnlich, sieht er, Paul, deswegen Walter ähnlich, was ihm auf Fotos auffällt und was die alte Emma erstaunt festgestellt hatte, ist also Walter sein eigentlicher Großvater, und ahnte Mutter das und verachtete sie deswegen ihre Mutter?

Paul weiß, warum er Hals über Kopf nach München fährt. Er will aus der Mutter herauspressen, was sie weiß und nicht sagen will. Er wird sie konfrontieren mit dem, was für sie eine Ungeheuerlichkeit sein wird, mit dem Inhalt der Briefe von Walter an Emma, deren erster einen Monat nach dem großen Knall geschrieben worden ist, nach Walters Verschwinden und dem damit verbundenen Sturz, dem Konkurs, der die Familie von einem Tag auf den anderen arm gemacht hat. Der Gedanke, die Mutter damit zu konfrontieren, regt Paul auf, ist ihm eine ganz besondere Lust, ist für ihn Rache an der Verdrängerin. Siehst du, wird er sagen, auch damals haben sich zwei Brüder auseinanderentwikkelt, haben sich gehaßt und schließlich betrogen. Wie bei Max und mir. Das kann in jeder Familie vorkommen, nur ihr Mütter wollt das nicht wahrhaben.

An einer Raststätte irgendwo bei Nürnberg fährt Paul raus, nachdem ihn gerade die Servicewelle Bayern Drei in ihrem Sendebereich begrüßt und ihm die Wasserstände von Donau und Isar mitgeteilt hat.

Es macht keinen Spaß mehr, solche Strecken mit dem Auto zu fahren, denkt Paul. Vor zwanzig Jahren, als er den Benz gekauft hat, bemächtigte sich seiner, kaum war er raus aus der Stadt, ein On-the-road-Gefühl. Da konnte er, wie er es immer nannte, »auf einen Sitz nach Lugano hinunterdonnern«, da war das Fahren ein Rausch, heute ist es eine Zumutung. Aber warum ist das so? Liegt das auch wieder nur am Alter? Ist er müde geworden? War die Musik auf den Servicewellen damals nicht genauso beliebig, waren die Kurzbeiträge nicht genauso läppisch und die Raststätten genauso häßlich wie heute?

Der Beitrag über biologisch-dynamischen Landbau in bayerischen Klöstern hätte damals auch laufen können, denn, wie es in dem Beitrag ja hieß, schon immer habe der biologisch-dynamische Landbau in den Klöstern Bayerns seine Bedeutung gehabt, was damit zusammenhänge, daß die Mönche ja eins mit der Schöpfung des Herrn seien, was sie zwinge, biologisch-dynamisch im Einklang mit der Natur, als Diener Gottes und der Schöpfung, anzubauen, heute allerdings computerüberwacht, agrarwissenschaftlich perfekt.

Damals störten Paul überschnelle BMWs und Mercedesse, die wie BMWs aussehen, nicht. Und wenn er mit dem, was das Autoradio anbot, nicht zufrieden war, schob er Santana oder Pink Floyd oder die Stones rein und ließ sich, gelegentlich durch einen Joint leicht schwebend, ans Ziel tragen. Paul hat die alten Kassetten noch, sie liegen im Handschuhfach, aber sie sind so ausgeleiert, daß sie nur noch quietschende Geräusche von sich geben. Also ist er auf das angewiesen, was der vorsintflutliche Apparat empfängt. Eben Bayern Drei und die biologisch-dynamischen Mönche. Mit ihnen sucht Paul dann Streit, damit sich was tut. Er brüllt sie an wie den BMW-Fahrer an der Stoßstange, sie müssen herhalten, an ihnen rächt er sich dafür, daß er eben nicht im Einklang mit der Natur und schon gar nicht mit Gott steht. Sagt das mal euren Politikern, das mit der Schöpfung! Schluß jetzt, halt den Mund, bigotter Kastrat! Es schimpft und flucht sich gut in diesem Kasten, der nichts nach draußen läßt und nichts übelnimmt, der sich Flüche und Beschimpfungen anhören muß, denen man keinen Menschen aussetzen würde.

Zwei andere Sender gibt es noch. Einen mit klassischer Musik, der allerdings krächzt, als gebe ihm der Stoßdämpfer den Rhythmus vor, und einen anderen, auf dem gerade eine Erbschleichersendung läuft. Der kleine Boris und die Anja und der Markus und die Mamma und der Pappa und der Opa wünschen der Urgroßmutter, Großmutter und Mutter, Frau Helene Meier, alles Gute zum 90. Geburtstag. Die Grüße gehen ins Altersheim St. Anna in Neuaubing. Für sie und acht andere namentlich genannte Greise und Greisinnen spielen die Original Isartaler Musikanten den Bayerischen Defiliermarsch. Und so fort. On the road again. Deutsche Highways, du lieber Himmel, denkt Paul. Wo sind die dicken Trucks mit den tätowierten Helden um Kris Kristofferson mit den allzu blinkenden Zähnen? Wo sind die Straßenkreuzer, die wie Schiffe ihre Bahn ziehen, von der einen Seite des Kontinents zur anderen? Wo sind die CD-Funker, die sich einen stundenlangen Krieg liefern, wo die einsamen, neonglitzernden Tankstellen mit der traurigen, leicht angegrauten Schönen, die man da wegholt, um sie mit sich zu nehmen? Wo ist Bruce Springsteen? Wo ist »Wreck on the Highway«, wo der Unfall, an dem du vorbei-

kommst und bei dem du an dein Baby denkst, das du gleich in die Arme schließen wirst, weil du nicht der bist im wreck on the highway, in the middle of the night?
Und warum läuft jetzt nicht eine Oldie-Sendung mit Frank Laufenberg, in deren Wiedererkennungseffekte du eintauchen könntest, und warum, verdammt noch mal, Paul, hast du die Kassette nicht mehr, auf der du »Hotel California« von den Eagles neunmal hintereinander umgeschnitten hast? Wo ist die eigentlich hingekommen?
Die Raststätte sieht aus wie alle Raststätten. Selbstbedienung. Paul tankt, kauft eine Tüte Bayerisch Blockmalz und eine Dose Cola und geht zur Toilette. Und da ist plötzlich wieder diese Angst. Diese seltsame Angst, die er in letzter Zeit an menschenleeren Orten hat, wenn andere Menschen auftauchen. Das hat er doch früher nicht gehabt. Er hat sich doch überall herumgetrieben, ist nachts U-Bahn gefahren, hat sich mit den Rockern und den jungen Pennern und den Fixern und den Strichern unterhalten. Jetzt, seit einiger Zeit, meidet er das alles, wählt er Umwege, um nicht durch dunkle Gassen gehen zu müssen, hat er körperliche Angst selbst vor denen, von denen keine Gefahr ausgeht.
Die Toilette ist leer, Paul steht am Becken, da kommen zwei rüde lachende Hünen rein, stehen rechts und links von ihm, schauen ihn an, haben schon durch die hörbare Wucht, mit der ihr Strahl ins Becken strömt, etwas Aggressives. Was, denkt Paul, wenn sie ihm jetzt einfach die Arme nach hinten drehen, die Brieftasche abnehmen und den Autoschlüssel, und ihn zusammenschlagen? Könnte doch sein, passiert doch täglich. Er hat Angst. Kaum hat er abgeschüttelt, die letzten Tropfen landen noch spürbar in der

Unterhose, geht er zielstrebig zur Tür, wäscht sich nicht die Hände, ist auf der Flucht, macht sich erst draußen den Hosenstall zu. Er kommt sich blöde vor, schämt sich, ärgert sich über sich selbst. Vom Auto aus sieht er die beiden Männer aus der Toilette kommen. Sie besteigen einen Lastwagen mit holländischen Tiefkühlhähnchen. Gut, unbegründete Angst. Aber sind die Zeiten nicht schlimmer geworden? Oder ist das eine Redensart, die wieder nur mit seinem Älterwerden zu tun hat?
Während Paul den Benz wieder in den Autostrom einfädelt und ohne Rücksicht auf sein Provisorium im Unterkiefer das erste Malzbonbon zerkaut, muß er an Maja denken, die Kleine, die so südländisch, vielleicht auch jüdisch aussieht. Sie erzählte neulich von einer Autofahrt. Im Morgengrauen fuhr sie in eine Raststätte, ging zur Toilette, vor der ein halbes Dutzend Skinheads stand. Durch eine enge Gasse ließen sie sie in die Damentoilette gehen. Sie hatte Angst. Kein anderer Mensch weit und breit. Und selbst wenn da vielleicht ein schmalbrüstiger Vertreter gewesen wäre, der nicht die Augen geschlossen hätte angesichts dieser Kerle, er hätte ihr nicht helfen können. Maja kletterte in ihrer Panik durch das kleine Toilettenfenster nach draußen und sah, während sie zum Auto rannte, daß sie bereits alle in der Damentoilette verschwunden waren. Sie erreichte das Auto und sauste ab. Und, fragt sich Paul, was hätte ich getan, wenn sie sie malträtiert hätten, und ich wäre gerade dazugekommen? Ihr geholfen? Wie? Die Hilflosigkeit macht die Angst. Ist es nicht seltsam, denkt Paul, in unserem Auto fühlen wir uns sicher und geborgen und haben es warm. Kaum verlassen wir es, sind wir potentielle Opfer eines alltäglichen Krieges.

Auf Bayern Drei läuft jetzt ein Interview mit einem Psychologen, der die Spätfolgen der antiautoritären Erziehung der sechziger Jahre empirisch untersucht hat. Das Moderatorenjüngelchen fragt dumm, weil es mit der Problematik gar nichts anfangen kann, und der Psychologe redet verquastes Zeug, ist aber bereit, so viel wird klar, auch diese Säule der alternativen Nachkriegskultur einzureißen, und zwar mit der Freude des Konservativen, der die Abschüsse im Revier des Klassenfeindes und des Andersdenkenden zählt. Dann folgt eine furchtbare Stampfmusik. Paul dreht – Tasten zur Sendersuche hat sein uraltes Gerät nicht – zu dem anderen Sender. Dort sind ein paar präpotente Bayern singenderweise der Meinung, daß sie ein Mädchen aus der Stadt einem Hirtenmädchen vorzögen, allerdings müsse es ebenso dikke Waden haben wie dieses. Auf dem dritten und letzten Kanal jagt Karajan die Musiker durch die Pastorale, und die Bodenwellen von Hitlers Betonplattenautobahn zerkrächzen sie. Karajans Beethoven und Hitlers Autobahn, was für Assoziationen man oft unfreiwillig hat, denkt Paul, hat der nicht auch durchdirigiert, damals?

Jetzt grüßen schon die Zwiebeltürme der bayerischen Dörfer über wellige Hügel herüber. All diese Dörfer, denkt Paul, kannte der Vater. All ihre Wirtschaften, alle Kellnerinnen, all die kleinen Absteigen mit den engen Treppen zu kleinen Zimmern unterm Dach waren sein Während-der-Woche-Zuhause. Und alle landwirtschaftlichen Lagerhäuser im Schatten all dieser Zwiebeltürme waren seine Welt. Ein paar Kilometer weiter, einen Steinwurf von der Autobahn entfernt, in Wolnzach in der Hallertau, mitten im Hopfengebiet, lebt eine Frau, die sich den Handlungsreisenden in

Sachen Pflanzenschutzmittel und Saatgut, Hermann Helmer, den ihr der Wellenschlag einer Vertretereinsamkeit an den Strand spülte, über Jahrzehnte mit der Mutter geteilt hat.

Paul greift ins Handschuhfach, nimmt wahllos eine Kassette heraus und schiebt sie in den Apparat. Dilettantisch aufgenommen, übersteuert, in das eingebaute Mikro eines Walkman gesprochen, angestrengt und aufgeregt: Helga, im Hintergrund Motorengeräusch.

Sie habe jetzt eine ganz neue Idee, dieses Gerät nämlich, darauf spreche sie jetzt immer ihre Ideen. Briefe schreibe sie nun mal nicht, keine Zeit, nicht einmal zum Telefonieren, aber unterwegs im Auto, effektiv die Zeit nutzend, habe sie sich gedacht, könne sie ihm doch immer mal so eine Kassette besprechen mit allem, was ihr so einfalle und was sie ihm erzählen wolle. All das, was sie, wenn er nicht da sei, ihm nicht erzählen könne, darum nie erzähle und später dann meist vergessen habe. Daß sie zum Beispiel bei ihren Eltern in Wuppertal gewesen sei und ihre Mutter, was sich schon seit längerer Zeit angekündigt habe, eine Hüftoperation brauche und schon den Termin im Krankenhaus gehabt habe, worauf ihr Vater, natürlich aus reiner Panik, allein klarkommen zu müssen, krank geworden sei. Der könne sich nämlich, müsse man wissen, nicht einmal eine Tasse Kaffee allein machen, und nun liege er seinerseits im Krankenhaus, woran man sehen könne, daß diese alten Knacker nie aufhörten, ihre Frauen zu nötigen, so daß die sich nicht einmal einer Hüftoperation unterziehen könnten. Für sie, Helga, sei in dem Fall ganz klar, wer von den beiden beim Tod des anderen besser klarkomme. Nur die Mutter. Und darüber werde sie einen Film machen, und übrigens sei das in der

DDR nicht so möglich, da herrsche unter Ehepartnern ein ganz anderes Bewußtsein, denn da hätten ja beide Partner in Arbeitsprozessen gestanden und seien darum sehr viel emanzipierter. Auch, unter anderem, ein Beweis für das bessere System. Im Film werde sie Westpaare und Ostpaare miteinander vergleichen. Und was er denn nun halte von dieser Idee, die viele Zeit des Autofahrens zu nutzen? Jedenfalls werde sie ihm ein solches Gerät schenken, und man würde so statt der Briefe, die man ohnehin nie schreibe, Kassetten austauschen.

Paul zieht die Kassette raus und erwischt gerade noch Bayern Drei mit einer Staumeldung vor München auf der A 9. Es ist bei dieser einen besprochenen Kassette von Helga geblieben, wie das eben so ist und wie das eben bei Helga grundsätzlich so ist. Und auch den Film hat sie nicht gedreht, denn als sie endlich ihre Drehgenehmigung für drüben hatte, fiel die Mauer, und es gab wichtigere Themen.

Ach, Helga, denkt Paul, und wie so oft, wenn er an Helga denkt, denkt er erotisch an sie. Er würde jetzt gerne mit ihr schlafen, denn dabei ist Helga klarer, vernünftiger, eindeutiger als sonst. Scheiße, er ist eben doch eifersüchtig; immer wieder, auf jeden, den Helga im Laufe der letzten Jahre hatte. Hartmann von Rönne. Wenn man so heißt, denkt Paul, dann ist man zwei Meter groß, stark und blond, reitet, steht mitten im Leben, vernascht Blondinen, die karierte Jacken und Tücher mit Pferdehalftermuster und tomatenrote Pullover und diese Taschen aus Plastik mit den Buchstaben drauf tragen und allerlei Gold um Hals und Arm. Und, das ist das Entscheidende, sind wir doch mal ehrlich, sagt Paul, denn sehr oft spricht er im Auto die Gedanken laut vor sich hin, sind wir mal ehrlich, man ist nicht ein Linker, wenn man so heißt. Liberaler vermutlich, oder gar nichts, weil man über den Dingen steht, die nur den Pöbel bewegen. Aber dieser Hartmann von Rönne hat ein pockennarbiges Gesicht von schlecht verheilter Akne, ein spärlich sprießendes Bärtchen, schlechte, wie wahllos in den Mund geworfene Zähne, eine Narbe auf der Backe, von der er jedem, den er kennenlernt, innerhalb der ersten Minuten sagt, daß sie kein Schmiß sei, und er ist klein und trägt Schuhe mit hohen Sohlen. Der ist doch nicht klein, würde Helga vermutlich sagen, der ist ganz normal. Mag sein. Paul hat da Schwierigkeiten, denn er ist einssechsundneunzig groß, und für ihn ist jeder, dem er nicht geradeaus in die Augen schauen kann, klein. Helga kann sich darüber immer furchtbar ärgern. Für sie ist das arrogant und überheblich. Seis drum, jedenfalls sieht dieser Wiedervereinigungsgewinnler aus, als hieße er Detlev Schneider oder Franz Lohmeier oder auch Paul Friedhelm Helmer, ja auch das, aber nicht Hartmann von Rönne. Der ist auch noch Freiherr, hat Helga gesagt. Und, verdammt noch mal, der vögelt jetzt mit Helga. Ob sie es mit dem gegebenenfalls auch auf dem roten Badehandtuch macht?

Hartmann von Rönne. Was es für Namen gibt. Paul Friedhelm Helmer, nicht besser. Was sich die Eltern dabei gedacht haben, will er auch mal wissen. Friedhelm Helmer. Soll das ein Witz sein? Meistens unterschlägt Paul diesen zweiten Vornamen. Friedhelm, so heißt man einfach nicht. Das ist wie Rüdiger oder Olaf oder eben Detlef. Oder wie bei den Frauennamen Heike, Elke, Frauke. Paul sagt die Namen laut vor sich hin, übertrieben laut. Frau Frauke Kacke. Elke, Heike, Helmke, Meike. Meike Kacke. Helmke Helmer,

Helmke und Friedhelm Helmer. Kacke. KaE, diese Kotzsilbe Frauke, Kotze. Er muß über sich selbst lachen.

Neulich hat er im Fernsehen einen Film gesehen, der ihn eigentlich überhaupt nicht interessierte, aber er bekam ganz am Anfang mit, daß die Haupthelden Friedhelm und Frauke hießen, und da wollte er nun schon wissen, was es mit denen auf sich hätte. Also, Friedhelm arbeitete als Ingenieur bei einer Firma, die Einzelteile für Landmaschinen herstellte, und Frauke war Lehrerin, und sie hatten zwei Kinder. Leider hat Paul die Namen der Kinder nicht rausgekriegt. Vielleicht hießen sie Heike und Meike. Friedhelms Firma stellte die Produktion um und baute jetzt Teile, die für die Rüstung bestimmt waren. Da engagierte sich Friedhelm, der Kriegsdienstverweigerer gewesen war, wahnsinnig und kämpfte gegen die neue Produktion. Am Ende flog er raus, weil er die Sauereien in der Firma nicht mitmachte. Jetzt mußten sie von Fraukes Einkommen leben, was nicht einfach war. Friedhelm fing an zu trinken und lief sogar Gefahr, in den Armen einer anderen Frau zu landen. Fraukes Chef an der Schule war der Bruder des Direktors der Firma, in der Friedhelm gearbeitet hatte. Jetzt kriegte Frauke auch Schwierigkeiten. Und weil auch sie Rückgrat bewies, flog auch sie raus, weil man ihr etwas anhängte, was sie gar nicht getan hatte. Sie konnten die Raten für das Reihenhaus und auch den Gewerkschaftsbeitrag nicht mehr bezahlen, und sie stürzten in einen Ruin. Wie das genau ausging, weiß Paul nicht mehr. Es widerfuhr ihnen aber doch noch Gerechtigkeit. Irgendwie war es wahnsinnig langweilig, und Paul fragte sich, was das für Namen sind, wenn die Macher solcher Filme sie auswählen für so langweilige Leute. Am Ende

sah Paul, daß die Schauspieler, die Friedhelm und Frauke spielten, auch Friedhelm und Frauke hießen. Das paßte, denn sie paßten in die Rollen. Als Paul Helga die Geschichte erzählte, fand sie die wahnsinnig gut und engagiert, und sie kannte die Frau, die den Film gemacht hatte, aus ihrer Partei. Sie heißt Heike Messer-Brendel. Auch noch ein Doppelname, dachte Paul.
Dann steht Paul im Stau.
Vor ihm steht ein Jeep mit riesigem Ersatzrad rechts auf der Heckklappe. Auf der Plastikhülle des Rades ist ein Indianer in vollem Federschmuck abgebildet. Warum? fragt sich Paul. Fühlt sich der Fahrer, wenn er durch die Stadt kurvt, wie ein moderner Indianer, der im Jeep durchs Reservat fährt, oder ist er in einem Verein, dessen Mitglieder am Wochenende in einem Lager Indianer spielen? Bei Paul in der Straße wohnt eine solche Familie. Manchmal, wenn Paul im Morgengrauen aus den Kneipen nach Hause kommt, sieht er Vater, Mutter und zwei halbwüchsige Kinder in voller Kriegsmontur und -bemalung, wie sie den Geländewagen vollpacken mit Kühltaschen, Campingmöbeln, Bierkästen, Portable-TV und allem, was sie für ein Indianerwochenende brauchen. Im Jeep, der vor Paul mehr steht als fährt, sitzen vorne ein Paar und hinten mindestens drei Kinder. Außen an der Heckklappe, neben dem Indianer, der etwas tragisch aussieht, sind stehend fünf Paar Skier befestigt, der Größe nach wie Orgelpfeifen. Ach ja, es ist Freitagnachmittag. Vater hat noch bis 12 Uhr in der Praxis gearbeitet, Mutter hat die Sachen gepackt, und auf dem Weg zur Autobahn haben sie die Kinder direkt von der Schule abgeholt und sind jetzt voll der Sehnsucht nach dem März-

schnee irgendwo in den Alpen. Warum, denkt Paul, setzen sich Familien, die im normalen Alltag nicht zum Familienleben kommen, einem Streß aus, der sie nach so einem Wochenende mit blanken Nerven in den Alltag zurückschmeißt? Wir, denkt Paul, hätten gar nicht das Geld gehabt, am Wochenende irgendwohin zu fahren, außer zu Zimmermanns, Onkel Willi und Tante Waltraud, den feineren Verwandten, wozu Vater allerdings nur sehr selten zu überreden war. Gerade die Wochenenden, ab Samstag nach der Schule, hat Paul als etwas Friedliches, fast Feierliches in Erinnerung, denn da war der Vater zu Hause, der während der Woche im Großraum Bayern mit dem Auto unterwegs war und nur selten am Abend heimkam. Also war am Wochenende das Familienleben heilig, oder eigentlich fand nur da überhaupt Familienleben statt. Zwei Tage lang rochen Max und Paul am Vater und wichen nicht von seiner Seite. Er roch nach den Zigaretten, die er rauchte, nach Mahlzeiten, die er in Gaststätten aß und die es bei Mutter nie gegeben hätte. Er roch nach seinem Auto und den giftigen Pflanzenschutzmitteln, die er darin herumfuhr, er roch nach den Hotels, in denen er übernachtete, nach den landwirtschaftlichen Lagerhäusern, die er aufsuchte.
Und da war noch ein undefinierbarer Geruch, den die Kinder nicht kannten. Erst viel später begriff Paul, daß es der Geruch jener anderen Frau war, die von einer gewissen Zeit an, als Paul schon alt genug war, um so etwas mitzubekommen, in der Familie so präsent war, daß nie über sie geredet wurde.
Die Mutter roch nicht am Vater.
Heute weiß Paul, daß die Eltern ihre Ehe nur wegen der Kin-

der aufrechterhielten. Man muß es ihnen in bestimmter Weise danken, denn der kleine Paul, der am Wochenendvater roch, merkte nichts davon, daß die Ehe der beiden schon seit seiner Geburt zerrüttet war und nur der guten Form halber noch existierte. Paul hat an seine frühen Jahre schöne Erinnerungen. Wenn man Ostern mit Vater in den Wald ging und plötzlich überall kleine Zuckereier lagen, vom Vater, der sich sonst nie für die Natur und ihre Schönheiten interessierte, mit enthusiastischem Ausruf angekündigt: »schaut nur, Jungs, die vielen bunten Blumen«. Oder wenn Vater an Weihnachten mit unendlicher Geduld stundenlang den Baum schmückte, um dann, meist war es viel zu spät in der Nacht, auszurufen: »kommt Kinder, gerade habe ich das Christkind zum Fenster hinausfliegen sehen.« Diese Erinnerungen möchte Paul, der wahrlich gerne den Defiziten seiner Kindheit nachspürt, um damit heutige Unzulänglichkeiten erklären zu können, nicht missen. Es gab einmal ein warmes Nest, ganz früh. Flügge werden mußten Paul und Max dann schon sehr allein, und sie wurden es jeder auf seine Art.

Der Wochenend- und Festtagsvater war für die Erziehung der Söhne und deren Schul- und Alltagsprobleme nicht zuständig. Er brachte das Geld nach Hause, und da es so wenig war, daß man eigentlich immer am Existenzminimum lebte, wie Mutter es ausdrückte, nicht zu vergleichen mit dem Leben, das Onkel Willi ihrer Schwester Waltraud ermöglichte, erntete er auch keinen Dank dafür. Später begriff Paul, daß es der Mutter sehr wohl in ihr Leben paßte, daß er nur am Wochende auftauchte, um seine Vaterpflicht zu tun und den sonntäglichen Hackbraten mit Salzkartoffeln und

Sonntagskonzert aus dem Radio wie ein braver deutscher Familienvater zu absolvieren.

Als Paul nach dem Tode seines Vaters eine junge Frau namens Rita kennenlernte, schilderte sie ihm diesen ihren gemeinsamen Vater als ihren Werktagsvater, der am Samstagmorgen verschwand, um am Montagabend wieder aufzutauchen.

Wie war dieser Vater, den Paul etwa seit seinem zwanzigsten Lebensjahr Hermann nannte, mit einer anderen Frau? War er dort zärtlich, suchte er dort, was die Mutter ihm nicht geben wollte und konnte? Wie waren diese Männer überhaupt, die ausgehungert aus dem Krieg gekommen waren, ihre Kinder bei Fronturlauben gezeugt hatten und zu Frauen zurückkamen, die ihren eigenen Hunger anderweitig gestillt oder die Sexualität aus ihrem Leben verdammt hatten, um nicht immer wieder ein Kind zu bekommen? Und die Generation davor? Großvater Fritz, Großvaters Bruder Walter, wie waren sie mit den Frauen?

Welchen Mut, denkt Paul, muß Emma damals gehabt haben, um mit dem Schwager ins Bett zu gehen. Wie war das wohl zustande gekommen? War Großvater Fritz ein schlechter Liebhaber? War er rücksichtslos? Hat er sie sich gegen ihren Willen genommen, wenn er von seinen Saufgelagen nach Hause kam? Hat sie bei Walter Trost gesucht und gefunden? War er sanfter, zärtlicher? Was haben die Männer denn überhaupt damals von Frauen gewußt? Was hat Pauls Vater gewußt? Paul hat mit ihm nie über Liebe und Sexualität geredet. Genaugenommen haben sie nie über irgend etwas wirklich geredet. Pauls intensivste Erinnerungen an den Vater haben am meisten mit Gerüchen zu tun.

8

Es gibt Menschen, die schlagen anderen mit einem einzigen dahingesagten Satz derart ins Gesicht, daß man ein Leben lang den Schmerz spürt, wenn man ihnen begegnet. Ihnen selbst ist das meist nicht bewußt, und der Satz, der so verletzt hat, war von ihnen unter Umständen arglos dahingeplappert, nicht so gemeint, eine launige Bemerkung.

»Hilde, was ißt der Junge nur!? Keiner von uns riecht so wie er, wenn er auf der Toilette war!« hatte Tante Waltraud zu ihrer Schwester gesagt, und Paul, vielleicht sieben oder acht Jahre alt, war daneben gestanden und hatte sich geschämt. Sie hatte wohlgemerkt nicht von »stinken« gesprochen. Sie hatte »riechen« gesagt, denn negativ besetzte oder von ihr als schmutzig eingestufte Wörter nahm sie nie in den Mund, und sie duldete es auch nicht, daß sie in ihrer Gegenwart gebraucht wurden. So durfte man zum Beispiel nicht sagen »das Geschirr ist dreckig«, man mußte sagen, »das Geschirr ist voller Speisereste«, denn was sie gekocht und was man in ihrem Hause gegessen hatte und was jetzt noch

sichtbar an den Tellern klebte, das war nicht »Dreck«, sondern –
»Sondern? Simon!?«
»Speisereste, Mama.«
»Richtig, mein Junge, erklär das deinem Vetter.«
Und Simon erklärte es dem gleichaltrigen Paul. Und er erklärte ihm auch, daß sie sich vor dem Essen die Hände zu waschen hätten, weil da vom Draußen-Spielen Spuren von unhygienischer Erde dran seien, und daß alle außer der Tante, seiner Mutter, auf der Toilette im Keller ihr Geschäft zu machen hätten, weil, dort rieche es nicht so, und es arbeite im Keller ohnehin nur Onkel Willi, sein Vater. Und im Stehen in den Garten zu urinieren, Simon sagte schon sehr früh, »urinieren«, sei verboten, das gehöre sich nicht, das mache man hier in der Stadt nicht, bei ihnen draußen, wo es ja schon fast wie auf dem Land sei, schon eher, sein Vater hätte das einmal hier im Garten, die Stelle könne er zeigen, gemacht, nachdem er zuviel Wein getrunken hatte, und die Mutter hätte ihn dabei erwischt, und da hätten sich die Eltern fast scheiden lassen, wenn sein Vater nicht versprochen hätte, das sein Leben lang nicht mehr zu tun.
Simon Zimmermann wird heute vielleicht als Indianer in einem nordamerikanischen Reservat leben, wenn er noch lebt, denkt Paul, als er jetzt vor dem Haus steht, das er damals, als er sich geweigert hatte, Zimmermanns noch einmal zu besuchen, das »Haus der Scheiße« genannt hatte. Er war seit vierzig Jahren nicht mehr hier. Er hat Tante Waltraud und Onkel Willi zwar zu Großmutters Begräbnis eingeladen, aber sie haben nicht reagiert. Mutter, die seit Jahren keinen Kontakt mehr zu ihrer Schwester hat, sagte: »Ich

weiß nur, daß sie noch leben. Sie ist halb blind, und er ist völlig verblödet, das war ja immer abzusehen. Was willst du da? Was die wissen, das kann ich dir auch erzählen.«
Und doch hat es sich Paul in den Kopf gesetzt, auf seiner späten Reise ins Innere seiner Familie hierherzukommen. Er hätte es nicht gefunden, wäre die Adresse nicht immer noch dieselbe: Gartenstraße 54.
Damals war dieses ganz aus Holz gebaute, geräumige Haus verglichen mit Pauls Elternhaus und den anderen Häusern hier, diesen Fünfzigerjahreeinheitsschuhschachteln, eine Attraktion. Jetzt, da dieser südliche Vorort Münchens eine vornehme, sogenannte gute und teure Lage geworden ist, wirkt es zwischen den abgesicherten, kamerabewehrten Wohndampfern, die sich Architekten als Häuser ausgedacht haben, wie die aus Versehen noch stehengebliebene Bauhütte, über die nur durch Zufall noch keine Planierraupe drübergefahren ist. Wäre Simon nicht bei irgendwelchen Indianern, sondern wie Max bei einer bayerischen Versicherung, denkt Paul, er hätte den Alten dieses Haus mit dem stattlichen, sicher sündhaft teuren Grundstück vielleicht längst unter dem Arsch weggerissen, anders mag Paul das nicht nennen, und sie in ein sogenanntes Altenstift sogenannter gehobenerer Klasse an einem bayerischen See verfrachtet. So ist es doch oft ein spätes Glück für Eltern, denkt Paul, wenn der Sohn in ihren Augen durch und durch mißraten ist. Er muß dran denken, wie zu Vaters 65. Geburtstag Max und er vor dem elterlichen Haus standen, hinter dem ein an den Wochenenden vom Vater über Jahre hin liebevoll angelegter Garten den Blick zum Nachbargrundstück verdeckte, und Max plötzlich gesagt hatte: »Wenn die El-

tern mal nicht mehr sind, dann reißen wir die Hütte weg und machen den Garten platt. Da kriegen wir mindestens 24 Wohneinheiten rein.«
Das war die Zeit, da Max in seiner Versicherung für deren Immobilien zuständig war. Damals tranken die Brüder noch manchmal ein Bier miteinander, und Paul mußte sich die Probleme anhören, die sture alte Mieter der Versicherung machten, denn in der Regel sahen sie nicht ein, daß sie als Rentner nicht so viel Wohnraum zu beanspruchen hatten wie zu Zeiten, als sie noch vollerwerbstätige und damit vollwertige Mitglieder der Gesellschaft waren. Doch Max kriegte das schon hin, so daß seine Versicherung mit ihm zufrieden war und ihn zum Personalchef machte, womit die eigentliche Karriere begann.
Paul ist sich heute sicher, daß damals schon, als der Bruder aus seinem Berufsleben schwadronierte und er selbst dem nichts als ein paar Hirngespinste entgegenzusetzen hatte, der Grundstein zu der Entzweiung zwischen ihnen gelegt wurde, die später zur Feindschaft ausartete.
Als Max damals den Garten plattzumachen gedachte, sagte er noch »wir«, später hieß es »ich verkaufe das Haus«.

Paul klingelt bei »Zimmermann«. Sein Zahn puckert. Das ist typisch für das Verhältnis zwischen seinen Zähnen und ihm. Dieser Weg hierher, dieses Haus, das mit beklemmenden Erinnerungen besetzt ist, und schon meldet sich der Rechtsuntendrei, aus dem die Wurzelfüllung wieder fast ganz herausgebröckelt ist.
»Zimmermann«, krächzt Tante Waltrauds Stimme.
»Paul Helmer, euer Neffe Paul.«

»Ach Päulchen!«
Es ist wie damals. Nicht nur, daß sie ihn immer noch Päulchen nennt, es liegt auch immer noch diese leichte Abfälligkeit von »nur Päulchen« oder »ach nur Päulchen« im Tonfall. Zimmermanns haben Paul immer an die Familie in Jacques Tatis »Mon Oncle« erinnert. Sie hätte auch sagen können: »Willi, laß den Springbrunnen ausgeschaltet, es ist nur Päulchen.«
»Tante Waltrauds Lebensunglück ist«, sagte Max einmal mit einem Witz, den Paul ihm nie zugetraut hatte, »daß sie Onkel Willi nie zum Mercedesfahrer machen konnte, er fährt immer nur Opel.« Max fährt übrigens BMW, um so verblüffender ist diese Aussage aus seinem Munde, denkt Paul.
Mehrere Schlösser werden geöffnet, Vorhängeketten ausgeklinkt, und es erscheint der Kopf von Onkel Willi.
»He, alter Junge!«
»Ist es wirklich Päulchen?«
»Natürlich ist es Päulchen!«

Dann sitzt er in dem Wohnzimmer, in dem sich, so scheint es ihm, über Jahrzehnte nichts geändert hat. Die leicht geblümte Tapete, der Kronleuchter über dem Eßtisch, das Regal mit den Buchclub-Klassikern, die Musiktruhe, sogar die; der Chinateppich, die rosabezogene Sitzgarnitur. Ein eingefrorenes Bild, nur die Menschen sind älter geworden, verdammt alt, wie einem das nur auffällt, wenn man sie zuletzt gesehen hat, als sie so alt waren, wie man jetzt selbst ist, denkt Paul. Das ganze Bild hat eine leichte Patina, wie man sie »auf alt« gemachten Möbeln verpaßt. Es ist Staub, der verpönte Staub, neben der Scheiße anderer Leute Tante Waltrauds Erz-

feind. Aber natürlich, sie sieht ihn nicht mehr, und ihn stört er nicht. Es scheint sich überhaupt eine fatale Entwicklung gegen sie vollzogen zu haben, denn da sie das Augenlicht fast ganz verloren hat, ist ihr die Kontrollmöglichkeit genommen über den Boden, die Möbel, Onkel Willis Hosen und Hemden, seine Rasur, die Fenster, die Gardinen. Ein schwerer Schlag, denkt Paul, denn wäre sie zum Beispiel schwerhörig statt blind geworden, müßte sie ihn endlich nicht mehr anhören, was sie sich ein Leben lang gewünscht hat. So muß sie ihn nicht mehr sehen, was kein Trost ist, denn übersehen konnte sie ihn früher schon.
Von irgendwoher werden ein paar Kekse geholt und ein klebrigsüßer Likör. Willi schenkt ein, verzittert ein paar Tropfen auf die Glasplatte des Couchtisches, in die, wie es der Teufel will, Waltraud auf der Suche nach ihrem Glas mit den Fingern tappt. Ein Aufschrei, ein Aufspringen, ein Lappenholen. Dann ist endlich irgendwann Ruhe, es kann zugeprostet und getrunken werden und die Stille entstehen, in der man sich nichts zu sagen hat.
»Wir haben also Oma Emma begraben, vorige Woche.«
Schweigen, als hätten sie es nicht begriffen. Haben sie den Brief gar nicht bekommen? Machen sie vielleicht die Post nicht mehr auf? Hat er es ihr einfach verheimlicht? Sind sie ganz und gar weggetreten, verblödet, auch sie? Davon hat Mutter nichts gesagt, nur von ihm und seiner Verblödung hat sie gesprochen. Dabei sieht er ganz gut aus, denkt Paul, ganz gewieft, ganz keck, so als habe er jetzt Oberwasser, so als habe er nach den Jahrzehnten der Unterordnung eine späte Freiheit zu genießen, so als dürfe er jetzt auch hier oben auf die Toilette gehen.

»Jaja, Königinmutter ist tot«, sagt er.
»Ich habe den Haushalt aufgelöst.«
Tante Waltraud hat bisher überhaupt nicht reagiert, keine Regung, keine Trauer, keine Frage, kein Bedauern.
»Hast du was Brauchbares gefunden?« fragt sie ungerührt.
»Ich habe ein paar Briefe von früher gefunden, die ihr Großmutter geschrieben habt. Die habe ich euch mitgebracht, ich dachte –«
Er legt das Kuvert auf den Tisch. Keiner kümmert sich darum. Es sind läppische wertlose Erzählbriefe, Postkarten zum Geburtstag, Ansichtskarten von den Urlaubsorten. Hier, denkt Paul, ist gar nichts zu holen. Es ist entweder keine Erinnerung mehr, oder die Verdrängung ist perfekt. Aber trotzdem reizt es ihn, sie aus der Reserve zu locken.
»Sagt mal, wie war das damals mit Onkel Walter genau? Warum war der plötzlich weg? Was war da eigentlich?«
Waltraud versteinert und sieht aus wie Tante Elisabeths Marmorkind. Paul sieht ganz genau den Ruck, der durch sie geht. Es ist wie das plötzliche Stehenbleiben eines Fernsehbildes. Sie schweigt. Und doch sieht Paul genau, daß es in ihr arbeitet, daß da eine Erinnerung ist. Willi lacht platt.
»Der ist eben eines Tages mit den Millionen verschwunden, hahaha. Hätte ich auch –«
»Sei still. Du kanntest ihn gar nicht!«
»Jaja, das war alles vor meiner Zeit, das ist wahr.«
Dann schweigt auch er, gehorsam und eingeschüchtert. Paul muß wieder daran denken, wie sie hier regierte, wie sie Willi und Simon in den Keller verbannte, wo sie jeder ein Arbeitszimmer und eine gemeinsame Toilette hatten. Simon, ob er je wieder bei ihnen aufgetaucht ist? Jahrelang,

hat Mutter gesagt, war die Frage nach Simon hier tabu. Als er vor Jahren verschwand, wurde von Forschungsreisen zu seltenen Indianerstämmen berichtet. Als er dann wieder auftauchte, eine Wildlederjacke mit Fransen und eine bunte Feder in einem zusammengerollten öligen Zopf trug und eine ziemlich lächerliche, durchgedrehte Figur machte, wollte Tante Waltraud sterben vor Scham. Danach, so Mutter, leugnete sie, überhaupt einen Sohn zu haben. Dasselbe tat sie dann mit ihrer Mutter. Sie habe keine Mutter, sagte sie einfach zu ihrer Schwester.
»Was macht eigentlich Simon?«
Völlig arglos, betont beiläufig, mit dem Recht dessen, der die Tabus nicht zu kennen hat, fragt Paul. Waltraud zeigt keine Regung. Willi aber, als habe man ihm ein krampflösendes Lachgas gespritzt, als sei er dem Wahnsinn in diesem Moment zu nahe getreten, lacht, prustet, klopft sich auf die Schenkel, muß sein Gebiß festsaugen, um es nicht zu verlieren.
»Der hockt irgendwo im Busch ohne Wasser und ohne Strom und raucht seine Pfeife und ist glücklich. Und wenn er muß, geht er hinaus und scheißt vor seine Hütte.«
Ein kurzer, eisiger Moment des Schweigens gefriert das Bild, doch dann lacht Willi wieder über seinen Witz. Waltraud erstarrt zu Marmor. Nicht einmal mehr ein Blick straft Willi. Sie hat keine Macht mehr über ihn, denkt Paul. Er scheint es jetzt zu genießen, von dem zu reden, was in diesem Hause Jahrzehnte tabu war, der Scheiße. Sollte dieser Onkel Willi, der Maurer gelernt hatte und aus einer nie erwähnten proletarischen Familie stammte, den sie sich zum neureichen Geldverdiener und damit zum Trottel gemacht hat, sollte

der zu seinen Wurzeln zurückgefunden haben, jetzt, auf seine alten Tage, da ihr Überwachungsapparat nicht mehr funktioniert? Sie hatte ihn sich hingebogen, hatte ihm einen Job als Zeitungsvertreter und später als Leseringkundenanwerber mit eigener Agentur verschafft, hatte ihn gebildet, mit ihm Theater besucht, Konversation geübt, das Lexikon durchgepaukt, Gesellschaften und wichtige Vereine frequentiert und nie aufgehört, an seinen Manieren zu feilen. Das Design stand ihm zeitweise ganz gut. Er hatte die joviale, proletarisch-witzige Art von Peter Frankenfeld und sah ihm sogar ähnlich. Er hatte Erfolg, verdiente gut und benahm sich nur noch ganz selten, wenn er zuviel getrunken hatte, daneben. Und er schiß zu Hause nur im Keller, denkt Paul.

Und Simon? Simon, der arme, kleine, stotternde Junge in den feinen Klamotten, mit denen er nicht Räuber und Gendarm spielen und nicht Winnetou und nicht Old Shatterhand sein durfte, wurde in das von seiner Mutter beschlossene Lebens- und Bildungskonzept mit eingeschlossen. Auch er mußte das Lexikon, inzwischen war es das Exemplar aus Vaters Lesering, auswendig lernen, und als er dann als Achtzehnjähriger bei »I« wie »Indianer« angekommen war, »INDIANER (von Kolumbus, der sich in Indien glaubte, so genannt) Sammelname für die Eingeborenen der neuen Welt«, wo von den Algonkin bis zu den Winnebago und von den Azteken bis zu den Tarasken und von den Abipon bis zu den Tupi die Rede war, er kannte sie alle auswendig, da wollte er einer von denen sein, bei ihnen leben, nicht auch noch den zweiten Teil des Lexikons auswendig lernen, nicht mehr im Keller leben.

Als Paul geht, begleitet ihn Onkel Willi. Er ist gut zu Fuß, und er wirkt auf Paul jetzt endlich und zum ersten Mal wie ein Maurer, ein alter, pensionierter Maurer, ein altgewordener Handwerksmann. Am Tor legt er Paul die zitternde Hand auf die Schulter, wartet, bis sie ruhig geworden ist und sagt:
»Paul, Emma war das Beste, was es in dieser Familie gab. Und ich will dir ein Geheimnis verraten. Sie hat nur einen Menschen geliebt – nicht den Großvater Fritz und nicht ihre Töchter – nur Walter, Großvaters Bruder. Aber darüber reden sie nicht. Geh zu Trude, die weiß alles, Trude in Lugano auf dem Markt, wo sie Blumen verkauft.«
Dann dreht er sich abrupt um, geht den Kiesweg entlang zum Haus, dreht sich noch einmal um, winkt, geht weiter, geht am Haus vorbei zu den Büschen und pinkelt im Stehen, wobei ihm die Hose, deren Gürtel er aufgemacht hat, bis in die bleichen Kniekehlen hinunterrutscht.
Als drei Jahre später, im Herbst 1993, die Nachricht kommt, daß Simon bei einem Indianeraufstand in Kanada von einer Kugel des Militärs lebensgefährlich getroffen worden ist, setzt sich der greise Willi in ein Flugzeug und fliegt nach Ottawa, um den Sohn in seine Arme zu schließen, in denen er, den Vater noch erkennend, stirbt. Willi verschweigt Waltraud, die es ablehnt, den Sohn, tot oder lebendig noch einmal zu sehen, daß er seine Schwiegertochter, eine Indianerin, und zwei Enkelkinder kennengelernt hat. In der Hoffnung, nach Waltraud zu sterben, setzt er diesen fernen Zweig der Familie als Erben ein. Waltraud erzählt er auch davon nichts.

9

»Jedenfalls hat Walter das von langer Hand vorbereitet, und sie muß damit einverstanden gewesen sein. Vielleicht hat er ihr nicht genau gesagt, wieviel Geld er aus der Firma zieht. Davon hat sie wahrscheinlich auch keine Ahnung gehabt. Vermutlich hat er über mehrere Jahre hinweg größere Summen abgezwackt und in die Schweiz verschoben, um mit ihr am Tag X dort ein neues Leben zu beginnen.«
»Herr, ist das spannend! Erzähl weiter.«
»Sag mal, kannst du mich zurückrufen? Ist doch so wahnsinnig teuer hier im Hotel, ich glaube, die verlangen 80 Pfennig für die Einheit.«
»Mach ich, bis gleich.«
Paul sagt Helga noch die Nummer des Hotels und legt dann auf. Er liegt auf dem Bett, inmitten der Briefe von Walter. Er wohnt, wenn er in München ist, immer in diesem kleinen Hotel in der Altstadt, zwischen Hofbräuhaus und Oper. Die Einzelzimmer sind so klein wie sein Zimmer früher im Elternhaus. Er denkt plötzlich voller Wehmut an dieses

Zimmer oben im Dach unter der Schräge. Er wird morgen mal rausfahren, sehen, was aus dem Haus geworden ist. Das wird ihn einstimmen auf den Besuch bei der Mutter. Natürlich wird sie wieder beleidigt sein, weil er nicht in ihrem Gästebett schläft. Er kann es nicht. Er müßte dann mit ihr frühstücken und auch den ganzen Abend sitzen. Sie würden wieder Streit bekommen, sie würde wieder sagen, daß er und nicht Max der Unversöhnliche ist, er würde ihr dann wieder einmal die ganze Geschichte erzählen, die zwischen Max und ihm stattgefunden hat, die Geschichte, die eigentlich auch ihre Geschichte wäre, wenn sie sie nicht verdrängen würde wie alles Unangenehme. Nein, da fährt er lieber wieder in die Stadt zurück, und wenn es mit der letzten S-Bahn ist, falls sie es überhaupt so lange miteinander aushalten. Er fährt mit der S-Bahn hinaus und nicht mit dem Auto, weil es bequemer ist und weil er zwei Flaschen Rotwein mitnehmen wird, wovon er eine austrinken wird, denn ohne Alkohol hält er es bei ihr einen Abend lang nicht gut aus, was sie natürlich wieder zu der Bemerkung hinreißen wird, er trinke wohl etwas viel. Doch darauf wird er nicht antworten, denn damit wird er leben können, denn, ehrlich gesagt, es ist ja wahr, da macht er sich gar nichts vor. Er wird dann etwas Dummes sagen, nämlich, daß es eben Menschen gebe, die zuviel und andere, die zu wenig tränken, und sie, als alter Mensch, sollte mehr trinken, mehr Flüssigkeit zu sich nehmen. Sie wird entgegnen, daß sie ja Wasser trinke, was wohl gesünder sei als Wein und Bier. Er wird, weil er gereizt sein wird, sagen, jaja, das kalte Wasser aus dem Kühlschrank, das ist nicht gut für den Magen. Und sie wird dann wieder das letzte Wort haben wollen, wie immer,

und sie wird sagen: »Ich behalte es ja noch eine Weile im Mund, ehe ich es runterschlucke.«
Spätestens dann wird er wieder einmal kapitulieren und von da an nur noch darauf lauern, wie er jetzt wegkommt, rechtzeitig zur letzten S-Bahn, um in einer Kneipe in der Stadt noch ein paar beruhigende Biere zu trinken und irgendein bangloses Besserwissermännergespräch zu führen, für einen guten Schlaf. Oder er wird in die Bar gehen, ins Schumanns, wo man die Menschen der Münchner Gesellschaft sieht, deren Namen Helga, wäre sie dabei, hersagen könnte.
Das Telefon klingelt.
»Ich bins, Benny.«
»He, Benny!«
Paul merkt, daß dieser Überraschungsausruf falsch klingt. Das ärgert ihn.
»Mutter sagte, daß du in der Stadt bist.«
»Ja, heute gekommen.«
Herrgott, warum haben wir uns nach zehn Sekunden Telefonieren schon nichts zu sagen? denkt Paul. Und warum redet er plötzlich von Brigitte als »Mutter«? Hat der Kerl im Radio recht, ist die ganze antiautoritäre Erziehung, mit der es Brigitte doch schon sehr ernst war, danebengegangen?
»Können wir uns sehen?«
»Aber ja doch.«
Klingt auch nicht gut, ist doch gar nicht seine Art. Paul fühlt sich schlecht. Warum ist das so? Ist das das schlechte Gewissen? Wenn er ehrlich ist, dann hat er doch gar keine Lust, seinen Sohn zu sehen.
»Wann?«

»Ich hab noch ein paar Telefonate – in einer Stunde?«
»Okay – wo?«
»Schlag was vor.«
»Christopher Street?«
»Wo ist die?«
»Das ist ein Lokal – ach was, vergiß es. Bei dir, wenn du aus dem Hotel kommst, rechts um die Ecke diese Bar, treffen wir uns da. In einer Stunde.«
Benny legt auf. Paul auch. Er muß pinkeln. Er nimmt den Hörer ab, legt ihn neben den Apparat, geht aufs Klo, setzt sich auf die Brille. Was will der Junge? Der will doch was. Ja und? Warum soll er nicht zum ersten Mal in seinem Leben von ihm was wollen? Paul zieht sich wieder an, geht zur Minibar, holt sich eine Dose Bier, legt sich wieder aufs Bett, das von Walters flehenden Liebesbriefen bedeckt ist, und legt den Hörer wieder auf. Sofort klingelt es.
»Hallo!«
»War dauernd besetzt.«
»Ja, Benny.«
»Ach. Wie gehts ihm? Triffst du ihn?«
»Ja, gleich. Er will mich sprechen. Das wollte er noch nie. Was meinst du, was kann er wollen?«
»Entweder will er dir sagen, daß er heiraten will oder daß er Geld braucht oder daß er schwul ist oder daß er Aids hat. Oder eine Kombination aus allem.«
»Hältst du es für möglich, daß Benny schwul ist?«
»Ja, ich kenne ihn ja nicht gut –«
»Ich auch nicht –«
»Aber ich halte es für möglich.«
»Ach du lieber Himmel!«

»Du hast doch nicht etwa Schwierigkeiten damit?«
»Ich glaube doch. Komm, Helga, laß uns nicht darüber reden. Das zieht mich nur runter.«
»Erzähl von Walter und Emma.«
»Wo war ich?«
»Walter hat die Kohle in die Schweiz gebracht, um mit ihr dort zu leben.«
»Ich hab ja nur seine Briefe an sie, nicht ihre an ihn. Also muß ich mir ihr Verhalten aus dem, was er schreibt, zusammensetzen. Es muß so gewesen sein:
Sie haben gemeinsam geplant, wegzugehen. Ob Emma nicht nur Fritz, sondern auch die Kinder verlassen wollte, weiß ich nicht. Ich könnte mir vorstellen, daß sie sie bei ihm lassen wollte. Abgemacht war, daß erst Walter verschwindet, in Zürich die Dinge regelt und Emma dann nachkommt. Walter ging, und er hatte so viel Geld aus der Firma gezogen, daß Fritz Konkurs anmelden mußte. Für Emma war das ein Schock. So hatte sie sich das nicht vorgestellt. Fritz war am Boden zerstört. Er wollte sich umbringen. Da er es nicht tat, trank er. Es mußte gehandelt werden, und Emma tat das. Sie vertröstete Walter, schrieb ihm, sie wolle erst das Wohl der Familie regeln. Sie gab das Haus auf, suchte eine Wohnung und fand für Waltraud und Hilde, die sie von der Schule nahm, eine Arbeitsstelle bei einem jüdischen Juwelier. Für Fritz besorgte sie, weil sie eine tatkräftige Frau war, Beziehungen nutzte und sich aus der politischen Entwicklung raushielt, eine Stelle beim Autobahnbau. Da gab es Arbeit, denn Hitler baute Autobahnen. Doch Fritz, der immer noch oder jetzt erst recht trank, konnte sein Maul nicht halten. Er wetterte gegen die Nazis, legte sich

mit seinem Chef an, bekam Schwierigkeiten, flog raus, war arbeitslos und trank um so mehr. Walter aber wartete und schickte zunehmend ungeduldig Brief um Brief, postlagernd. Paß auf, ich les dir eine Stelle vor:
›Emma, Täubchen, er hat dich geschlagen, er hat ein Vermögen vertrunken, er hat dich schlecht behandelt und die Kinder auch, er hat dir, bitte erinnere dich gut, Gewalt angetan. Wie oft, weißt nur du wirklich. Er war dir widerlich, du hast ihn gehaßt. Wir haben ihn beide gehaßt, und jetzt schreibst du mir: er ist aber mein Mann. Emma, ich bin dein Mann, niemand sonst, wenn auch nicht, noch nicht vor Gott. Emma, verlasse diesen Mann, dieses Land. Merkst du nicht, was sich da tut. Immer mehr Menschen gehen dort weg, kommen hierher. Wir sind hier schon eine ganze deutsche Kolonie. Die meisten sind Juden. Emma, mein Täubchen, nimm, wenn du nicht anders kannst, die Kinder, setze dich mit ihnen in einen Zug und komme hierher. Hier wartet ein neuer Name auf dich. Und ein neues Leben. Auch auf die Kinder. Fritz ist nicht mehr der Bruder, den ich einmal hatte. Und er ist nicht mehr der Mann, den du geheiratet hast. Er ist ein Tier! Liebste Emma, komm schnell in meine Arme, sie sind immer geöffnet, um dich zu umschlingen, Dein dich liebender Walter.‹«
»Ich muß weinen.«
»Nanana.«
»Echt. Solche tragischen Liebesgeschichten machen mich völlig fertig. Da muß ich heulen. Ich hab neulich bei dem Film mit Robert Redford und Meryl Streep auch so geheult – »Jenseits von Afrika«. Eine absolute Schnulze, aber ich hab Rotz und Wasser geheult.«

»Überleg dir mal den Konflikt, den die Großmutter Emma hatte. Und typisch für die Zeit, aus Pflichterfüllung ist sie bei der Familie geblieben, bei dem gehaßten Mann, der ihr aber wohl leid tat, bei den Kindern, die sie später als völlige Versager sah und deshalb nach Großvaters Tod nicht mehr sehen wollte. Sie hat sogar noch nach Walters Weggehen, warum auch immer, ob es einfach passiert ist oder ob sie es wollte, ein Kind bekommen, 1936, Elisabeth.«
»Wann ist der Großvater eigentlich gestorben?«
»Fünfundfünfzig, im Februar. Im Herbst ist sie in die DDR gegangen.«
»Glaubst du, daß sie noch mal zu Walter Kontakt hatte?«
»Sie wollte zu ihm, glaube ich. Es gab ja die jüngere Schwester von Walter und Fritz, Trude, Tante Trude, eine Schulfreundin von Emma. Die ist schon in den frühen zwanziger Jahren nach Lugano gegangen. Die Trude ist verrückt, hieß es immer, die steht da auf dem Markt und verkauft Blumen. Ich war ja oft in Lugano, bei Claudio Pedrini, aber nie habe ich an Tante Trude gedacht. Die hat in der Familie keine Rolle gespielt. Es war mir nie richtig bewußt, daß es sie überhaupt gibt und daß sie in Lugano lebt. Also, bei Emma habe ich eine Postkarte gefunden. Leider kein Absender, kein Kuvert, vom Sommer 55. Da antwortet Trude anscheinend auf einen Brief von Emma, sehr kurz und bündig. Sie schreibt, daß Walter tot ist, vor einem Jahr gestorben, also 54. ›Du bist zu spät. Er hat immer auf dich gewartet‹, schreibt sie.«
»Also wollte sie nach ihrer Pflichterfüllung zu ihm.«
»Scheint so.«
»Was machst du jetzt, recherchierst du?«

»So viel ich weiß, lebt Tante Trude noch. Da fahre ich hin. Auch Claudio mal wieder besuchen.«
»Bißchen Urlaub, was.«
»Komm doch mit!«
»Kann ich nicht. Und weißt du, das mit Hartmann ist im Moment sehr heftig.«
Er schweigt.
»Paul, keine Eifersucht, ja! – Hör mal, so ein Gedanke: wenn der Walter vor dem Krieg praktisch ein Vermögen in die Schweiz transferiert hat, was ist daraus geworden? Hat er wieder eine Familie gegründet? Wenn nicht, hat er das Geld bis zu seinem Tod durchgebracht? Wenn nicht, wo ist es? Bei Trude?«
»Spielst du Detektivin?«
»Sag bloß, du hast darüber noch nicht nachgedacht!«
»Willst du die Wahrheit wissen?«
»Sprich.«
»Ich denke im Moment an fast nichts anderes. Ab und zu an dich und deinen Körper und wie es ist –«
»Hör auf, ja!«
»Hast du nicht gerade deine Tage?«
»Paul, was soll das?«
»Wir haben genau vor einem Monat miteinander geschlafen, da hattest du sie.«
»Paul, du bist unschlagbar. Ja, es schmiert schon etwas. Aber hör bitte auf. Sonst landen wir noch mal irgendwann beim Telefonsex. Erzähl doch weiter.«
»Schon gut. Die letzten Briefe von Walter sind sehr düster. Daß sie noch eine Tochter bekommen hat, hat ihn wohl sehr geschockt. Er versucht noch einmal, Emma zu über-

reden. ›Was soll ich mit dem vielen Geld. Es liegt auf der Bank und wird immer mehr. Ich brauche doch nichts. Ohne dich hat mein Leben doch keinen Sinn.‹ Also kann es sein, daß da immer noch Geld liegt, und keiner hat je danach gefragt. Es sei denn, er hat vor seinem Tod irgend etwas geregelt.«
»Mann, das mußt du rauskriegen!«
»Will ich ja. Aber eins Helga: zu niemandem ein Wort, ja!«
»Klar, Paul, du kennst mich doch.«
»Eben.«

10

PAUL HAT EIN BISSCHEN VERSUCHT, zu onanieren, hat an Helga gedacht dabei, aber er konnte sich nicht konzentrieren, denn die Gedanken jagten einander und durchlöcherten sein Gehirn wie ein Sieb. Jetzt steht er unter der Dusche und läßt das Wasser so heiß es geht über seinen Körper laufen. Er hat vorher noch schnell seinen Freund Claudio in Lugano angerufen und sich für übermorgen angekündigt. Und er hat Claudio gefragt, wie er reagiert hätte, wenn sein Sohn eines Tages zu ihm gesagt hätte, »Papa, ich bin schwul«.
»Ich hätte gesagt, na wenigstens etwas, denn ich glaube, der ist gar nichts, nicht einmal schwul.«
Mit der Antwort kann Paul nicht viel anfangen. Und vielleicht will Benny was ganz anderes. Geld vielleicht. Nichts einfacher als das. »Hab keins«, wird er sagen. Warum verbeißt er sich jetzt so in die Vorstellung, Benny wollte ihm sagen, daß er schwul ist? Weil er es für möglich hält? Weil er nicht weiß, wie er darauf reagieren soll? Weil er weiß, daß er damit nicht richtig umgehen kann? Eines ist jedenfalls

sicher: wären sie, er und Brigitte und Benny, eine Familie gewesen, hätten er und Brigitte auch noch andere Kinder gehabt, wäre dieser Benny also mit ihm als tatsächlichem Vater aufgewachsen und eines Tages gekommen und hätte gesagt »hör zu, ich bin schwul, und das ist so und aus«, er wäre sehr konsterniert gewesen und er hätte sich die Frage gestellt, was haben wir falsch gemacht? Eine Frage, für die er jeden Freund als rückständig und intolerant beschimpfen würde. Ja, denkt er, wenn einen die Dinge nicht selbst betreffen, läßt sich gut tolerant sein. Aber betrifft es ihn denn überhaupt? Wenn es mit Benny so wäre, könnte es ihm nicht völlig egal sein? Er hat so wenig mit ihm zu tun gehabt über die Jahre, ihn so selten gesehen, war mit der Erziehung nicht befaßt, hat nur bis zum Ende der kaufmännischen Ausbildung bezahlen müssen und froh sein können, daß es bei Benny zum Studieren nicht gereicht hat.
Nimms locker, Paul, redet er sich ein, was immer er von dir will, sei souverän. Er zieht sich eine schwarze Levis 501 an, die knapp sitzt, ein anthrazitfarbenes Seidenhemd, hängt sich einen dünnen Schal um und geht auf dem Weg zu dem Lokal ans Auto, um sich seine schwarze Blousonlederjacke zu holen, die ihm eigentlich schon viel zu klein ist. Er ist sich sehr wohl bewußt, daß er kein Kleidungsstück zufällig gewählt hat, wie sonst so oft, weil er meist einfach das Nächstliegende anzieht, ausgebeulte Hosen, ein Jackett, das an den Taschen eingerissen ist, ein ungebügeltes Hemd. Nein, er hat sich auf jung getrimmt, auf das Jüngste zumindest, das bei ihm noch drin ist. Der Junge soll nicht glauben, daß er mit ihm reden kann wie mit einem alten Knacker. Es hat ihn vorhin geärgert, daß Benny am Telefon, nachdem er

ein Lokal namens Christopher Street vorgeschlagen hatte, auf Pauls Frage, wo sich das denn befinde, sofort aufgegeben hat, als sei es dem Alten nicht zuzumuten, das zu suchen und zu finden. Nein, nein, laß mal, Opi, ich komme zu dir, mußt dich nicht bemühen, findest es ja doch nicht. Christopher Street, denkt Paul plötzlich, das muß ein Schwulenlokal sein, natürlich, New York, Christopher Street in Greenwich Village, die Schwulenstraße. Er wollte sich mit ihm in einem Schwulenlokal treffen, seiner Stammkneipe wahrscheinlich. Also alles klar, er ist schwul, okay, ja, nun, sein Problem. Problem? Vielleicht, vielleicht nicht. Egal, habe ich nichts damit zu tun, muß er selbst wissen. Herrgott, Paul, wie denkst du! Wer bist du eigentlich? Was hast du in deinem Leben als Nichtschwuler schon erreicht? Nichts. Keine Beziehung hat gehalten, die eine Frau hast du mit der anderen betrogen, je älter du wurdest, desto wirrer war dein Sexualleben, das es jetzt schon fast nicht mehr gibt, das sich im Onanieren erschöpft, wenn du dich einsam im Hotelzimmer fühlst. Und nicht mal mehr das gelingt dir, nicht einmal dazu findest du mehr eine positive, gar lustvolle Einstellung. Wer bist du also, daß du dir irgendwelche Urteile erlaubst, du, der sich gegenüber Schwulen immer tolerant gegeben hat? Ja, das ist es, denkt Paul, ich habe mich tolerant gegeben, aber ich war und bin es nicht. So ist es.
Er steht vor dem Lokal, in dem er vor ein paar Jahren mal ein letztes Bier getrunken hat, ohne noch irgendeine Erinnerung daran zu haben. Er haßt es, wenn man von draußen nicht nach innen sehen kann. Das ist ihm schon suspekt. Er muß ein paar Stufen nach unten gehen, eine Tür öffnen, einen schweren Vorhang beiseite schieben, ehe er im Lokal

ist. Die Einrichtung ist wie ein Theaterfundus, in dem etwa fünf Bistrotischchen stehen. Hinter der Theke eine alte Tunte, ganz offensichtlich Marke gealterter Schauspieler, Tänzer vielleicht auch. Und das Publikum, nur Männer. Alles klar, denkt Paul, die Haarschnitte. Adrett geschnittene Köpfe. Das ist ihm bei Benny schon mal aufgefallen, und er hat es für Mode, für eine Poppererscheinung gehalten. Aber hier sitzen welche meines Alters, denkt Paul, und sie sehen mit diesem Haarschnitt aus wie Soldatenköpfe, wie rechtsradikale Deutschnationale, wobei doch sicher kaum jemand von ihnen auch nur annähernd in diese Ecke gehört und als Schwuler wohl auch gar nicht geduldet würde. Oder doch? Er weiß es nicht.
Jetzt ist alles klar. Benny steht auf, kommt aus einer Ecke auf Paul zu, Scheiße, warum habe ich mich so lächerlich angezogen, denkt Paul, warum zeig ich ihm nicht den gediegenen alten Vater? Na, egal nun ist es so. Ihre Begrüßung erfolgt durch Handschlag, nicht mehr.
»Hallo.«
»Hallo.«
Benny steuert auf einen Tisch in der Ecke zu, wo ein Mann, etwa in Pauls Alter, aufsteht und ihm die Hand gibt.
»Das ist Leo«, sagt Benny.
»Angenehm«, sagt Paul und findet es sofort töricht, das gesagt zu haben, zumal es ihm unangenehm ist. Überflüssig sich zu fragen, denkt Paul, ob Leo schwul ist. »Der Erfinder«, würde Helga sagen.
Paul setzt sich und bestellt sich ein Bier. Leo hält Paul eine geöffnete Schachtel Marlboro hin, der winkt ab. Leo nimmt zwei Zigaretten heraus, steckt sie sich in den Mund, zündet

sie an und reicht dann eine mit seinen langgliedrigen, manikürten Fingern Benny hinüber. Ein Ritual. Paul bereut es, sich nicht eine Havanna mitgebracht zu haben, denn er könnte seine aufkommende Unsicherheit gut hinter einem Ritual seinerseits verstecken. Er merkt, daß er unter den Achseln schwitzt. Das Seidenhemd ist etwas zu eng in den Schultern und zu warm. Wenn er jetzt aber die Lederjacke auszieht, sieht man die Schweißflecken unter den Armen. Scheiße.
Er schaut Benny an und sieht nun, was er sich die ganze letzte Stunde gefragt hat. Klar, die beiden sind ein Paar, ein eingespieltes. Zwischen ihnen ist ein Altersunterschied von mindestens 25 Jahren. Paul ist nicht verblüfft darüber, daß nicht Benny, sondern Leo es ist, der das Anliegen beider vorbringt. Er spielt den Schwiegersohn, denkt Paul, und er kommt sich zunehmend vor wie jemand, der um die Mitgift angegangen wird. Leo redet leise, fast zu leise für Pauls nicht mehr gut hörende Ohren, so daß er sich sehr konzentrieren und näher an Leo ranrücken muß, als ihm lieb ist.
Sie seien jetzt seit zwei Jahren zusammen und hätten nun, da sie ja beide aus der Modebranche kämen, die einmalige Gelegenheit, einen wahnwitzig süßen Herrenbekleidungsladen zu übernehmen. Dieser Mann mit den leicht grauen Schläfen, dem beleidigten Mündchen, dem taubenblauen Jackett und dem dazu farblich passenden pastellfarbenen Seidenschal sagt tatsächlich »süß« und meint vermutlich »klein« damit, denkt Paul. Er muß unverzüglich und ausführlich an Herrenunterwäsche denken, ob er will oder nicht, denn oft stand er schon im KaDeWe vor diesen dreieckigen Kreationen, die nur aus einem Läppchen und

einem Militärgürtel breiten Saum bestehen, und er hat sich schon immer gefragt, wer das trägt. Es ist ihm plötzlich liebenswert, was ihm sonst immer ein Alptraum ist, diese blonde Frau an dem Stand, die beide Hände wie Beine in die Slips steckt und diese so auseinanderzieht, daß sichtbar wird, auch dem Herrn vor ihr, der über zwei Zentner wiegt, paßt dieses Ding, das sich auch Unterhose nennt.

Er, Leo, bringe in die Sozietät, die sie gründen wollten, 50.000 Mark als Kapital ein. Für einen guten Start brauche man etwa 100.000, und im Sinne der Emanzipation zwischen ihnen beiden wäre es richtig, wenn auch Benjamin – er nennt ihn Benjamin, vielleicht grundsätzlich, vielleicht auch, um dem Ganzen einen seriösen Anstrich zu geben – die gleiche Summe als Kapital einbringen könnte. Naturgemäß habe er das in seinem Alter noch nicht, und auch Brigitte, seine Mutter, könne da nicht helfen, und darum habe man an ihn gedacht.

»Ich frage dich das nicht gern«, sagt Benny, der bisher kein Wort gesagt hat, was Paul ärgert.

»Du fragst mich ja nicht.« Das sitzt, denkt Paul, das ist ein Keil, und er sieht Leo an, daß der in diesem Moment beschlossen hat, ihn zu hassen. Diese Schwiegervaterrolle bin ich los, denkt Paul, und es beschleicht ihn Erleichterung.

Leo lehnt sich zurück, hat schon aufgegeben, legt Benny, der ungehalten und nervös wirkt, beruhigend die Hand auf den Schenkel. Jetzt kämpft Benny.

»Paß mal auf: ich hätte leicht nach der Lehre noch das Abitur machen und studieren können. Das wären mindestens noch mal acht Jahre gewesen, die du hättest zahlen müssen. Das hätte dich circa 50.000 gekostet.«

»Ich habe keine 50.000 flüssig. Ich habe das Geschäft aufgegeben, es ist im Moment nicht rosig, ich –«
Leo, der es bisher geschickt vermieden hat, überhaupt eine Anredeform zu wählen, benützt jetzt ganz gezielt das offensive Sie.
»Sie müssen es doch nicht flüssig haben. Nehmen Sie einen Kredit auf, machen Sies über eine Lebensversicherung oder sonstwie.«
Jungs, das habt ihr versiebt, denkt Paul, um sich zu retten. Kein Bitte habe ich gehört, nötigen wollt ihr mich, Erpressung ist das. Nicht mit mir. Aber wie sage ich es, wie drücke ich es diplomatisch aus, ohne zu sagen, daß ich nicht nur nicht kann, sondern auch nicht will, selbst wenn ich könnte?
»Also: das ist ein ganz ungünstiger Zeitpunkt. Ich habe gerade dieser Tage mein Geld und allen Kredit, für den ich der Bank gut bin, in ein größeres Geschäft gesteckt, das heißt, englische Möbel eingekauft. Solange da nicht Geld zurückfließt, bin ich absolut nicht solvent.«
Sie schauen ihn beide an, und er glaubt, Spott in ihren Blicken zu erkennen. Egal, da muß er durch. Meingott, denkt er, so hätte Max reden können, so hätte Max geredet. Max, ja, soll er doch zu Max gehen, der das Elternhaus verscherbelt und das Geld eingesteckt hat. Aber was sollte Max mit diesem Benny zu tun haben, diesem Ergebnis einer Verirrung, eines verquasten Glaubens an die Möglichkeiten und Notwendigkeiten einer Familie? Nichts.
»Benjamin, da ist nichts mehr zu reden, wir gehen.«
Sie stehen beide auf, wollen zahlen.
»Laßt mal, ich mach das schon.«

»Ciao«, sagt Benny. Leo sagt nichts. Sie gehen.
»Noch ein Bier, der Herr?«
»Nein.«

Sie habe bei Ingmar Bergman im »Schlangenei« gespielt. Drei Drehtage habe sie gehabt, und alle Freunde habe sie in den Film geschickt, und es sei die Blamage ihres Lebens gewesen, der Bergman habe sie nämlich herausgeschnitten, komplett herausgeschnitten. Keine der Szenen, die sie gedreht habe, sogar mit Text, jawohl, sogar mit Text, mit gar nicht so wenig Text und alles auf englisch, keine der Szenen sei mehr vorgekommen im »Schlangenei«.
»Wann war das?«
»Sechsundsiebzig.«
»Und was hast du dann gemacht?«
»Fernsehscheiße.«
»Und was machst du jetzt?«
»Immer noch Fernsehscheiße.«
»Kann man das sehen, ich meine –«
»Wenn man Fernsehscheiße guckt, kann man mich sehen.«
Nachdem er die Schwulenkneipe verlassen hatte, ist Paul ins Hotel gegangen, hat sich diese lächerlich knapp sitzende Lederjacke und das fast durchgeschwitzte Seidenhemd ausgezogen, hat noch einmal geduscht, um ganz sicher dieses unerfreuliche Erlebnis wegzuspülen, das ihm Magenbeklemmung verschafft hatte , und ist dann, mit Jackett und Mantel, seriös, seinem Alter entsprechend, willens, zu seinem Alter zu stehen, dahin gegangen, wo einer in seinem Alter hingehört, wo er immer hingeht, wenn er in München ist, in das Schumanns, die Bar der Bars. Dieser Ort ist, wenn

man ihn an Wochenenden meidet, das hat Paul über die Jahre gelernt, eine Oase, eine Kirche, ein Dom. Die, die jetzt hier sind, beten den Altar an, wo das Erhabene geschieht, wo es eine Maschinerie aus perfekt ineinandergreifenden Handlungen zu bestaunen gibt, wo ein reibungsloser Mechanismus funktioniert, hinter dem eine höhere, dem Laien sich nicht offenbarende, fremde Kraft steht. Und was da geschieht, ist handgemacht, wie gute Musik. Unplugged. Edles Handwerk, wie Holzschnitzerei oder Schindelnmachen. Ein fast lautloses Räderwerk, wie eine gute Uhr.
Verflucht sei dagegen Takis, der Grieche bei Paul um die Ekke, der das Gyros mit dem elektrischen Messer herunterschneidet, in eine metallene Schaufel, die, wenn sie mit dem elektrischen Messer in Berührung kommt, und sie kommt, weil Takis ein fauler, schlampiger Grieche ist, der eigentlich schon lange kein Gyros mehr herunterschneiden will, dauernd damit in Berührung, ein Geräusch macht, das Paul jedesmal durch all seine Zähne und über deren Nerven direkt ins Gehirn fährt, wie ein Stromschlag.
»Die Dame eine Rose«, sagt der Rosenverkäufer, der auf einem weißen Hemd eine Fliege trägt, die mit blinkenden Lichtern besetzt ist. Paul kennt ihn schon. Er betont jedes der Wörter dieses Satzes gleich, spricht kein Komma und kein Fragezeichen, so daß Paul jedesmal wieder den Witz macht, den der Mann schon nicht mehr hören kann und woran er spätestens Paul als den Mann erkennt, der nie eine Rose kauft, aber immer diesen Witz macht:
»Die Dame ist eine Rose.«
Der Rosenverkäufer geht müde lächelnd weiter, und die aus dem »Schlangenei« Herausgeschnittene lacht. Paul regi-

striert das dankbar, denn es war ihm schon flau zumute, als er merkte, daß er nicht umhin konnte, wieder diesen Witz zu machen, weil er eigentlich nicht weiß, was er mit der Herausgeschnittenen anfangen soll. Da er nicht mehr konzentriert der Barmaschinerie folgen kann und neben der Herausgeschnittenen steht, die auf einem Barhocker sitzt, liebäugelt er schon seit einiger Zeit mit einem jetzt noch, später nicht mehr, vorhandenen Sitzplatz an der Wand, wo man sich anlehnen kann. Noch, denkt er, ist Zeit zur Flucht, um sich aus dem Staub ihrer Plappereien zu machen. Er täuscht mit etwas umständlichen Gesten Schwierigkeiten mit seinem Kreuz vor, verständigt sich mit dem für die Sitzplätze an der Wand zuständigen Barmann, der ihn kennt oder vielleicht auch nicht oder so tut, als kenne er ihn, weil er weiß, daß dem das guttut, wenn er so tut, als kenne er ihn, nickt der Herausgeschnittenen freundlich bedauernd zu, geht zu einem der Sitzplätze, setzt sich und genießt für einen Moment diese Ruhe und die Perspektive auf die ganze leicht verschwommene, aber glänzende Barmaschinerie. Doch sie hat da kein Problem, sie rutscht vom Hocker herunter, kommt zu ihm, setzt sich neben ihn und lehnt ihren Kopf müde an seine Schulter, als kenne sie die schon lange, als sei ihr die vertraut, als sei das ihre Anlehnschulter schlechthin. Warum macht sie das? Was will sie von ihm? Ist sie vielleicht einfach nur froh, hier, wo sie wohl soviel wie zu Hause ist, einen getroffen zu haben, den sie noch nicht kennt, einen, der nicht die Fernsehscheiße gesehen hat, die sie macht, oder gefällt er ihr, will sie irgendwas erleben mit ihm, oder ist sie einfach selig, einen gefunden zu haben, der noch nicht wußte, daß Bergman sie aus dem »Schlangenei« herausgeschnitten hat?

Der Barmann bringt Paul seinen dritten oder vierten Margarita, und er betrachtet mit leichtem Mißfallen, aber auch einem spöttischen Lächeln die Anlehnungsbedürftigkeit der Herausgeschnittenen, die hier wohl eine gewisse Narrenfreiheit hat. Der Spott, diese kleine Überheblichkeit, merkt Paul, gilt ihm. Aha, bist jetzt du bei ihr gelandet, oder so.

»Hast du eine Montecristo?«
»Eins oder drei oder especiales?«
»Eins.«

Was sonst, du Wichser, denkt Paul, denn er nimmt ihm das spöttische Lächeln übel.

Es ist der Zeitpunkt, da Paul eigentlich gehen sollte, der Überfüllung, des Alkohols und der herausgeschnittenen Gefahr wegen, die da an seiner Schulter schlummert. Aber es gibt viel zu sehen, und es kommt die Monte Christo Nummer eins, die ihr Zeremoniell von einer Stunde verlangt, und die Margaritas schmecken erst richtig, wenn man sie nicht mehr zählt.

Das Lokal wird jetzt zum Markt. Jeder, der schon hier ist, wird von denen, die kommen, betrachtet, eingeschätzt, abgeschätzt, als stünde er hier zum Verkauf. Frauen werden regelrecht einmal aus- und wieder angezogen. Man sieht, läßt sehen, wird gesehen. Man tauscht die freundlichen Gemeinheiten aus, ohne die zu leben man nicht mehr gelernt hat, denkt Paul, und es wimmelt hier von Herausgeschnittenen. Aus Ehen, Partnerschaften, Firmen, Stücken, Filmen, Inszenierungen, aus Redaktionen und Kulturtempeln, aus

Cliquen und Gesellschaften, Sozietäten und Parteien hat man sie herausgeschnitten, oder sie laufen täglich Gefahr, herausgeschnitten zu werden, wie man den Ungewollten aus einem Gruppenfoto entfernt, herausschneidet. Und nun tragen sie hier ihre Haut zu Markte.
»Die Dame eine Rose.«
»Danke nein«, sagt Paul.
»Die Dame ist eine Rose«, sagt die Herausgeschnittene. Und sie kichert.

II

DIE S-BAHN HAT DEN ZUGRIFF der Stadt auf die Dörfer besiegelt. S-Bahnfahren ist nicht Zugfahren. Draußen huscht gelegentlich noch Landschaft vorbei, grüßen noch Kirchtürme kleiner Dörfer zwischen Industriegebieten, wechseln sich Waldstücke mit Feldern ab. Hier drinnen ist Stadt, wie weit hinaus auch immer die Bahn fährt. Der Verkehrsverbund wirbt für Wanderungen von den Endhaltestellen. Automatische Türen öffnen sich zu Bahnsteigen, die in die Landschaft hineinbetoniert sind, um Wanderlustige in einschlägiger Kleidung, mit Rucksäcken, Tagesproviant und Netzkarte in die Natur zu spucken. Grell gekleidete Fahrschüler treiben müde ihren Unfug zwischen Computerspiel und Nasenpopel, Türkinnen, die die feinen Etagen und Treppenhäuser der Stadt geputzt haben, fahren auf die entfernten Dörfer hinaus, wo sie die einzigen sind, die die überhöhten Mietpreise zahlen, weil sie in der Stadt sowieso keine Wohnung bekommen würden. Gut gekleidete Hausfrauen, die man grüne Witwen nannte, als Paul halbwüchsig war, fahren mit Einkaufstüten, auf denen gediegene Kauf-

häuser werben, in ihre gehobenen Fertigbauhäuser hinaus, um unverzüglich ihre Kinder mit dem Jeep von der Schule abzuholen. Nach den aufs Land Gezogenen greift mit unbarmherzigen Krakenarmen die Stadt. Einer davon ist die S-Bahn.
Die Namen der Haltestellen, die meistens mit den Namen der nicht immer sichtbaren, weil abgelegenen Orte identisch sind, enden gerne auf –ing; zum Beispiel Feldafing. Feldafing, wo ich zu Fuß hinging, reimte man, als Paul ein Kind war.
Paul schaut zum Fenster hinaus, sieht da und dort noch den schmutzigen Februarschnee auf den sonnenlosen Ecken der Felder, während sich in kleinen Gärten schon zart der Frühling ankündigt. Lustlos liest Paul die heutige Ausgabe der am Vorabend erschienenen Abendzeitung, in der auf einer Klatschseite von denen die Rede ist, die noch nicht oder gerade noch nicht aus dem Gesellschaftsgetriebe der Stadt herausgeschnitten worden sind.

Die aus Bergmans »Schlangenei« Herausgeschnittene war ihm übrigens gestern, ohne daß er entschieden etwas dafür oder dagegen getan hätte, noch in der Bar abhandengekommen. Wie ein Federball flog sie von einer Ecke in die andere, und irgendwann hat er sie nicht mehr gesehen.
Er ist dann ins Hotel gegangen, und es war ihm übel. Er mußte an Benny denken, und es überkam ihn Wut. Warum hat er mich nicht einfach nur gebeten, warum wollte er mich nötigen, warum hat er diesen seinen jetzigen Bettgenossen, diese verspätete Vaterfigur für sich reden lassen? Herrgott, Benny, warum hast du mich nicht wenigstens be-

schimpft? Warum hast du nicht gesagt »du, du alter blödromantischer 68er du, mit deinem angeblichen politischen Standpunkt, du, du bist doch einer von denen, die einem wie mir gegenüber intolerant sein müssen, weil sie mit ihrer eigenen ganzen beschissenen Sexualität im Arsch sind, du, was willst du überhaupt, du Niemalsvater!?« Warum, Benny, warum hast du mir altem Sack, dem beim Auskotzen der Margaritas das Gebiß in die Kloschüssel gefallen ist, nicht deine strahlenden Zähne gezeigt?
Er hat dann noch, wie er es immer tut, wenn er sich überflüssig fühlt, versucht, Helga in Berlin anzurufen, doch da war nur der Anrufbeantworter. Wahrscheinlich ritt sie zu der Zeit auf dem linken Hausbesitzer Hartmann von Rönne, wieder einmal auf der Suche, diesmal nach einem noch undefinierten Orgasmus politischer Kongruenz.

Heute morgen ist er dann mit dem Benz in die Schuhschachtelsiedlung aus den fünfziger Jahren hinausgefahren, zum Elternhaus. Damals war ein Haus wie das andere, in Reih und Glied, die Augen rechts! Daß mir keiner aus der Reihe tanzt, Grundsteinlegung und Richtfest aller Häuser am selben Tag, ein Lied, zwei, drei, vier! Erbaut zur selben Zeit, da wieder die ersten deutschen Soldaten in Kasernen einrückten. Selbst Renovierungen und Modernisierungen haben ihnen die Uniformität nicht nehmen können, denn die jeweiligen Angebote der Baumärkte haben sich um sie gelegt wie Jahresringe.
Die neuen Besitzer haben, wie die Nachbarn zur Rechten und zur Linken auch, das Dach abgenommen und eine höhere hölzerne Haube draufgesetzt, an deren Giebeln

lächerliche Holzschnitzereien zu den künstlichen, bei Föhn sichtbaren Hügeln der städtischen Müllberge von Großlappen hinüberschauen, als seien es die Alpenausläufer des Chiemgaus.
Angesichts dieser mutwilligen Verbayerung mochte bei Paul keine wehmütige Erinnerung aufkommen, geschweige denn die Vorstellung, hier jemals noch wohnen zu wollen. Nichts, das war ihm schlagartig klar, hat diese Gegend, hat dieses Haus mehr von dem, was seine Kindheit hier war. Die schönen und friedlichen Erinnerungen, die sich Paul gerne bewahren will, haben mit diesen Häusern, die jetzt aussehen wie das Dekor von Volksmusiksendungen, nichts zu tun. Nein, da ist er ehrlich zu sich, wenigstens zu sich, es war völlig richtig, das Haus zu verkaufen, als Mutter hier nicht mehr leben wollte. Und genau das würde ihm die Mutter heute abend entgegenhalten, wenn er wieder einmal das leidige Thema »Max und das Haus« ansprechen würde. Und er würde es natürlich bestreiten.

Endstation.
Paul steigt aus, er ist der einzige und kommt sich vor wie auf dem letzten Bahnhof im hintersten Wilden Westen. Weites Land, riesige Äcker, neblig verschwommener Horizont, nur eine schmale Straße schlängelt sich durch die Felder, die noch brach oder nur in ganz mildem Grün daliegen. Erst als Paul sich umdreht, sieht er, warum der Verkehrsverbund seine S-Bahn bis hier rausschickt. »Residenz im Grünen«, so nannte die Bauträgerfirma, was sie da in die Landschaft geknallt hat. Eine wie vom Himmel gefallene Altenstadt, ein Haus aus hundert Häusern zusammenge-

schachtelt wie ein Termitenhaufen, spärlich begrünt. Verschiedene Farben der Häuser und Eingänge, farbige Dreiecke, großflächig auf die von kleinen Erker-Schächtelchen unterbrochenen Fassaden gemalt, täuschen Abwechslung und Individualität vor und versprechen Orientierung. Mutter wohnt orange auf 22d. Betrunkene und Farbenblinde werden es hier schwer haben, nach Hause zu finden.
Als Paul das erste Mal herkam, hatte Mutter am Telefon gesagt »wenn du mit dem Auto ankommst, kannst du in der Tiefgarage, Abteilung 22d Platz O728 parken. Der gehört nämlich mir. Hab ich mitgemietet. Max ist dagegen, daß ich ihn weitervermiete. So haben sie einen Parkplatz, wenn sie mit den Kindern kommen und können direkt mit dem Lift rauffahren. Oft hat Max auch nicht die Zeit, einen Parkplatz zu suchen. Abends ist auf der Straße alles besetzt.«
Vom Bahnsteig gelangt man durch eine ziemlich verkommene, vollurinierte Unterführung zu einer breiten, rötlich gepflasterten, von Bodendeckern gesäumten Treppe, die zu dem Platz führt, um den sich die Schachtelhäuser gruppieren. Der Platz, der, wie ein blaues Schild mit altdeutscher Schrift verrät, »Marktplatz« heißt, wird von Tiefgarageneinund -ausfahrt und von einem Kinderspielplatz beherrscht, der wie ein Truppenübungsplatz aussieht, auf dem die Soldaten gestählt werden, indem sie unter Balken durchkriechen, auf wachturmähnliche Gebilde klettern, runterspringen, weiterlaufen, Rampen hinaufhetzen, durch Sand kriechen, sich dabei Holzsplitter einziehen, Abschürfungen holen, aber am Ende wissen, wie der Geländekrieg aussieht.
Vier Wegweiser verschaffen Überblick: Haus 1-6, Haus 7-12,

Haus 13-18, Haus 19-24. Schon die Schriften sind in den Farben rot, grün, gelb und orange gehalten. Die Parterre der Häuser sind für Läden reserviert. Es gibt hier alles, was der Durchschnittsmensch, zumal der alte, braucht. Supermarkt, Friseur, Schnellschuhmacher, Wäscherei, Boutique »Paris«, Videoverleih, Elektrogeräte, Handarbeitsladen »Woll-Maus«, Geschenkboutique »Papageno«, Zeitungen, Schreibwaren, Tabakwaren und Lottoannahme, Ristorante »al delfino« und, darauf steuert Paul zu, da er Durst hat und es ihm auch noch zu früh ist, schon zur Mutter zu gehen, ein Pub, das sich »Old Corner 19« nennt.

Überall rötliches Holz, bunt bedruckte Spiegel, Messinglampen, ein messingbewehrter Tresen mit Barhockern, drei Tische in Nischen mit festinstallierten Bänken, Guinness und Pils vom Faß, drei Spielautomaten, Klotüren, auf der einen ein Herr mit Zylinder, auf der anderen eine Dame mit Schirm. Strammer Max, Rührei mit Schinken. Wurstsalat, überbackener Camembert, Hawaii-Toast, Krabbencocktail, Bockwurst mit Salat, Steak, ca. 150 Gramm mit Beilagen nach Wunsch. »Nicht mit dem Pfarrer sprechen«, »Kredit nur an 100jährige in Begleitung der Eltern«, »Auch in Loch Ness ist das Loch naß«, »täglich hier frische Muscheln«, diverse Schnäpse und eine Falttür zum Nebenzimmer mit der Aufschrift »Oklahoma Stube«. Herr über das alles ist ein dick gewordener Bodybuilder mit Minipli, der Udo gerufen wird und, wenn man der Aufschrift auf seinem Sweat-Shirt glauben darf, an der »Washington University« studiert hat. Er zapft gelangweilt für Paul und ein paar Männer, die an den Automaten spielen, Pils.

Paul muß an den Vater denken. Hier hatten sie ihr letztes

langes Gespräch. Er war zwei Monate vorher, gerade 65, pensioniert worden. Er hatte das nicht gewollt, fühlte sich zu jung, hatte Angst davor, dieses gewohnte Reiseleben aufzugeben, und, wie Paul heute weiß, Grund genug dazu, es weiterführen zu wollen. Doch die Firma, für die er reiste, gab ihm zu verstehen, daß es seiner Arbeit eigentlich schon seit längerem nicht mehr bedurfte, daß man ihn sozusagen die letzten Jahre aus sozialen Gründen hatte arbeiten lassen. Das machte ihn fertig, die Vorstellung, vor Jahren schon wegrationalisiert worden zu sein und es nicht gemerkt zu haben. Er tobte, beschimpfte sie und schickte ihnen das Pensionierungsgeschenk zurück, das sie durch einen Fahrer hatten vorbeibringen lassen. Es war ein Füllfederhalter mit Goldfeder und dem eingravierten Namen des Vaters.
»Vor zehn Jahren«, sagte er, »haben sie mich gezwungen, die Auftragslisten maschinegeschrieben abzuliefern, und jetzt schicken sie mir einen Füllfederhalter.«
Mutter konnte ihn nicht davon abhalten, an seine Chefs einen patzigen Brief zu schreiben und den Füllfederhalter dazuzulegen. Das alles, denkt Paul, war Panik. Ja, er hatte Panik, denn er wußte nicht, wie er sein zweites Familienleben weiterführen sollte. Die Dinge waren nicht ausgesprochen, er hatte plötzlich keinen Grund mehr, sich ins Auto zu setzen und wegzufahren. Schlimmer noch, er hatte gar kein Auto mehr, denn das hatte der Firma gehört.
Mutter schien seine Situation als späte Rache zu genießen. Sie war jetzt die Siegerin, sie hatte den Triumph, und sie zeigte ihn, indem sie anfing, ein verlogenes Alltagsprogramm zu entwickeln, das dazu angetan war, alle Konflikte, die sie beide jetzt vielleicht hätten austragen sollen, unter

den Teppich zu kehren. Sie schleppte ihn zu den Treffen des Bundes der Berliner, sie besorgte Konzertkarten, nahm längst fallengelassene Fäden wieder auf, um mit ihm alle möglichen Menschen zu besuchen oder einzuladen, zu denen sie kaum eine und er überhaupt keine Beziehung hatte. Sie machte ein Rentnerprogramm, und er trottelte mit und war mit seinen Gedanken und seiner Sehnsucht ganz woanders. Warum, fragt sich Paul heute, ist er damals nach der Pensionierung, als es doch keinen Familienschein mehr aufrechtzuerhalten galt, nicht einfach weggegangen? Hatte die Großmutter das nicht vorgemacht? Hätte er sich an ihr nicht ein Beispiel nehmen können? Wollte er dort in der anderen Familie auch nicht leben? Hatte sich auch das abgenutzt? Paul ist nie dahintergekommen, denn an jenem Sommernachmittag des Jahres 1980, als sie beide hier saßen, hatte Paul ja keinen Anhaltspunkt, nicht einmal die leiseste Ahnung davon, daß es für den Vater ein anderes Leben, ein zweites Familienleben gab. Im Nachhinein, da er ermessen kann, wie klein und gedemütigt der Vater damals gewesen sein muß, fragt sich Paul, warum zwischen ihm und dem Vater nicht die Vertrautheit war, daß man darüber hätte sprechen können.

Statt dessen bemühte er sich wie ein verlängerter Arm der Mutter, einer Familienharmonie das Wort zu reden, an der ihm gar nicht wirklich etwas liegen konnte. Und später, wenn er sich an den Tag erinnerte, kam es Paul wie ein Abschied vor.

»Jungs, ihr müßt zusammenhalten.«

»Du sagst das so dahin. Du weißt doch, daß es zwischen uns nicht geht.«

«Macht Mutter die Freude. Sie hat es nicht leicht gehabt im Leben, auch mit mir nicht. Macht ihr Söhne ihr Freude, das wünsche ich mir.«
»Was redest du da? Max und ich sind sehr verschieden, ich lebe in Berlin, er in München. Wenn ich da bin, rufe ich ihn an. Meistens hat er gar keine Zeit, und wenn er Zeit hat, treffen wir uns auf ein paar Biere. Aber wir haben uns nichts mehr zu sagen.«
»Er ist, wie er ist. Er kommt auf Mutters Familie. Die sind alle gleich. Die muß man nehmen, wie sie sind.«
»Hermann, bitte, laß das jetzt!«
»Schon gut. Schon gut. Hast du gesehen, ihr Busen weint.«
Vater kicherte fast blöde in sein Bier hinein, und Paul sah jetzt erst, was er meinte. Es gab damals noch nicht diesen Udo hier. Der studierte da wohl noch in Washington. Aber es gab eine Liz, eine üppige, vom Trinken gut auseinandergegangene Blondine, die Paul an einen unter Einwirkung der Hefe aufgehenden Kuchen erinnerte. Sie hatte vorne auf ihrer Bluse ein trauriges, weinendes Clownsgesicht, und da, wo der ansehnliche Busen war, waren die tränenden Augen. Ja, ihr Busen, für den sich der Vater überhaupt sehr zu interessieren schien, weinte.
Paul lächelte gequält.
»Nun sag doch mal, möchtest du denn auch gern hierher ziehen?«
»Jaja, das ist doch ganz prima hier, alles da, was man braucht, und was braucht man denn schon? Hier kann ich mein Bier trinken. Ist doch schön hier.«
»Naja.«
»Ich kenne die Gastwirtschaften von Wunsiedel bis Freilas-

sing, dagegen ist das hier gehoben, das kannst du mir glauben.«

Er wurde etwas unangenehm laut. Das war nicht er, er spielte eine Rolle. Er überspielte dieses Ansinnen der Mutter, ihn hierherzuverfrachten, mit läppischen Sätzen. Er wurde lächerlich in seinem Versuch, Unsicherheit und Traurigkeit zu verbergen. Er rief nach Liz, deren Namen er gerade von einem Stammgast gehört hatte.

»Liz! Tu mal die Luft aus den Gläsern!«

Paul ignorierte es und wechselte einen solidarischen Blick mit Liz, die ihm sogar ein wissendes, verstehendes Lächeln gönnte, wie das nur jemand kann, der schon Heerscharen von Männern sich hat blöd saufen sehen. Und der Vater, als sei er Paul etwas schuldig, redete und redete.

»Nein, nein, das ist alles ganz richtig. Das hat schon seine Richtigkeit. Mir wird das jetzt nach der Pensionierung zuviel mit dem Haus. Drei Etagen, rauf und runter, und wie man das alles sauber und in Ordnung hält. Und der Garten noch dazu. Der Garten, du weißt, was der Garten Mühe kostet, wo einem das Unkraut über den Kopf wächst. Hier hat man seine Ruhe und seinen Balkon und schaut in die Natur, und auch sonst ist alles da und alles auf einer Etage, und der Lift und eine Tiefgarage, wenn man vielleicht wieder einmal ein Auto hat.«

Er redete, redete sich oder Paul etwas ein, es waren alles die Argumente der Mutter. Nie hatte er etwas mit der Ordnung im Hause oder im Garten zu tun gehabt. Nein, sie sprach durch ihn. Er hatte sich selbst aufgegeben. Er war durch die Räume der Wohnung Nummer 28 im 7. Stock des Hauses 22d (orange) gegangen, hatte sich überhaupt nicht umgesehen, war schon wieder draußen im Treppenhaus beim Aufzug, als Paul mit der Maklerin gerade einmal das Wohnzimmer wahrgenommen hatte. Mutter hatte die Wohnung schon mit Max besichtigt, hatte sich auch schon entschieden und wollte nicht noch ein zweites Mal mitkommen, als Paul und der Vater, der beim ersten Termin seltsamerweise krank war, sie anschauten.

Es war, denkt Paul heute, als hätte er genau gewußt, daß er hier nicht mehr herziehen würde. Es interessierte ihn gar nicht wirklich, also hatte er keine Gründe zu nennen, die seine gewesen wären. Er hatte mit diesem neuen Leben, das die Mutter ihm nach seiner Pensionierung aufzwingen wollte, nichts mehr zu tun. Sein anderes, eigentliches, früheres Leben war dahin, das neue wollte er nicht, also starb er.

Ein paar Wochen nach dieser Wohnungsbesichtigung, man hatte besprochen, die im Frühjahr 81 freiwerdende Wohnung zu nehmen, stellte man bei einer Routineuntersuchung Lungenkrebs fest. Weitere Untersuchungen ergaben, daß die Metastasen bereits im Lymphsystem, im Knochenmark, möglicherweise auch im Gehirn waren. Ein aussichtsloser Fall.

Paul sah ihn erst wieder, als sie ihn schon operiert hatten, vergeblich, es wurde nichts mehr, er lag im Sterben.

»Warum haben Sie ihn überhaupt operiert?« fragte Paul den jungen Arzt.

»Wissen Sie, wenn wir diese sehr teuren Computeruntersuchungen machen, dann haben wir es nicht gern, wenn wir dann nicht operativ an die Sache rangehen können.«

»Nehmen Sie bitte zur Kenntnis, daß mein Vater keine Sache ist, auch wenn Ihnen das schwerfällt.«

»Wenn ich von Sache rede, dann meine ich die Krankheitssymptome.«
»Sie brauchten ihn also, um zu üben?«
»Ihr Vater hätte höchstens noch ein halbes Jahr zu leben gehabt.«
»Ist das nichts?«
»Meines Wissens hat sich Ihr Vater mit Ihrem Herrn Bruder beraten, ehe er die Einwilligung unterschrieb.«
Paul ließ ihn stehen, denn er hatte Angst, er würde ihm an den Hals gehen. Ein halbes Jahr, dachte er, das würde genügen, einen Menschen in Würde sterben zu lassen. Die Schmerzen, die das Gehirn außer Kraft setzen, kommen erst am Ende und sind mit Morphiumspritzen einzudämmen. Aber die etwa fünf Monate davor hätten Hermann Helmer genügt, von seinen beiden Leben Abschied zu nehmen. Man hatte ihm diese Möglichkeit genommen. Als Mutter und Max und auch Christa, dessen Frau, der Meinung waren, man könne froh sein, daß es so schnell gegangen sei, war Paul klar, daß der Vater in dieser Familie nicht würdig hätte sterben können, und von einer anderen wußte Paul ja noch nichts.
Als Paul ein halbes Jahr nach Vaters Beerdigung am Münchner Flughafen von einer jungen Frau angesprochen wurde: »Sie sind doch Paul Helmer, nicht wahr? Ich habe Sie bei Hermanns Beerdigung gesehen«, da fiel ihm sofort wieder ein, daß er sich damals bei der Einäscherungszeremonie, die er als sehr unangenehm in Erinnerung hatte, diese Person nicht hatte erklären können.
Rita Lechner und Paul Helmer konnten sich sehr schnell darüber verständigen, daß sie beide einen halben Vater und

leider ganze Mütter hatten. Es war also so, daß der Vater tatsächlich eine zweite Familie gehabt hatte, die Woche über. Doch auch diese andere Frau, so schilderte Rita zumindest ihre Mutter, hat ihn nicht wirklich glücklich gemacht. Auch sie hat ihn gelenkt, gesteuert, mehr eingefordert, als er geben konnte. Warum, fragt sich Paul heute, hatte jemand wie der Vater nicht den Mut, ohne Familie zu leben, ohne feste Beziehung, vielleicht auch ohne Kinder, wie er, Paul, das tut und sich in diesem Augenblick als Leistung anrechnet? Aber schon in dem Moment, da er sich diese Frage stellt, kann er sie sich beantworten, indem er sich das Leben dieses Hermann Helmer vor Augen hält. 1915 im Krieg als unehelicher Sohn einer adeligen Westfälin geboren und zu fremden Menschen gegeben. Nach dem Krieg von der reumütigen Mutter zurückgeholt in den Schoß einer Soldatenfamilie, in der alles, was männlichen Geschlechts war, von der Geburt an militärischem Drill unterworfen wurde. Von Offiziersonkeln erzogen, in Internate gesteckt, klein gemacht, ohne eine wirkliche Familie, findet der junge Mann in Hitlers sich proletarisch gebendem Haufen die Erfüllung. Nazi der ersten Stunde, frühes Parteibuch, Studium der kolonialistischen Ökonomie. Und als 24jähriger mit fliegenden Fahnen in den endlich beginnenden Krieg. Frühe Verwundung, im Lazarett Hilde kennengelernt, geheiratet, Max gezeugt, zurück in den Krieg, auf Heimaturlaub Paul gezeugt, in russische Gefangenschaft geraten, 1947, jetzt gerade 32 Jahre alt, zurückgekommen, kaputt, enttäuscht, geknickt, Vater zweier Söhne, Deutscher mit einem kaputten Deutschland vor Augen. In München gelandet, wohin die Familie mit den Großeltern geflohen war, als

Berlin bombardiert wurde. Und dann 33 Jahre lang Vertreter für Pflanzenschutzmittel im Großraum Bayern. In der Zeit 1.200.000 Kilometer gefahren, etwa 750.000 Zigaretten geraucht, 30.000 Liter Bier getrunken, 1950 bei München ein Haus gebaut und 1954 in Wolnzach eine Tochter gezeugt. »Ein erfülltes Leben«, wie der Pfarrer, der nur Max, aber nicht den Vater kannte, bei der Einäscherung gesagt hat.

Wenn man Vaters ganzes Leben nimmt, denkt Paul, dann muß man die für Zigaretten ausgegebene Summe fast verdoppeln, was etwa den Wert ergibt, den Max später für das Haus bekam. Und man muß hinzufügen: 2.500 mal von vier verschiedenen Onkeln gezüchtigt worden, danach etwa ebenso oft »Heil Hitler« gerufen, mindestens zwei Franzosen, vier Russen und einen desertierenden Deutschen erschossen, einmal verwundet worden, vermutlich nur zweimal Geschlechtsverkehr gehabt mit Hilde Helmer. Und mit Hedwig Lechner? Dunkelziffer, denkt Paul.

»Noch ein Pils?« fragt Udo.

»Ja, warum nicht.«

Paul hat Rita Lechner, seine Halbschwester, die Stewardeß bei der Lufthansa ist, nach dem Treffen nicht mehr angerufen. Warum nicht? Weil sie eine Frau ist, in die sich Paul sofort hätte verlieben können, wäre die Begegnung über die zwei Drinks in der Flughafenbar hinausgegangen. Sie ist fröhlich, offen, geradeaus, hat Vaters schlanke, große Gestalt, gepaart mit einer wohl von der Mutter geerbten bodenständig-stämmigen Bäuerlichkeit. Sie sieht unverschämt gesund aus und hat ein großes Selbstbewußtsein. Alles das, denkt Paul, während er das neugekommene Bier antrinkt, was ich so gerne um mich hätte, wonach ich mich immer sehne. Ob ich sie doch mal anrufe?

Mutter hatte immer ein Händchen, sich nett einzurichten und es sich schön zu machen. Sie hat die Wohnung im 7. Stock, in der für den Vater gar kein Platz gewesen wäre, wenn man es genau nimmt, zu einem Kleinod gemacht. Ein paar alte Möbel, dicke Teppiche, Bilder. Immer stehen ein paar frische und ein paar getrocknete Blumen da, und der Balkon ist ein grünes Paradies, bereits jetzt, so früh im Jahr schon. Da sie handwerklich sehr geschickt ist, macht sie viel selbst. Dabei sieht alles sehr einfach und bescheiden aus. Große finanzielle Sprünge kann sie nicht machen. Vater hat erst die letzten Jahre, da er fest bei der Firma war, für die er fast dreißig Jahre frei gearbeitet hatte, geklebt, so daß Mutters Rente klein ist. Obwohl Max das Haus für 350.000 Mark verkauft hat, gibt er ihr nur sechshundert Mark im Monat. Warum das so ist, darüber mag Paul mit der Mutter nicht mehr streiten. Sie verdrängt das und leidet darunter, daß die Brüder wegen dieser Geschichte nicht mehr miteinander reden.

Paul hat das Old Corner 19 friedlich gestimmt verlassen, hat sich zwei Flaschen Bier mitgenommen, denn den Wein hat er im Hotel vergessen, ist im Haus 22d mit dem Lift in den siebten Stock gefahren, zur Wohnung 28 gegangen, hat geklingelt, sich namentlich gemeldet, die Vorhängekette rasseln hören, ihre Stimme gehört und ihre Umarmung gespürt, die ihm immer unangenehm ist und die er nicht richtig erwidern kann.

Die Atmosphäre, die sie umgibt – das war auch im Eltern-

haus so – stimmt Paul jedesmal friedfertig. Es sind die Dinge, die sie sagt oder bewußt nicht sagt, die ihn immer wieder ärgern, zornig machen, böse kontern lassen. Paul sieht sich bei jedem Besuch vor die Frage gestellt, ob er einfach nur zuhören soll, was sie zu erzählen hat, und selbst nur Belangloses erzählen soll oder ob er auf das, was sie sagt, mit seiner persönlichen Meinung reagiert, was meistens zu Streit oder Beleidigtsein führt. Soll er sie reizen durch hartnäckige Fragen nach den Dingen, die sie verdrängt, über die sie nicht reden will?
Sie hat Schnittchen gemacht, trinkt Wasser dazu, er eine der beiden Flaschen Bier. Auch diese Schnittchen sind liebevoll gemacht, der Tisch schön gedeckt. Das kann sie, das konnte sie immer. Dafür hatte Vater nie viel Sinn, er machte es mit, kommentierte es nicht. Wenn sie aber mal an Wochenenden weg war, bei ihrer Schwester zum Beispiel, dann legte Vater Wurst und Käse im Einwickelpapier auf den Tisch, und jeder nahm sich, oder er kochte einen Eintopf, stellte den Topf auf den Tisch und hätte am liebsten aus dem Topf gegessen. Paul hat beides, je nach Stimmung. Manchmal zelebriert er mit sich ganz allein ein wunderschönes Abendesssen mit klassischer Musik und Kerzen, ein andermal sitzt er vor dem offenen Kühlschrank und ißt sich satt. Daß Paul hier bei der Mutter jetzt widerspruchslos das Bier in ein Glas schüttet, das sie ihm hingestellt hat, und nicht aus der Flasche trinkt, was er sonst gern tut, versteht sich von selbst.
»Schön, daß du mal wieder da bist; ich hab dich ja nicht oft.«
Paul hält an sich. Der erste Satz, und schon ist dessen zweite Hälfte mit einem Vorwurf gewürzt.

»Wir haben uns vor vier Tagen gesehen.«
»Das ist nicht dasselbe. Ich will euch auch manchmal bei mir haben.«
»Euch? Max wohnt ja nun in München, also wird er öfter da sein.«
»Er ist sehr beschäftigt und viel auf Reisen.«
Dabei bleibt es dann. Seit die Brüder nicht mehr miteinander reden, erzählt sie keinem vom anderen. So weiß Paul inzwischen sehr wenig über den Bruder und dessen Familie. Nur selten, meistens wenn sie sich über etwas empört, rutscht der Mutter etwas heraus wie »na also, wie ihre Mutter mit den Kindern umgeht, direkt primitiv. Eine primitive Frau« oder »der Kleine sieht dir so ähnlich. Jedesmal wieder, wenn ich ihn sehe, muß ich an dich denken als Kind«.
Wenn sie sowas gesagt hat, ist ihr das peinlich, dann will sie es ungeschehen machen und erzählt schnell irgend etwas ganz anderes. Vom Hausmeister, der so ungeschickt ist, von der Dame unter ihr, die einen Liebhaber habe, aber schon 72 sei, vom Bund der Berliner, dessen Vorsitzender ein Bayer namens Pertramer ist, mit einer Berlinerin verheiratet. Paul pflegt ihn stets Herrn Permaneder zu nennen, was Mutter immer wütend korrigiert:
»Du wirst dir doch noch diesen Namen merken können!«
Kann er, aber will er nicht.
»Und mit Mutters Haushalt bist du klargekommen? Hast du alles verschenkt?«
»Helga, eine Freundin von mir, zieht da ein, die übernimmt alles. Ich habe nur die privaten Sachen mitgenommen. Fotos, Briefe und Tagebücher und so.«
Er sagt das mit Bedacht, zählt es auf und schaut sie lauernd

an dabei, will wissen, ob sie das interessiert, ob sie davor Angst hat.
»Und, weißt du jetzt mehr über sie?«
»Ja, schon.«
Sie fragt nicht nach, schaut zu dem breiten Fenster hinaus, wo in der Ferne lautlos die Lichterkette der auf der Autobahn fahrenden Autos fast parallel zum Balkongeländer verläuft. Es ist dunkel geworden.
»Deine Mutter hatte ein Verhältnis mit Großvaters Bruder Walter.«
Mutter schnappt nach Luft, schaut ihn an, feindselig, als hätte er sich das ausgedacht, um sie zu treffen.
»Unsinn!«
»Es gibt Liebesbriefe. Sie hatten das Verhältnis über Jahre. Fast von Anfang an. Du könntest sogar seine Tochter sein.«
»Willst du mich mit aller Gewalt beleidigen?«
»Nein, das sind Tatsachen. Die muß man sehen.«
»Das ist nicht wahr. Das hat es in unserer Familie nicht gegeben. Damals nicht und heute nicht! Das ist deine schmutzige Phantasie! So warst du immer!«
Er holt tief Luft, ist entschlossen, notfalls auf diese zweite Flasche Bier im Kühlschrank, die jetzt eigentlich dran wäre, zu verzichten.
»Liebe Mutter, muß ich dich daran erinnern, daß es in Wolnzach eine sechsunddreißigjährige Frau namens Rita gibt, die meine Halbschwester ist, Tochter der Hedwig Lechner, Angestellte im Landwirtschaftlichen Lagerhaus Wolnzach?«
Mutter schweigt trotzig.
»Ist es so? Oder ist das auch meine schmutzige Phantasie?«

»Ich will davon nichts wissen, und ich wollte davon nie etwas wissen. Ich habe damit nichts zu tun. Wenn er glaubte, das zu brauchen, bitteschön. Ihr macht euch euer Bild von eurem Vater, ich habe mir meins schon vor vielen Jahren gemacht.«

»Wer ist ihr und euch? Ich habe sicher ein anderes Bild von Vater als Max.«

»Warum das denn?«

»Ich habe ihn nicht vor einen Notar geschleppt und seine Unwissenheit für einen kriminellen Vertrag genutzt, um mir ein Haus unter den Nagel zu reißen.«

Wieder schweigt sie trotzig, sehr lange. Paul holt sich doch noch das zweite Bier. Sie tut ihm leid, weil sie mit den Dingen nicht umgehen kann. Fatal ist, denkt Paul, daß ihre Art der Verdrängung und Verklemmung unter Umständen auch Ursache war für das, was sie nicht wahrhaben will und wollte, daß Vater eine Geliebte hatte.

Stumm sitzen sie da. Plötzlich, das ist auch ihre Art, führt sie ganz schnell ein anderes Thema ein, über das man in kürzester Zeit auch streiten wird.

»Warst du mal bei Elisabeth?«

»Nein.«

Nein, er war nicht bei Elisabeth gewesen, Tante Elisabeth mit dem Marmorkind.

12

PAUL FÄHRT IN EINEN KURZEN TUNNEL der genau nach Süden führenden Autobahn Chiasso 23, Como 34, Mailand 76 steht an einer Tafel. Verlockende Namen, beruhigende Zahlen, die geliebte Sprache im Ohr, Erinnerungen, Mailand, Bilder von einer kleinen Bar mit Holztischen, es war Sommer, und die Stadt dampfte, und hier war es kühl. Paul hatte fünf Zahnstocher zerbrochen und nach den müden Rentnern geschaut, die ihr Gläschen tranken und darüber redeten, wie es vor fünfzig Jahren war, als sie hier ihr Gläschen tranken, nämlich genau so, jedenfalls hatte er sich vorgestellt, daß sie darüber redeten, denn er verstand sie ja kaum. Und als keine Zahnstocher mehr da waren, aber diese kleine, weiche Hand, hatte Paul nach ihr gegriffen, nicht ahnend, wo das enden würde. Es endete irgendwie, wie alles endete, im Nebel von Nichtverstehen, Nichtsvoneinanderwissen, Nichtsvoneinanderwissenwollen. Sie hieß Laura, hatte eine sehr sauber gemachte Blinddarmnarbe, und am Rechtsobeneins fehlte eine Ecke, sonst aber einwandfreie Zähne, so weit sich Paul noch erinnern kann. Die Zahnstocher in der Bar waren einzeln eingepackt, und man nannte sie »stuzzicadenti«. Sie waren nicht rund, sondern flach und an den Spitzen noch flacher, so daß man in allerlei Zahnzwischenräume mit ihnen gelangen, ja geradezu Zahnzwischenräume entdecken konnte, von denen man gar nicht wußte, daß es sie gab. Zudem waren sie von einem leicht süßlichen Holz. Sie hatten alle Eigenschaften, die man als bewußter Verbraucher an erstklassige Zahnstocher stellen kann, und sie waren eigentlich nur noch mit den Zahnstochern vergleichbar, die man, weiß, flach und aus Hartplastik, aus den Schweizertaschenmessern ziehen konnte, jenen Taschenmessern, deren erklärtes Ziel es ist, ganze Werkzeugkoffer zu ersetzen.

Paul ist später immer wieder auf die Suche nach jenen hölzernen Zahnstochern oder wenigstens Zahnstochern dieser Qualität gegangen, vergeblich, zumal er auch die kleine Bar nicht mehr fand und keine andere Bar und auch kein Restaurant und keine Drogerie in noch so altem Familienbesitz, die diese Zahnstocher führte.

Schon hatte sich in seinem Kopf die Idee festgefressen, in Deutschland solche Zahnstocher auf den Markt zu bringen, und nach dem Fall der Mauer, als ihm Dr. Vogt von den unzureichenden Zähnen und den drei Einheitsgebissen der Ostmenschen erzählt hatte, war die Idee wieder aufgeflammt. Flache, an den Spitzen noch flachere Zahnstocher für ein wiedervereinigtes Deutschland, handgefertigt in einer von der Treuhand erworbenen kleinen thüringischen Holzfabrik, die bisher Staketenzäune für die deutschdeutsche Grenze hergestellt hatte. Eine ganze ehemalige LPG würde tagtäglich von Hand diese Zahnstocher schnitzen, aus bestem, drei Jahre lang in einem Sud aus süßlichen Essenzen gelagerten Holz, und jedes Exemplar würde ein Unikat sein, keines dem anderen gleichen; gewiß hätten diese Zahnstocher ihren Preis, den Preis der handgemachten Qualität eben. Es ging mit diesem Plan wie mit allen Plänen, und auch wie mit der Geschichte mit Laura und der sauber gemachten Blinddarmnarbe: Nebel, immer zu viel Nebel um Paul.

Mit zunehmend südlicher Landschaft gewinnt Paul Abstand, fallen die unangenehmen Familiendinge von ihm ab. Und doch, die langen Autofahrten treiben alle gedachten, gesagten, erlebten, nicht gesagten, nicht und noch nicht gedachten Dinge pausenlos durchs Gehirn.

»Warst du bei Elisabeth?« hatte Mutter gefragt. Nein, war er nicht. Schon die Frage ist ein Vorwurf, denn sie weiß ja ganz genau, daß er nicht da war, schon lange nicht mehr, daß er nicht mehr hingeht, daß er nun in der Tat genug Grund hat, da nicht mehr hinzugehen. Sie verlangt das, was sie selbst auch nur noch aus Familienpflichtbewußtsein und nicht aus einem Wunsch heraus tut, von allen anderen in dieser Familie auch. Immer wieder.

Tante Elisabeth, Großmutter Emmas dritte Tochter, ein Nachzüglerkind, geboren 1936, als Walter schon in der Schweiz war, wohl ungeliebt, weil vielleicht endgültiger Grund, dem Geliebten nicht zu folgen, hatte eine so zerstörte Kindheit und Jugend, daß das allein in der Familie als Erklärung für ihre spätere Entwicklung diente. Sie galt den einen als verrückt, weil sie so eine zerrissene Kriegskindheit gehabt hatte, und den anderen, ihren Schwestern zum Beispiel, die sich angeblich alle Mühe mit ihr gegeben hatten, als undankbar und bösartig, weil sie sich benahm, wie es in der Familie nicht als normal galt. Die Schlüsse, die aus einer von Ärzten später diagnostizierten Schizophrenie zu ziehen gewesen wären, wurden in dieser Familie nicht gezogen. Seltsam, denkt Paul, alle besuchen Elisabeth und ihr Marmorkind. Sie sitzen eine Weile bei ihr und hören dem mühsam hergestammelten Durcheinander zu, das noch aus ihrem mit Medikamenten vollgepumpten Körper kommt und immer noch erahnen läßt, daß sie die Intelligenteste in dieser Familie war. Ich aber, der ich mich zum Einzigen erklärt habe, der die Zusammenhänge versteht, besuche sie nicht. Warum? Paul legt diese Frage wieder einmal zu den übrigen unbeantworteten Fragen.

Paul hat schon das italienische Gefühl, seit er vereinzelte Zypressen und Oleanderbüsche gesehen hat, nachdem er durch den martialischen Gotthard-Tunnel ins Tessin heruntergefahren ist, über abenteuerliche Brücken, die mehrere Täler mit einem Schlag überqueren. Das Tessin beginnt hier als langer schmaler Schlauch, der den Anfang dessen darstellt, was man im Schweizerfernsehen – es gibt kein Schweizer Fernsehen oder schweizerisches Fernsehen, nur ein Schweizerfernsehen – als Alpensüdseite bezeichnet, wo das Wetter auf einer knäckebrotartigen Wetterkarte immer anders ist als auf der Alpennordseite.
Man muß, denkt Paul immer wieder, diese Strecke mit dem Auto und mit dem Zug gefahren sein, um ihren Reiz zu kennen. Der Autofahrer, durch Sichtblenden geschickt davor bewahrt, die Tiefe der Täler zu sehen, die er überquert, nimmt immer mal wieder hoch über sich und dann wieder

tief unten wahr, wie abenteuerlich sich der Zug über die Alpen windet. Der Zugfahrende sieht aus vielerlei Perspektiven die kühne Streckenführung der Autobahn, hat wolkenkratzerhohe Brückenpfeiler zum Greifen nahe, staunt über wahnwitzige Konstruktionen und zweifelt doch nie an deren Stabilität. Er gewinnt dazu dasselbe Vertrauen, das er in die ebenfalls stabile Währung dieses Landes hat.
Lugano Sud heißt die Abfahrt, die unmittelbar an den Tunnel anschließt. Zwei Linkskurven, und schon befindet man sich auf der vierspurigen Prachtautobahn, die direkt zum Seeufer von Lugano führt.

Paul parkt oben am Bahnhof. Er will nicht gleich zu Claudio. Erst einmal zur Ruhe kommen, über Tante Trude nachdenken, erst einmal die Stadt spüren, in die man, da sie tiefer liegt, mittels einer Seilbahn hinunterfährt, die »Funiculare« heißt. Und erst einmal die steinerne Madonna sehen.
Geht man auf einen Ort zu oder fährt in eine Stadt, so begegnet man am Rand zuerst denen, die aus der Stadt gewiesen wurden, die dort niemand haben und sehen will, Zigeunern, Flüchtlingen, Abgewiesenen, denen, die im Niemandsland zwischen Heim- und Fernweh leben.
Die Madonna mit den zwei Kindern ist eine von ihnen. Eines der Kinder hat sie an der Hand, das andere auf dem Arm, den Blick flehend auf ein blindes Fenster gerichtet, denn wo soll sie sonst hinschauen von ihrem Platz im ersten Stock in einem drei Quadratmeter großen toten Winkel zwischen den verdreckten Rückseiten zweier aneinandergrenzender Häuser, geschunden, mißachtet, vergessen, übriggeblieben, aus der reichen Stadt getrieben, hierher, wo

sie eigentlich niemand mehr sieht, wo ihr Flehen niemanden stört, denn hinter den Fenstern wohnt niemand mehr. Paul nennt sie die »Madonna im toten Winkel«, obwohl sie im klassischen Sinne keine Madonna ist, weil sie zwei Kinder bei sich hat, eher eine Flüchtlingsfrau, ein Mädchen noch fast, mit einem ganz jungen Gesicht und barfuß. So eine verjagt man eben aus den reichen Gefilden der Städte, vermutlich überall auf der Welt, in der Schweiz, wenn sie kein gut gefülltes Konto hat, allemal.

Man sieht sie aus der Bahn nur wenige Sekunden, und nur Paul scheint sie überhaupt noch zu sehen. Sie ist ihm das Symbol für das Elend in der Welt geworden. Ihr legt er es zu Füßen, ihr beichtet er seine Ohnmacht, ihr vermacht er sein schlechtes Gewissen, von ihr erfährt er Ablaß und Erleichterung.

In wenigen Sekunden, wie gesagt.

Dann zieht es ihn magisch zur Piazza Riforma, dem Nabel der Stadt.

Die Vater-trägt-Mutter-das-Täschchen-Touristen, Flaneure jeden Alters, junge Wichtigtuer, ältere Geschäftsleute, mittelalterliche Paare, ein paar Paradiesvögel, die hier überwintert haben, alte, weißhaarige Juden aber auch, die es in der Nazizeit hierher verschlagen hat, alte reiche, alte verarmte Frauen, von Schminke erbarmungslos zermartert, Ausschau haltend nach jungem Fleisch, das man einfach einmal wieder wahrnehmen will, um seinen Geruch nicht zu vergessen.

Hier sitzen und sich schlagartig allen überlegen fühlen, fern von zu Hause, von den Geschäften, die man schon lange nicht mehr macht, den kleinen Geldsorgen, den Menschen,

mit denen gut und klug zu leben einem nicht gelingt. Die Piazza Riforma ist der Platz mit den vielen Ausgängen, den tausend Fluchtmöglichkeiten, der Platz, der umgeben ist von Banken, stattlichen Gebäuden, die wie vertrauenswürdige Felsblöcke dastehen, in deren Geklüfte man sich sofort als Hobbybergsteiger begeben möchte. Hier liegt das Geld der Welt, im Bauch dieser Riesen. Paul hat sich immer vorgestellt, daß der ganze Platz unterminiert ist von riesigen Geldspeichern, die aneinanderstoßen. Eine Dagobert Ducksche Schwimmhalle, für das tägliche Baden im Geld.
Das Geld aller totalitären Staaten, aller deutschen Steuerflüchtlinge, aller Drogen- und Mafiabosse, aller Mailänder Industriellen ruht hier. Claudio, der es besser wissen muß, lacht immer über Pauls Vorstellungen.
»Es ruht nicht, Paul, es arbeitet.«
Wie auch immer, Paul gefällt der Gedanke besser, daß Geld ruht, daliegt, sauber gestapelt, unangetastet, unantastbar, in einem gefährlichen Ruhezustand. Daß Geld arbeitet, so klug der Gedanke sein mag, er gefällt Paul nicht. Geld ist etwas zu Erhabenes, als daß er es sich arbeitend vorstellen will. Das erhebende Gefühl, das dieser Platz vermittelt, die ruhige Überlegenheit, den Rausch von einem souveränen Leben, die Vorstellung, daß einen nichts erschüttern kann, das atmet man hier ein.
Im Winter kommen die vom Hunger geplagten Schwäne vom nahen See herüber auf den Platz, um von den Bewunderern ihrer Sommereleganz den Tribut zu fordern. Dreckige, unförmige, wackelige, schwere Penner sind sie an Land, blinde Passagiere, vom kohlenbeladenen Unterdeck eines Überseedampfers nach Wochen der Reise ans Tageslicht ge-

krochen, geblendet, taumelnd. Zänkische Paare oder einsame, sich mühsam dahinschleppende alte Hagestolze, die den verachten, der das Almosen reicht. Sie haben was von Onkel Istvan, denkt Paul.

Und die Menschen, die hier immer leben und es gewohnt sind, den Majestäten der Welt für bares Geld die Füße zu küssen, müssen sich sehr beherrschen, nicht nach ihnen zu treten. Wer hier bettelt, beleidigt sie in ihrem ästhetischen Wahn, der sie am Leben hält. Sie selbst sind zumeist brüchige Existenzen, ihre Lebensgebäude sind aus dünnem Lehm gemacht. Sie wähnen sich hier auf einer Sonnenseite des Lebens. Doch auf den Hügeln rundum kriechen die neuen Häuser immer höher und werfen immer längere Schatten auf die alte Stadt.

Paul, der nie zögert, sich zu den wenigen zu zählen, zu den Individualisten, zu den sensiblen Denkern, denen das Normale die Luft zum Atmen nimmt, fühlt sich ihnen zugehörig, den Menschen und den Schwänen. Er ist einer von ihnen, er gehört zu ihnen, und er weiß gewiß, daß er in dieser Stadt seinen Lebensabend verbringen wird und nicht in Berlin, diesem wiedervereinigten unersättlichen Berlin, dieser Stadt, deren bitterer Charme aus der Mauerzeit jetzt in einer großstaatlichen Euphorie unterzugehen droht. Nein, denkt Paul, hier in der weltmännischen, versiegelten Provinz ist sein eigentlicher Platz.

Zugegeben, der Traum davon ist entstanden zu Zeiten, in denen es ihm besserging, als er gute Geschäfte machte, als es eine wie auch immer geartete, vage sich abzeichnende Berufsperspektive gab und er mit lässigerer Eleganz und gut geschmierten Gelenken hier saß, wo nicht nur die klunkerbehangenen Mumien gierig nach ihm schauten. Er hatte damals dank Claudio in sehr kurzer Zeit ein gutes Geschäft gemacht und das Schwarzgeld daraus wiederum unter Anleitung von Claudio gut angelegt. Ja, es gab eine Zeit, da arbeitete oder ruhte, wie auch immer, auch sein Geld da unter dem Platz in Dagobert Ducks Schwimmhalle. Er war ein Sommerschwan gewesen, von graziler, majestätischer Eleganz, schön anzusehen, begehrenswert, eine feste Größe auf dem Markt der eitlen Freuden.

Doch jetzt, heute, da er hier sitzt und den Tauben und den jungen Mädchen und den Pepitahuttouristen zusieht, ist sein Geld fast verbraucht, knirschen seine Gelenke bei jeder allzu jugendlichen Bewegung, kriecht ihm ein Schmerz aus dem Senkfuß direkt übers Gesäß die Wirbelsäule herauf bis in den Kopf, um sich mit dem aus dem Rechtsuntendrei auslaufenden, nach oben über den Rechtsobendrei und in den Augenwinkel stechenden, das rechte Auge malträtierenden und in Zuckungen versetzenden Schmerz im Kopf zu verbinden. Zudem hat sich die lange Autofahrt nicht gut auf das ausgewirkt, was Paul der Einfachheit halber als das Kreuz bezeichnet. Schmerzausläufer strahlen bis in seine in letzter Zeit wieder fülliger gewordenen Hüftenwülste, und es ist schwer, die richtige, Schmerzfreiheit garantierende Sitzhaltung ausfindig zu machen und möglichst lange einzuhalten, um nicht neuen Schmerz dem ohnehin ständig überall vorhandenen hinzuzufügen. Wenn er die Beine länger als fünf Minuten übereinandergeschlagen hat, schläft ihm das untere Bein ein, so wie er nachts manchmal aufwacht und erschrocken nach seinem Arm fühlt, der ihm für Minuten abgestorben zu sein scheint. Wenn es morgens besonders schlimm mit ihm steht und auch der Schmerz unter den Kniescheiben und in den Armgelenken und die Gichtgefühle in den wie klammen Fingern den ganzen Körper zu einer maroden Hülle seiner sonstigen Vollkommenheit machen, denkt er an Sport. Schwimmen, radfahren, laufen, joggen, bergwandern müßte, könnte, sollte man.

Wenn er dann, von den unheilvollen Vorsätzen aus der Wohnung getrieben, zum Frühstück im Café sitzt, dieser kommunikativen, leicht angegammelten, wie ein verspäteter Langhaariger der Hippiezeit anmutenden Plüschbude, und seinen Capuccino trinkt, den sie ihm nur widerwillig mit geschäumter Milch statt mit Sahne aus der FCKW-freien Spraydose machen, dann rücken die geplanten Körperertüchtigungen wieder in weite Ferne, denn die Überlebensalltäglichkeiten drücken den Höhenflug an Vorsätzen nieder, und nur ein Glas Orangensaft bleibt vom Gesundheitsprogramm. Wo es Frühstück bis tief in die Nacht gibt, gehört der Alkohol dazu, ist er doch der einzige, der dieses Zentralsystem der schmerzenden Nerven bis in die Zähne hinein auszuschalten vermag.

Und auch jetzt ist es an der Zeit, ein Glas Fendant zu trinken. Der heiße Kaffee hat den Nerv des Rechtsuntendrei empfindlich aktiviert. Paul beißt die Zähne zusammen, drückt den gut ausstaffierten, aus einer von linksobenvier bis rechtsobendrei reichenden Brücke und einem Schiebeverschlußgebiß bestehenden Oberkiefer auf den unteren und merkt dabei, daß die Brücke von linksuntendrei bis rechtsuntendrei, die ja nur ein neulich eingesetztes Provisorium ist, wieder zu reiten beginnt. Das heißt, sie ist locker

geworden und wird nur noch durch das sie umklammernde Gebiß im Unterkiefer gehalten.
Nun hat er, weil er so plötzlich Berlin verlassen hat, alle Termine bei Dr. Vogt sausen lassen und muß mit dem sich immer wieder lockernden Provisorium leben. Verdammt, alles rächt sich. Er hätte diese Schweizerkräuterbonbons, die er sich an einer Schweizertankstelle gekauft hatte, nicht immer zerbeißen sollen. Aber sie schmecken nur zerbissen. Erst wenn sie kleingemahlen, aber noch körnig zwischen den Zähnen kleben und auf dem Gaumen liegen, strömt ihr voller Geschmack bis in die hintersten Winkel der Mundhöhle, dorthin, wo die Geschmacksnerven liegen, und meldet Genuß ans Gehirn. Noch besser sind in dieser Hinsicht die Bayerisch Blockmalz, die er sonst immer kauft. Man muß die geschlossene Tüte ein paar Stunden in die Sonne legen, damit sich in ihrem Inneren feuchter Dampf entwickelt, der die braunen, sonst glänzenden, unten flachen und oben wie ein Kapotthütchen abgerundeten Bonbons aufweicht bis fast an den Kern und diese zwar unansehnlich, aber mit einem Biß zerbeißbar und zerkrümelbar macht. Es ist ein Hochgenuß, wenn das Bonbon an der Innenwand der Zahnreihen klebt und von dort mit der Zunge wie Eis abgelutscht werden kann. Weil aber die Schweizerkräuterbonbons, in der geschlossenen Tüte gegen Sonneneinwirkung resistent, nur ein schlechter Ersatz sind und er sie mit zu großem Kraftaufwand und zu starker Belastung für das Provisorium von linksuntendrei bis rechtsuntendrei zerkaut hat, sind ihm Krümel, zu große Krümel, Körner sozusagen, unter das Schiebegebiß geraten, das das Provisorium jetzt, da es wackelt, überhaupt nur noch im

Mund hält. Die Körner wollte er, weil sie beim Autofahren ins Zahnfleisch drückten, mit der Zunge herausholen, wozu er das Gebiß anheben mußte, was das Provisorium, das durch den Kleber auf den Zahnstümpfen gehalten wird, einseitig neigte und lockerte.
Paul zieht die Backen nach innen und löst so einen saugenden Druck auf den gesamten Unterkiefer aus. In seinem Gaumen entsteht der Zinkoxydgeschmack des sich aus dem Provisorium lösenden Cavitec-Klebers, und das gesamte Untergebiß lockert sich sofort wieder, als er den Druck verringert. Jetzt liegt es quasi nur noch im Mund. Verstohlen macht er mit Daumen und Zeigefinger der rechten Hand die Griffbewegung, mit der er das Gebiß zur Reinigung morgens und abends aus der Schiebeleiste nimmt. Als er das Gebiß nur leicht anhebt, geht das Provisorium mit. Es ist locker, kein Zweifel, es löst sich nicht aus der sehr glatt und genau gearbeiteten Verschiebungsfuge. Statt dessen rieseln Bröckchen des Klebers jetzt unter das Gebiß und schmerzen, als Paul das Ganze wieder in den Unterkiefer drücken will. Der Fendant kommt. Paul trinkt, gurgelt leicht im Mund, was den Schmerz etwas lindert, weil es die Kleberbröckchen aufweicht.
Die Situation duldet nun keinen Aufschub mehr. Er kann so nicht einmal klar sprechen, er muß zur Tat schreiten. Er legt das Geld für den Wein auf den Tisch, nimmt seine Tasche und geht auf die winzige Toilette des Platzcafés. Er verriegelt die Tür, will sich auf den Deckel der Plastikklobrille setzen, der gefährlich knackt, weil er nur aus weichem Plastik besteht. Aber er muß sitzen. Also stellt er den zerbrechlichen Deckel hoch und setzt sich auf die Brille. Seine Knie

stoßen an die Kabinenwand, so eng ist es hier. Er nimmt etwas Toilettenpapier, legt es sich auf die zusammengedrückten Oberschenkel, holt das Besteck aus der Tasche, das aus einem kleinen Taschenspiegel, zwei weißblauen Tuben und zwei Zahnarztgeräten besteht, an deren Enden sich verschieden breite und starke Kratzer und Spachteln befinden. Er nimmt das Gebiß aus dem Unterkiefer, stellt fest, daß das Provisorium mitgegangen ist, lockert es aus der Schiebeverankerung, dieses u-förmige chromblitzende Metallding, bei dem vorne, an der Biegung, die den sechs Zähnen der Brücke (und dem Provisorium) angepaßte Klammer sitzt, an deren Enden die beiden rechten und linken Gebißteile liegen, die, fleischfarben und zahnweiß, Imitationen der nicht mehr vorhandenen Zähne sind. Paul steckt es mangels einer anderen geeigneten Ablagemöglichkeit in die kleine Tasche des Hemdes. Das Provisorium hält er in der Hand, während er sich im Taschenspiegel die braunen, abgeschliffenen Stümpfe ansieht, die da in seinem jetzt greisenhaft aussehenden Unterkiefer stecken. Mit dem Kratzer entfernt er vorsichtig die braunweißen Reste des alten Klebers und der Schweizerkräuterbonbons. Das schmerzt beim Rechtsuntendrei, der als einziger noch intakte Nerven hat. Der Linksuntendrei sieht marode aus. Schon beim Kratzen bröckelt der Stumpf, und der Metallstift wackelt. Dr. Vogt hat wohl mit all seinen Bedenken wirklich recht.
O du Müllkippe in meinem Mund, denkt Paul und beißt auf ein Stück Toilettenpapier, um die Stümpfe zu trocknen. Er läßt den Mund leicht offen, säubert jetzt die Innenseite der provisorischen Brücke, kratzt sauber die Kleberreste heraus, bläst sie mit gespitztem Mund sauber und trocken,

legt die Brücke auf sein rechtes Knie und den Taschenspiegel auf den linken Schenkel, dreht die Verschlüsse der kleinen Tuben auf, Cavitec, Unterfüllungsmaterial auf Zinkoxyd-Eugenolbasis, die eine Tube die Basis, die andere der Katalysator, Zweiphasenkleber, wenn man so will. Er drückt nebeneinander auf den Taschenspiegel zwei raupenähnliche, etwa zwei Zentimeter lange Würste, die eine weiß, die andere gelblich, fast glasklar, harzig, vermischt mit dem Spachtel das Ganze zu einem weißlichen Brei und füllt diesen mit dem kleinen Spachtel in die Mulden, die Zahninnenseiten der Brücke. Draußen pocht jemand an die Tür, flucht und läßt dann seinen Strahl ins Waschbecken prasseln, denn ein Pissoir gibt es nicht. Paul kommt sich vor wie ein Kokser, der sich seine Line zurechtbastelt, oder wie ein Fixer, der seine Spritze aufzieht. Er muß an einen Freund denken, Franz, gerade in diesem Moment, in dem er sich zu bemitleiden droht, an Franz, der sich vor jedem Glas Wein, vor jedem Käsebrot Blut aus der Fingerkuppe nehmen und eine Insulinspritze in den Bauch jagen muß. Nein, es geht einem doch gut. Nur diese Scheißzähne. Wenn er mal richtig dickes Geld hat, fährt er nach Amerika und läßt sich mittels einer einzigen langen Operation alles neu einpflanzen. Die sind da schon ganz schön weit, sagt Dr. Vogt.
Aber wann wird er richtig dickes Geld haben? Bald?
Er drückt die Brücke in den Unterkiefer auf die Stümpfe. Das feuchte kalte Klebergemisch wirkt lindernd, vor allem auf den Nerv des Rechtsuntendrei, dem die frische Luft doch zu schaffen gemacht hat. Es schmeckt angenehm nach Gewürznelken, ein Geschmack, der ihn seit seiner frühen Jugend begleitet. Paul drückt das Gebiß vorsichtig auf

die Brücke, damit es diese stabilisiert und justiert. Dann drückt er mit Zeige- und Ringfinger das Gebiß und mit dem Mittelfinger die Brücke sanft in den Unterkiefer, während er mit Daumen und kleinem Finger, außen unter den Unterkiefer plaziert, einen Gegendruck ausübt. So verharrt er etwa fünf Minuten. Es sind lange fünf Minuten. Es überkommt ihn eine kleine Souveränität, eine winzige Macht des Wissenden, wie er sie, seit die wenigsten Eingriffe des Zahnarztes ihm noch Schmerzen zufügen und ohnehin außerhalb seines Mundes stattfinden, gern im Behandlungsstuhl bei Dr. Vogt hat, wenn er mit ihm fachsimpelt. Aber im nächsten Moment, als er den Druck probeweise leicht lockert, die Finger kurz aus dem Mund nimmt, um zu testen, ob der Oberkiefer auf den unteren paßt und nichts schief sitzt, überkommt ihn eingedenk des maroden Linksuntendrei eine feucht den Rücken herunterlaufende Angst, denn er denkt an den Zahnarzt und Freund, der neulich noch sagte: »Auf gut deutsch, Paul, Scheiße ist das. Also wenn du mich fragst, raus damit, alles. Hast du ein für allemal Ruhe. Mit einem Totalersatz unten läßt sich leben, doch, doch.«

Dr. Vogt, Armin, seit einem Biergartenbesuch duzen sie sich, ich heiße Armin, ich heiße Paul, die Arme schlangen sie ineinander und besiegelten es mit zwei kräftigen Schlukken, Armin redet über Pauls Gebiß wie über einen Schrotthaufen.

Wenn sie übrigens nicht darüber reden, dann machen sie sich gern Sorgen um Geldanlagen, fragen sich, was die Luxemburg-Fonds im letzten Jahr gebracht haben, ob die Immobilienfonds dieses Jahr besser durchschlügen, was in den neu sich eröffnenden Ostgeschäften die steuerbegünstigte Gewinnmitnahme betreffend an Chancen drin sei. Wobei Armin da eher der praktische, Paul dagegen der theoretische Teil interessiert.

Paul ist, was Aktiengeschäfte und sonstige Geldanlagen betrifft, die er auf dem Papier und in seiner Phantasie gern tätigt, völlig mit dem imaginären Gewinn zufrieden, und es trifft nur seine Eitelkeit, wenn er »verloren hat«. Er verwaltet in seinem Kopf ein ansehnliches Depot deutscher und internationaler Werte, er liest einschlägige Fachzeitungen, folgt guten Empfehlungen, disponiert ihnen entsprechend um, beobachtet das Geschäftsgebaren kleiner Firmen und den Verlauf ihrer Aktien, kauft sich sogar Analysen, die beispielsweise ankündigen, daß die Firma Sowieso im Herzen Frankfurts ein Grundstück mit 500-fachem Gewinn zu verkaufen beabsichtige und so deren Eigenkapital kräftig erhöht werde, was der Aktie einen Schub geben müsse. Paul »ordert« ein Paket dieser Aktie, nicht viel, nur etwa zweihunderttausend »investiert« er, wenn sich aber mit dieser Aktie dann doch nichts bewegt, dann würde er nie auf die banale Idee kommen, es könnte womöglich nur der Analytiker, der diese kurzfristige Analyse verkauft hat, das Geschäft machen. Nein, kleinlich ist Paul in diesen Dingen nie. Weder ärgert er sich allzu sehr, wenn einer seiner »Werte« stark verloren hat, noch jubelt er über die Maßen, wenn ein großer »Gewinn« ansteht. Aber auch die Umkehrung, wie man sie bei ihm als rein theoretisch anlegendem Aktienhai vermuten könnte, ist ihm völlig fern. Er ist nicht so wie jener Baden-Badener Gastwirt, der notgedrungen mit seinen wohlhabenden Gästen in die Spielbank und zum Pferderennen gehen mußte, hier auf jedes Pferd 100 Mark und

dort gleichviel auf Rot und Schwarz setzte und sich diebisch freute, daß er nie verlor und daheim im Bett lag und weinte, weil er eben auch nie gewann, nie dazugehörte, einfach zu kleinmütig war, um ein Spieler zu sein.
Es ist das Spiel, das interessant ist, interessanter als das Geschäft, sagt sich Paul. Man muß es genießen können, einen Zigarrenraucher eine gute Havanna rauchen zu sehen. Man muß sich für den Rauchenden freuen können, gerade, wenn man den Genuß, den er empfindet, kennt und selbst darauf verzichten muß.
Paul muß an Onkel Istvan denken, der die gleiche Börsenleidenschaft und wie er selten das Geld hat, sich eine der teuren Havannas zu kaufen. Istvan sagte einmal: »Du mußt dir von einer Cohiba die Banderole aufheben. Dann kaufst du dir eine gute Honduras, Lancer oder Panatella Larga, machst die Banderole drumherum, legst das Ding ein, zwei Wochen in deinen Humidor und holst dir in einer schönen Stunde das gute Stück heraus. Du wirst sehen, die Banderole wird es geadelt haben, sie wird schmecken wie eine echte.«
Onkel Istvan, der Professor für Sinologie, der verrückte, der geniale Ex-Ungar, der mit Tante Elisabeth verheiratet war, ach eigentlich sogar noch ist, ein Mann, der fast siebzig, aber wie ein Freak ist, viele Sprachen spricht und sich für alles interessiert und von den Schwestern zu gern für Elisabeths Elend verantwortlich gemacht wird.
Es kann vorkommen, daß in den Semesterferien nachts um drei bei Paul das Telefon klingelt, und es ist Onkel Istvan aus Griechenland, wo er gerade mal sein Griechisch aufpoliert. »Hör mal, Paul, ich habe da einen heißen Tip bekom-

men, wir sollten gleich morgen IBM kaufen. Da tut sich noch heute nacht was in der Geschäftsleitung, was stark auf die Aktie durchschlagen soll.«
»Istvan, ich hab kein Geld.«
»Ach so, ich auch nicht. Na, macht nichts, war nur ein Tip, ein andermal.«
Dann ist er weg. Meistens ist der Tip wertlos. Aber immer geht Paul ihm nach, überprüft ihn. So wie er den Verlauf von Allianz Holding, Technocell und Vereinigten Kunstmühlen beobachtet und gerade in letzter Zeit ein Auge auf Keramag hat, die Firma, die sich stark um die Geschäfte mit den neuen Ländern im Sanitärbereich kümmert.
Oder, wie Hanno sagt, der kleine, stramme, in N.Y ausgebildete Broker, mit dem Paul öfter mal einen Kaffee trinkt: »Kloschüsseln für den Osten, Paul, da ist Phantasie drin!«
Ein schlechtes Gewissen packt Paul. Immer wieder verschlampt er die Zahnarzttermine und verschlimmert dadurch alles. Und das kostet Geld, sein Geld. Diese verdammten Zähne, letztendlich haben sie über die Jahre das Gesparte aufgefressen, denn die Versicherungen zahlen schlecht, gerade einmal die Reparaturen, aber kaum den Ersatz.
Es sitzt jetzt zufriedenstellend. Paul wischt den Taschenspiegel ab, auf dem der Kleber getrocknet ist, kratzt ihn blank und besieht sich das noch nicht fertige Werk in seinem Mund. Der überflüssige Kleber ist unter den Zahnhälsen hervorgekrochen und klebt jetzt erstarrt an der Außen- und Innenseite von Brücke und Gebiß. Mit dem schmalen, flachen Kratzer sticht er ihn sorgfältig ab. Das geht sehr gut. Mit der Zunge hilft er nach, sammelt dann Spucke im Mund und spuckt in ein paar zusammengeknüllte Toilet-

tenpapiertücher, die er mitsamt den ausgespuckten Kleberkrümeln hinter sich verschwinden läßt. Operation gelungen. Er packt seine Werkzeuge ein, geht hinaus, bemerkt, daß über dem kleinen Waschbecken kein Spiegel ist, trinkt Wasser aus dem Hahn mittels seiner flachen, zur Schale geformten Hand. Er kratzt sich noch ein paar weiße Krümel aus dem Bart und streicht ihn, der dieses Chaos in seinem Mund gut vor allzu ungnädigen Blicken beschützt, glatt. Dann geht er hinaus.
Hast du Kreide gefressen? wird Claudio zwei Stunden später zu ihm sagen, denn da hängen noch ein paar prächtige Kleberklumpen zwischen seinen Zähnen, vor allem da, wo die Brücke in das Gebiß übergeht.
Draußen setzt er sich an einen anderen Platz, in die Sonne, und belohnt sich mit einem weiteren Glas Fendant.
Selbst wenn er sie von sich streckt, schmerzen mal wieder seine Glieder. Er reckt sich, bringt den Körper in eine günstige Ruheposition, sieht einen Mann über den Platz gehen, den er kennt. Nein, er kennt ihn nicht. Er hat Bilder von ihm gesehen und Häuser, die er gebaut hat, und auch einen Film über ihn. Der etwas rundliche, bebrillte Mann hat einen in eine Zeitung gewickelten Salatkopf unter dem Arm. Paul fällt der Name des Mannes nicht ein, ein Architekt, Tessiner Architekt, der den Amerikanern auf eindrucksvolle Weise gesagt hat, daß ihre Architektur so ist wie ihre Politik, laut, machtbesessen, geschmacklos. Angesichts des Salatkopfes unter dem Arm eines Mannes mit Kopf muß er an jenen berühmten Zürcher Pfarrer und Fernsehprediger denken, der einmal den Kopfsalat als das eigentlich vollkommene Wunder der Schöpfung pries, weil da das Herz

im Kopf, mitten im Kopf sei. Der Name des Predigers, Pfarrers, was immer er war und ist, wenn er es noch ist, das weiß Paul ja auch nicht, der Name fällt ihm nun genausowenig ein wie der des Architekten, der jetzt zwischen zwei Banken verschwindet.

Herrdumeingott, Paul würde das immer in einem Wort schreiben, Herrdumeingott, denn weder an den Herrn noch an den Gott glaubt er, also handelt es sich nur um einen Fluch, der für ihn ein Wort sein muß: Herrdumeingott! Herrdumeingott, denkt Paul, es ist mit dem Kopf wie mit dem Körper, beides verfällt gleichermaßen. Er versucht sich zu konzentrieren: erstens: wie heißt der Architekt? Zweitens: wie heißt der Zürcher Pfarrer? Drittens: wie heißt oder hieß diese Bombe, die das Leben zerstört und die Materie stehen läßt? Er hat Stunden im Auto darüber nachgedacht, nichts. Er hat sich verboten, jemanden zu fragen. Es gehört zur Disziplin, zum Denktraining, selbst draufzukommen. Da ist zwischen dem Architekten und dem Pfarrer und der Bombe kein Unterschied. Er darf nicht fragen. Er muß selbst draufkommen, aber in seinem Gedächtnis sind jetzt drei Leerstellen. Manchmal sind es mehr, und dann potenziert sich das Problem dergestalt, daß er schon Schwierigkeiten hat, sich daran zu erinnern, an was alles er sich nicht erinnern kann. Und was für seinen Körper ein gesunder Schlaf, ein schmerzfreies Erwachen oder drei Tage Ruhe des Rechtsuntendrei sind, das ist für sein Gedächtnis der plötzliche Einfall.

Bossi heißt der Architekt! Er freut sich, hakt in der geistessportiven Liste ab, preist sein Gedächtnis, bis ihn Zweifel überkommen. Bossi, so heißt doch dieser Münchner Mode-

anwalt. Niemals hieß der Tessiner Architekt so wie dieser Münchner Anwalt. Und da der Münchner Anwalt nun zweifelsfrei Bossi heißt, heißt der Tessiner Architekt logischerweise niemals Bossi. Paul erhöht wieder auf drei Leerstellen.
Dann überkommt ihn wohlige Müdigkeit. Er muß an Max denken. Meingott, man wächst miteinander auf, bekommt diese ersten Veränderungen des Körpers mit, die ersten Haare da unten, die erste Erektion, die unter der Bettdecke zugeflüsterte erste Begegnung mit dem anderen Geschlecht, die ersten Übungen mit dem Präservativ. Und jetzt redet man nicht mehr miteinander, ist sich fremder als einem Freunde sind, die man erst viel später kennengelernt hat. Man ist miteinander erwachsen geworden und weiß nichts vom Altwerden des anderen und der Art, wie er damit umgeht.
Er sah neulich besser aus, als Paul ihn in Erinnerung hatte. Wie mag es sein, dieses Leben des jetzt achtundvierzigjährigen Max?
Das Leben dieser Finanz- und Versicherungsführungskräfte ist wohlgeordnet. Da ist das Altwerden eine fixe Größe, der Rechnung getragen wird. Da gibt es den von der Steuer abgesetzten Fitnessraum im heimischen Keller, da wird ins Büro geradelt mittels einundzwanzig Gängen, da gibt es den jährlichen, von der Firma verordneten Mayoklinikdurchcheck und die Sporthotelkurzkur. Und zu Hause verwaltet die Frau, die ihren Beruf als Lehrerin wegen dieses ohnehin läppischen, nicht ins Gewicht fallenden Gehalts aufgegeben hat, das heimische Imperium. Sie legt den Garten an, läßt das Haus regelmäßig putzen, geht mit Personal und Kindern um, die sie, wie es sich gehört, mit allen Mitteln

durch das Gymnasium zur standesgemäßen Reife trimmt. Am Abend steht abwechslungsreiche Schonkost auf dem Tisch mit selbstgebackenem Brot aus hausgeschrotetem Mehl vom biologisch sauberen Demetergetreide. Der Alkohol findet im Hause nicht statt, und einmal wöchentlich legt sie ihm ihr frisch gewaschenes und imtimgespraytes Allerheiligstes zu Füßen, dessen er sich mit derselben Präzision wie des Rudergerätes im Trimmkeller bedient. Vermutlich hat sie sogar über die Jahre gelernt, ihm das vorzuspielen, was sie beide für den Orgasmus halten.

Und die Kongresse und Auslandsaufenthalte in einschlägigen Hotels sind begleitet vom Gesundheitswahn der Arbeitgeber, denen die Gesundheit der Führungskräfte höchstes Gut ist. Sie golfen und trimmen und joggen und reiten und zählen die Kalorien und Prozente und wiegen und registrieren die Pfunde. Und geschultes Geschlechtsverkehrspersonal, medizinisch geprüft und lizensiert, sorgt für das Nötige, zieht gekonnt das Präservativ auf oder auch das Reitzeug, sollte es vonnöten sein, fragt nach dem persönlichen Bedürfnis, so es das noch nicht kennt, gibt die flinke Hand, das Peitschchen oder auch das Hausgemachte, tut seine Arbeit sauber und präzise, greift im richtigen Moment zum Kleenextuch und hinterläßt rein und quasi unberührt der Gattin, was der Gattin gehört.

Und unsereiner, denkt Paul, unsereiner irrt täglich müder im Chaos des Lebens umher, lebt von der Hand in den Mund, haßt die Körperertüchtigung und liebt den Alkohol und läßt das mit dem Sex immer häufiger sein, weil man weder Lust hat, Emotionen zu investieren noch Aids zu bekommen und das Reden mit Frauen und das Aufziehen eines Präservativs längst verlernt hat. Wir bilden uns ständig ein, wir seien die gesünderen Teile dieser Gesellschaft und sind doch das Unwichtigste und Überflüssigste, Mitesser, mehr nicht, die Unreinheit schlechthin. Und wenn wir darüber hinaus auch noch zu lange an gewisse politische Ideale geglaubt haben, bis uns nur noch Fidel Castros marode gewordene Insel als Fata Morgana unserer Achtundsechzigerträume blieb, dann sind wir für die, die sich frühzeitig auf die sogenannte richtige Seite geschlagen haben wie Max, eine Eiterbeule am gesunden Volkskörper, ausrottenswert.

Paul ist müde, blinzelt über den Platz, der jetzt schlaff in der Mittagsruhe dahindöst, schließt die Augen und wünscht sich in diesem Augenblick, auf einem Bett in einem halbverdunkelten Zimmer auf dem Rücken zu liegen, seinetwegen Helga auf ihm, Helga mit ihrem immer leicht schwitzigen Körper, Helga mit den schwarzen Lücken zwischen den Zähnen, Helga mit den schielenden Brüsten, Helga mit den unrasierten Achseln, Helga auf der Suche nach irgendeinem von ihrer Freundin Inge neubehaupteten Orgasmus. Warum nicht Helga, wenn es nur ein anderer Mensch ist, der sich um das gelegentliche Wohl seines Körpers kümmert, wenn nur er selbst nicht aktiv sein muß. Dieser in seinem Traum Helga mit auf ihre Forschungsreise gegebene Teil seines Körpers funktioniert noch am besten, denkt Paul. Der Rest ist ziemlicher Schrott. Da der Kampf gegen das zu frühe Kommen schon längst ins Gegenteil umgeschlagen ist, kann Paul es zu einer guten Ausdauer bringen, wenn er sich nicht selbst dabei bewegen muß, und es ist ihm bei den wenigen Frauen, die er in den letzten Jahren hatte, verblüffend gut gelungen, diese seine kräfteschonende Haltung als eine rücksichtsvolle, der Frau die Aktivität lassende, ganz sanfte, unchauvinistische Beteiligung am gemeinsamen Geschlechtsverkehr erscheinen zu lassen. Nicht selten gab es dafür rührendes Lob, und er wußte, er lag im wahrsten Sinne des Wortes richtig.

Nein, nicht den Körper mit Ertüchtigungen malträtieren. Grauenhaft ist Paul die Vorstellung von einem durch Eifer und Verzicht gestählten Körper. Viel besser gefällt ihm die gelegentliche Vision, daß es nicht die Folgen ungesunden Lebens und unrühmlichen Alterns sind, die ihm zunehmend Schmerzen bereiten, sondern daß eine geheimnisvolle, schleichende Krankheit wie Knochenkrebs zum Beispiel in ihm frißt, ihn heimsucht, in seinen Gliedern schmerzt und ihn langsam verschlingt. Wie viel erhebender, entlastender und edler ist das doch als der schnöde Zustand des alternden Körpers, der sich für die jahrelangen Sünden frühzeitig rächt. Sterbenskrank zu sein, tapfer und rücksichtsvoll geschwiegen zu haben bis zum Schluß, fast bis zum großen Finale, das man gegebenenfalls selbst bestimmt, das wäre edel.

Ach Helga, bald wirst du deinen Beitrag nicht mehr an Erich, sondern an mich schicken müssen. Er beschließt, ihr eine Ansichtskarte mit diesem Satz zu schreiben.

Aber er vergißt es dann doch. Statt dessen fällt ihm ein, daß der Tessiner Architekt, der da mit dem Salatkopf über den Platz gegangen ist, Botta heißt. Claudio oder Mario, da ist er sich noch nicht sicher. Aber Botta heißt er jedenfalls. Das ist noch einen Fendant wert.

13

CLAUDIO PEDRINI, ehemaliger Bankdirektor, früh pensioniert wegen seines Asthmas, wohnt weit oben, aus der Stadt heraus, einige Serpentinen hinauf, an allem vorbei, was Neureiche sich als Häuser haben hinstellen lassen, gut verpackt in Palmen, Oleander, Glyzinen, Kirschlorbeer, Camelien haushoch, und jetzt blühende Mimosenbäume. Das Haus liegt am Ende einer Sackgasse, man fährt durch ein hohes, schmiedeeisernes Tor, das sich dem Besucher wie von Geisterhand öffnet, in einen gepflasterten Innenhof mit einem Herrschaftshaus samt Nebentrakt, dem Kenner eine schier unbezahlbare Immobilie in dieser Stadt. Drei Menschen bewohnen sie. Carlo, der Gärtner und Hausmeister ist, und seine Frau Teresa, Haushälterin und Köchin, haben eine Wohnung im Nebentrakt, Claudio wohnt im ersten Stock des Haupthauses, der Rest ist Kunstsammlung, gut versichert, bestens gesichert, weil sehr kostbar.
Sie kennen sich seit den siebziger Jahren, ihr Zusammentreffen war zufällig. Paul verkaufte aus einem Nachlaß einen Posten Jugendstilmöbel. Im Münchner Laden, den er

damals mit Brigitte zusammen betrieb und den er ihr später, als er sich nach Berlin absetzte, überließ, lernte er eine überkandidelte Frau kennen, die ihm eine Telefonnummer in Lugano gab.
»Meinem Mann, dem müssen Sie die Sachen anbieten.«
Da Paul weder in München noch durch andere Kontakte einen vernünftigen Verkaufserfolg erzielen konnte, rief er dort an. Er beschrieb Claudio Pedrini die Bilder, Möbel und Objekte.
»Kommen Sie mit allem her, für das, was ich nicht nehme, weiß ich sicher Käufer.«
Claudio hatte damals eine der schönsten Jugendstilsammlungen der Welt, die er später verkaufte.
»Ich konnte das Zeug irgendwann nicht mehr sehen.«
Sie freundeten sich an. Die Freundschaft blieb, und es hätte auch eine intensivere geschäftliche Beziehung werden können, wäre Paul nicht zu träge und unentschlossen und damals auch gerade noch hoffnungslos verliebt in eine Frau aus Berlin gewesen, die zwar bald aus seinem Leben verschwand, derentwegen er sich aber völlig nach Berlin orientiert hatte.
Aber einmal, 1980, in dem Jahr, als der Vater starb, machten sie ein großes Geschäft. Paul war mit einem Freund in Warschau, und es wurde ihm eine Riesensammlung von Bildern polnischer Naiver angeboten. Bunte, idyllische Darstellungen eines heilen Alltagslebens, sehr religiös, nicht Pauls Geschmack, schon gar nicht der von Claudio, aber eine sehr günstige Gelegenheit, denn die Künstler, die bisher noch nichts in den Westen verkauft hatten, brauchten Geld. Paul rief Claudio an, um dessen Rat einzuholen. Der schickte

Geld, Paul kaufte alles und transportierte es nach Lugano. Claudio hatte die zündende Idee. Er organisierte über einen befreundeten Galeristen eine Ausstellung weniger, ausgewählter Bilder. Das schlug ein, Rechtsanwälte und Ärzte, die sich ihre Wohnungen und Praxen mit dem gemalten Traum vom idyllischen Landleben ausstaffieren wollten, kauften. Zeitungen berichteten, eine Art Mode war geboren, Nachfrage entstand. Über drei Jahre hinweg schoben Paul und Claudio Bilder aus ihrem Bestand nach. Die Preise stiegen. Am Ende hatte Paul eine Viertelmillion, die Hälfte davon schwarz auf einem Nummernkonto in Lugano. Danach hörte Paul auf, ernsthaft zu arbeiten.
»Teresa hat oben im Dach das kleine Zimmer hergerichtet«, sagt Carlo.
Sie gehen ins Haus.
»Hast du Kreide gefressen?«
»Nein, meine Zähne repariert. Il piccolo dentista. Immer alles dabei.«
Sie haben sich fast zwei Jahre nicht gesehen. Ihre Begrüßung ist herzlich.
Umzaubert von jahrzehntelang zusammengetragenen Chagalls, in einer auf Wolken schwebenden Märchenwelt, die alle Wände füllt, wohnt Claudio wie ein Mönch, allein, einsam, asketisch, fast leblos, nur noch schleichend. Die wunderbaren Bilder, die Paul immer sofort elektrisieren, so sehr liebt er sie, strahlen ihn an, er aber strahlt nicht zurück.
»Ich habe diese Chagalls sehr geliebt. Jetzt sehe ich sie gar nicht mehr«, sagt Claudio.
»Mir klopft immer noch das Herz, wenn ich sie sehe.«
»Du solltest hier wohnen und sie immer betrachten.«

Man wagt, denkt Paul, nicht einmal mehr ein normal laut ausgesprochenes Wort. Hinter den Bildern weiß Paul ein verästeltes Sicherheitssystem, dem man kaum eine allzu große Geste, gar einen Ausruf des Entzückens, der Lebensfreude, zumuten mag, da man seine Perfektion fürchtet, mit der es eine solche Äußerung als ungehörigen, feindlichen Angriff registrieren und dementsprechen reagieren würde.

Ob das auch schon so war, als Claudios Frau Antonella, die er ja nur einmal in München im Laden gesehen hat, hier noch lebte, weiß Paul nicht. Ob sie vor dieser kalten Perfektion weggelaufen ist, um in Poona beim großen Meister auf Nimmerwiedersehn ihr Heil zu suchen? Sie ist jedenfalls nie mehr zurückgekommen, und als der Meister nach Oregon ging, hat sie Filippo, den gemeinsamen Sohn, vom Internat geholt und mitgenommen. Claudio spricht darüber nicht gern. Nachdem er jahrelang nichts gehört hatte, ließ er über amerikanische und Schweizer Behörden nach den beiden suchen. Antonella war nicht mehr aufzufinden. Ob sie sich ihrem Gott auf seinem Altar geopfert hat, Claudio will es nicht mehr wissen, für ihn ist sie tot. Filippo, das ergaben die Suchaktionen, lebt bei einem französischschweizer Ableger der Sekte in der Nähe von Genf und lehnt jeden Kontakt mit dem Vater ab.

Klein, blaß, unendlich liebevoll und sanft schleicht der Freund durch die Räume und bietet am Kamin, den Carlo geheizt hat, Platz an. Claudio ist der freundlichste und großzügigste, aber hilfloseste Gastgeber der Welt. Er wüßte einem eher einen Chagall zu schenken als ein Glas Wein anzubieten. Und würde nicht Teresa Schnittchen, mundgerecht hergerichtet, und eine Flasche Wein mit zwei Gläsern bringen, wie eine spätabendliche Bestellung aufs Zimmer eines Nobelhotels, sie würden nur auf das angewiesen sein, was sie sich zu erzählen haben. Was allerdings nicht wenig ist und sie bald gefangen nimmt.

Claudio hört lange zu, ist begierig nach der Geschichte von Fritz, Emma und Walter, die Paul jetzt sehr schön erzählen kann, schon ausgeschmückt mit seinen Interpretationen, die er als Tatsachen eingebaut hat. Mit seiner Vision einer großen unerfüllten Leidenschaft fasziniert er den Freund, der aufmerksam zuhört und nur gelegentlich sehr uneffektiv im Kaminfeuer herumstochert.

»Sie war eine wunderbare Frau. Sie wollte zu ihm gehen, als sie ihre Familienpflicht erfüllt hatte. Vorher konnte sie es nicht. Doch es war zu spät, er war ein Jahr zuvor gestorben, in Zürich, vermutlich sehr einsam, aber vielleicht sehr reich. Ich will seine Spuren, seine Fährte finden, mehr über sein Leben wissen, Leute finden, die ihn kannten, die mir über ihn erzählen können. Ich möchte wissen, was das für ein Mensch war, in den Emma verliebt war und von dem sie mir noch gesagt hat, daß er mir ähnlich sah.«

»Eine schöne Geschichte.«

»Es könnte sogar sein, daß er mein Großvater war.«

»Spannend.«

»Wie willst du vorgehen?«

»Es gibt da eine Blumenfrau. Trude, Großvaters und Walters Schwester.«

Pauls Frage nach der Blumenfrau Trude Hanke löste auf dem vormittäglichen Markt auf der Piazza Riforma eine Stafette aus. Schnell jagte die Frage über den Platz, wurde

hin- und hergeworfen, kam ein-, zweimal wieder vorbei, noch unbeantwortet, von Achselzucken begleitet, verschwand auch kurz einmal, um endlich, aus der hintersten Ecke des Platzes über drei Stationen beantwortet zu werden. Trude sei nach Morcote gezogen, in ein kleines Holzhaus, oben am Friedhof. Ob sie allerdings noch im Holzhaus wohne oder schon auf dem Friedhof liege, wußte keiner zu sagen. Sie habe in der Tat bis vor ein paar Jahren täglich hier auf dem Platz Blumen verkauft.
»Die war schon hier, als ich noch ein Kind war«, sagte eine ältere Frau.
Paul fährt jetzt die malerische Uferstraße entlang. Glänzend und glatt, den knallblauen Himmel widerspiegelnd, liegt der Luganer See da und läßt sich nicht ansehen, daß er eigentlich eine umgefallene, stinkende Kloake ist. An den hochliegenden schmiedeeeisernen Zäunen der Villengärten blühen schon die ersten blaßlila Glyzinen, hängen in schwer aussehenden Dolden und sind doch federleicht. Die Mimosen sind hier unten schon verblüht, der Wind hat ihren gelbdreckigen Blütenstaub auf die Straße geweht. Es ist Mittagszeit, die Straße ist leer, und Paul, auf der Suche nach irgendeiner unbestimmten Familienvergangenheit, die ihn jahrzehntelang nicht interessiert hat, überwältigen freundliche Sommergefühle. Könnte man hier doch leben, denkt er, es ist ein verdammt schöner Flecken, auch im Winter erträglich für einen wie ihn, der den Schnee und die Kälte haßt und regelmäßig den Winter über im naßkalten Berlin nur auf halben Touren läuft und voller Neid an die Igel und die Siebenschläfer denkt, die ihren Winterschlaf halten. Die Schweiz, wie geputzt und geleckt und geordnet sie

doch ist, denkt Paul, selbst hier im Süden, wo man ein paar Kilometer weiter, hinter zwei Tunnels und einem Stückchen Niemandsland schon jenem italienischen Phlegma begegnet, dank dem Straßen verdreckt sind, Tunnels unbeleuchtet bleiben und alles in den See geworfen wird, was man nicht mehr braucht.

Sie haben gestern abend noch lange zusammengesessen, und die wolkenschwebende Traumwelt der Chagalls um sie herum hat sie dazu angestachelt, allerlei Spekulationen über ein eventuelles Riesenerbe anzustellen, ausgehend davon, daß Walter 1935 ja auf jeden Fall jene enorme Summe in die Schweiz gebracht haben muß, die immerhin dazu geführt hatte, eine angesehene, gutgehende Baufirma in den Bankrott zu bringen.
»Nehmen wir an, es waren eine Million Franken«, sagt Claudio, »dann konnte Walter von den Zinsen leben.«
»Unser Vermögen liegt bei Freund Rössli im Tresor«, hat er Emma geschrieben. Wer ist Rössli?«
»Ein Zürcher Bankier. Beat Rössli. Eine umstrittene Figur.«
»Sag mal, Claudio, angenommen, auf dem Konto von Walter waren bei seinem Tod eine Million Franken. Was wäre das heute?«
Claudio rechnete, ratterte halblaut Zahlenkolonnen herunter.
»Naja, sagen wir mal vorsichtig geschätzt, je nachdem, wie es angelegt worden ist, kann es sich alle zehn Jahre verdoppelt haben, das wären dann 1964 zwei Millionen, 1974 vier Millionen, 1984 acht Millionen, und so weiter. Doch, selbst

wenn man die Geldentwertung abzieht, der Wert wäre bei über zehn Millionen.«
»Ich darf nicht darüber nachdenken.«
»Denk nicht drüber nach. Noch wissen wir nichts. Wie ist Walter zum Beispiel gestorben?«
»Keine Ahnung. Ich hab nur die Karte von Trude an Emma. Nur das Datum.«
»Ist er nach langer Krankheit gestorben, hat er sein Geld für Ärzte ausgegeben, war er ein Spieler, hat er es verspielt und dann Selbstmord gemacht, und –?«
Er zögerte.
»Und?«
Claudio lächelte geheimnisvoll.
»Und wenn er gestorben ist und kein Testament gemacht hatte und das Geld bei Rössli lag und jahrelang keine Bewegung auf dem Konto stattfand, weil sich keine Erben meldeten, dann ist das Geld verschwunden und steckt vielleicht in Rösslis weitläufigen Ländereien im Wallis. Wie das auch bei vielen Juden war, die ihr Geld in die Schweiz gebracht hatten und dann in den Konzentrationslagern landeten.«
»Sollte ich einem Krimi auf der Spur sein?«
»Wer weiß.«
»Aufregend.«
»Überleg dir doch schon mal, mit wie vielen Menschen du ein eventuelles Erbe teilen müßtest.«
Da ratterte es in Pauls Gehirn wie in einem alten Computer aus der Pionierzeit.
»Mit deinem geliebten Bruder zum Beispiel«, sagt Claudio.

Paul findet den Friedhof von Morcote und das kleine Holzhaus, dunkelgrün, mit vermoostem Dach, einer Wiese drumherum, die schon einen kniehohen Frühjahrswuchs hinter sich hat. Die Fensterläden sind verschlossen, das Haus sieht verlassen aus. Paul schaut sich um, sieht am Fenster einer nahen Villa eine Frau und fragt rufend nach Trude Hanke.
Die Frau formt die Hände zum Trichter:
»Lugano – Krankenhaus – schon zwei Monate – Lugano – Krankenhaus!«
Paul signalisiert, daß er verstanden hat und geht über den Friedhof zurück. Schön habens die Toten, die hier liegen, denkt er, sie schauen hinunter über die malerischen Dächer von Morcote auf den See, haben eine Aussicht im Tode, die mancher von ihnen auch schon als Lebender genoß. Hier läßt sichs leben, hier läßt sichs sterben, solche trivialen Sätze fallen Paul angesichts des heute aber auch allzu unverschämt schönen Wetters ein. Sollte ich je zu Geld kommen, denkt Paul, dann will ich hier leben und hier oben begraben sein.

Wenn Paul mit fortschreitendem Alter und damit zunehmenden körperlichen Beschwerden etwas unangenehm ist, dann ist es ein Krankenhausbesuch. Kein Kranker geht an ihm vorbei, mit dessen ihm oft gar nicht sichtbaren Leiden er sich nicht sofort identifiziert. Jede der hier herumlaufenden Krankengeschichten könnte seine sein. Morgen schon. Ihm wird flau, er hat leichte Gliederschmerzen, ein Grummeln im Magen, Herzklopfen, Schweißausbrüche und Herzflattern, kurz, er ist kränker als alle, die hier in Schlafanzügen unter gestreiften Bademänteln, in Pantoffeln, bleich

und freudlos herumschlurfen. Paul kann sich nicht wie andere Menschen darüber freuen, daß er einen Kranken besucht, aber selbst kerngesund ist. Nein, er fühlt sich unverzüglich krank, nachdem man ihm an der Anmeldung gesagt hat, daß die gesuchte Trude Hanke auf Station IV, Sektor C, Zimmer 205 liegt. Sicher ist er kränker als die meisten, die sich hier ein paar Tage Ferien auf Kassenkosten machen, diese wichtigtuerischen Kranken, die nur wieder Stoff brauchen, um am Stammtisch Schauergeschichten erzählen zu können. Hat es nicht gestern bei ihm beim Wasserlassen leicht gebrannt? Oder war das, weil er kurz vorher onaniert hatte? Wird er nicht morgen Blut im Urin haben wie neulich Thomas, der allerdings dann nur einen Nierenstein und doch keinen Tumor hatte? Warum, verdammt, sollen denn immer nur die anderen Tumore, Nierensteine, Hodenkrebs oder Herzrhythmusstörungen haben? Warum sollen denn immer die anderen auf fünfzig Zugehenden die Schlaganfälle haben und nicht er? Hat sein Schicksal nicht langsam einen Anspruch darauf, daß auch er in der Statistik dahin rückt, wo die Todkranken gezählt werden? Wäre er statistisch, wenn man seinen Alkoholkonsum und seine wenige Körperertüchtigung bedenkt, nicht ohnehin längst überfällig? Welcher gnädige Engel holt ihn immer wieder aus der Reihe der Todeskandidaten heraus? Wie lange noch wird es ihm erlaubt sein, bei jedem Wehwehchen mit dem Tod zu kokettieren? Wie lange noch wird er immer ins sichere Flugzeug, in den unbeschadet ankommenden Zug, in das ihn zuverlässig nach Hause bringende Auto steigen? Wird es immer so sein wie damals?
Damals, er war siebzehn und mit drei älteren Jungen zum

Tanzen aufs Land gefahren. Er wollte dann noch nicht mit den anderen zurückfahren, die zum Aufbruch riefen, denn er war in diese stupsnasige Walburga verliebt. Während er sein erstes richtiges Liebesabenteuer erlebte, rasten die anderen in einer Kurve an einen Alleebaum, wickelten sich um den Stamm und mußten mit Schneidbrennern aus dem Wrack herausgeschnitten werden, das sich so in den Baum gefressen hatte, daß man ihn fällen mußte. Sie waren alle drei tot.
Meingott, ja, sie ist so alt wie Großmutter war, so alt wie das Jahrhundert, neunzig Jahre alt, eine Greisin. Damit hat er gar nicht gerechnet. Er hat sich unter der Blumenfrau von der Piazza Riforma einen nicht gealterten Menschen vorgestellt. Jetzt sitzt er an ihrem Bett. Eine zierliche, bis auf die Knochen abgemagerte Gestalt liegt da, wenige dünne weiße Haare, wie bei einem Säugling, lassen eine altersfleckengesprenkelte Kopfhaut durchscheinen. Sie hängt an einem Tropf, scheint kaum zu atmen, hat die tiefliegenden runden Augen offen, scheint aber nichts zu sehen. Ich kenne diesen Menschen nicht, denkt Paul. Ich habe diese Frau, die meine Großtante ist, nie in meinem Leben gesehen. Ich habe von ihr gehört und das Gehörte so vergessen, daß ich nie nach der Blumenfrau gefragt habe in den letzten zwanzig Jahren, obwohl ich doch immer wieder einmal auf der Piazza Riforma war. Das ist so, weil ich mich nie für diese Familie interessiert habe. Nur für einen Menschen habe ich mich immer interessiert, für den angeheirateten Onkel Istvan, der in dieser Familie heute ein Geächteter ist. Die Frau, die hier liegt, hat mit mir nichts zu tun. Es werden in diesem ameisenhaufenartigen Bau ein Dutzend solcher alten Frauen im Ster-

ben liegen, die genausoviel und genausowenig mit mir zu tun haben. Ich bin hier, weil ich Walter auf der Spur bin, den ich auch nie gesehen habe. Was für eine seltsame Rolle spiele ich eigentlich?

Aber sie, die da liegt, wieder zum Kind geworden, war Emmas beste Freundin. Durch sie hat Emma Fritz und Walter kennengelernt, zur gleichen Zeit, spielerisch, sicher zunächst überhaupt nicht zu dem einen oder anderen in größerer Zuneigung. Sie war Emmas beste Freundin, und vielleicht war sie Trösterin, Zeugin, Vertraute, erst von Emma, später von Walter. Vielleicht Komplizin, und, worauf die kurze knappe Information auf der Ansichtskarte an Emma schließen läßt, auf dessen Seite, vielleicht auch enttäuscht davon, daß Emma den letzten Schritt nicht wagte. Vielleicht antwortete sie deshalb nach Walters Tod so lakonisch kurz auf Emmas Anfrage, weil sie inzwischen Walters Erbin war. Ja! Welcher Gedanke! Sie waren doch sicher in Kontakt, Bruder und Schwester, die beiden Geflohenen.

Als Paul eine resolute Oberschwester nach Trude Hanke fragte, fiel ihm ein, daß er eine Verwandtschaft zu ihr gar nicht nachweisen konnte. Doch die interessierte das überhaupt nicht.

»Die Alte ist ein Fürsorgefall. Liegt schon zwei Monate hier, und wer weiß wie lange noch. Da war bisher niemand da. Wir dachten gar nicht, daß sie noch jemanden hat. Die, die über die Fürsorge da sind, haben nie jemanden. Ist ja nichts zu holen bei denen.«

»Sie ist die Schwester meines Großvaters. Ich habe sie lange nicht gesehen«, log Paul, »ich bin nicht sicher, ob sie mich erkennt.«

»Die erkennt keinen mehr. In der Schublade des Nachttisches sind ihre Sachen. Wird wohl auch ein Wohnungsschlüssel dabei sein. Es wäre gut, wenn sie etwas Wäsche bringen könnten. Wir sind hier knapp.«
Jetzt fällt Paul auf, daß die beiden anderen Frauen, die in diesem Dreibettzimmer liegen, in demselben Zustand sind wie Trude. Die eine, ihr Alter kann man nicht schätzen, starrt aus einem riesigen Kopfverband heraus ins Leere, die andere, wie Trude auch sehr alt, stöhnt leise, hat die Augen geschlossen, hängt auch am Tropf. Das ist ein Sterbezimmer für Fälle, die niemanden mehr interessieren, für Menschen, die keinen Angehörigen haben, die niemand mehr besucht. Draußen wimmelt es von hysterischen, geschenkebeladenen Besucherfamilien, und hier drin ist Stille, friedliche Stille, schöne Stille. Vielleicht, denkt Paul, ist es das schönere Sterben, das stille Sterben ohne das verlogene Getöse der unvermeidlichen Erben. Sterben, ohne daß jemand dabei ist, aber auch ohne daß jemand darauf wartet, um dann, wie es beim Vater war, unwidersprochen feststellen zu dürfen, wie dankbar man sein müsse, daß es so schnell gegangen sei.
Wer sich ein anonymes Dasein als Blumenfrau auf einem der teuersten Plätze der Eitelkeiten gewählt hat, nimmt ein einsames Sterben in Kauf, denkt Paul.

»Ich kenne die Blumenfrau, ich kannte sie, sie ist seit ein paar Jahren nicht mehr da, ich kann mich genau an sie erinnern, sie war immer zeitlos alt oder jung, eine schlanke, kleine Person, bescheiden, aber grell angezogen, weiße Haare, in denen meistens eine Blume als Schmuck steckte.«

Claudio fiel das plötzlich heute morgen ein.
»Sie hatte schöne Blumen, immer nur ein paar Eimer um sich herum, keinen Stand wie die anderen. Und mittags, wenn sich der Markt auflöste, ging sie an die Tische der Cafés und verschenkte die restlichen Blumen einzeln an Menschen, die ihr gefielen.«
»In unserer Familie hieß es immer, Tante Trude ist verrückt. Zumindest sagten es meine Mutter und Tante Waltraud. Dabei haben sie sie, glaube ich, auch kaum gekannt.«

Ob sie ihn versteht, wenn er mit ihr spricht? Er hat ihr, als er reinkam, erzählt, wer er ist, daß er zufällig gehört habe, daß sie krank sei, daß er sie besuchen wollte, da habe man ihm auf dem Markt gesagt, wo sie wohne. Sie zeigte keine Anzeichen des Verstehens. Dennoch, denkt Paul, wir sagen das so leicht »die kriegt ja nichts mehr mit«. Was wissen wir? Vielleicht versteht sie alles, was ich ihr sage, und sie nimmt es mit hinüber, oder es stimmt sie fröhlich im Sterben. Wie, wenn ich ihr einfach von der Familie erzähle, von Dingen, die sie vielleicht nie erfahren hat? Onkel Istvan, ausgerechnet er, war mal aus Lugano zurückgekommen und hatte gesagt: »Ich habe eure Tante Trude gesprochen. Es geht ihr gut«.
Paul erzählt von Istvan, der Elisabeth geheiratet hat, Emmas jüngste Tochter, die sie, Trude, ja gar nicht kenne, nehme er an. Sie waren wohl ein Jahr lang ein gutes Paar. Lebenslustige Leute. Istvan, heute hier, morgen da, immer auf dem Sprung, immer auf Reisen, Herr aller Länder und Sprachen, genoß es, eine so junge, ebenfalls kluge und sprachgewandte Begleiterin zu haben. Eine Ehe, sagte man in der Familie,

war das nicht. Und genau das wurde dann zum Problem, denn irgendwann wollte Elisabeth ein Kind, Istvan aber nicht. Das trübte die Beziehung. Schließlich bekam sie eine Tochter und saß mit der meistens allein da, denn Istvan wollte sein bisheriges Leben nicht aufgeben. Er absolvierte nur die nötigsten Stunden, die ihm seine Privatdozentur in Sinologie aufzwang, und war ansonsten unterwegs, bei seinen Freunden in aller Welt mehr als bei Frau und Kind. Wenn er da war, erinnert sich Paul, dann war er unternehmungslustig, machte Landpartien mit den Kindern, kehrte mit ihnen in Gasthöfen ein, ließ sie Bier trinken und brachte sie manchmal halb oder ganz betrunken den besorgten Eltern zurück.

Einmal, erinnert sich Paul, waren Istvan, Max und er in einem großen Biergarten gelandet. Istvan lernte eine Frau kennen, die plötzlich mit am Tisch saß, den Arm um ihn hatte, mit ihm trank. Paul sah, daß Istvan mit der Frau immer zärtlicher wurde, das machte ihn eifersüchtig, und er drängte, daß man jetzt heimgehe. Istvan setzte Max und Paul ins Auto und verschwand für Stunden mit der Frau. Als er wieder auftauchte, graute schon der Morgen. Und als sie heimkamen, war Frühstückszeit. Es war Sonntag, daran erinnert sich Paul, denn er mußte nicht zur Schule, und der Vater war da. Die Mutter hatte bereits bei der Polizei angerufen, eine Suchmeldung aufgegeben und mußte das jetzt rückgängig machen. Istvan verstand die Sorge nicht, und die Jungen erzählten auch nichts von der Frau. Trotzdem geriet Mutter mit Onkel Istvan derartig in Streit, daß er niemals mehr zu ihnen kam.

Elisabeth stürzte sich mit all ihrer Liebe auf die Tochter

Inge. Sie verzog sie, erfüllte ihr alles, sah in ihr den Sinn des Lebens. Wenn Istvan auftauchte, setzte sie ihn unter Druck, wollte die Rolle eines Familienvaters einfordern, wozu er nicht bereit war. Er kam immer seltener. Elisabeth verfiel in tiefe Depressionen, irrte durch die Stadt, erzählte wirres Zeug von totaler Verseuchung der Welt, drohte bei den Verwandten, sie werde die Tochter töten, um ihr das alles zu ersparen. Dann seifte sie zu Hause die Wände ab, um den Raum zu reinigen, versperrte Fenster und Türen, schloß sich mit der Tochter tagelang ein, ließ sie nicht in die Schule gehen. Wenn jemand aus der Verwandtschaft zu ihr kam, um mit ihr zu reden, schlug sie um sich, drohte mit der Polizei. Nur Onkel Willi gelang es ein paarmal, sie zu beruhigen, mit ihr zu sprechen, sie sogar zu einem Arztbesuch zu überreden. Man stellte sie mit Spritzen ruhig. In den ausgeglichenen Phasen malte sie, schrieb lange Briefe voller Zärtlichkeit an Istvan, der irgendwo in der Welt war, wollte mit ihm leben, bei ihm sein. So lange die Tochter noch nicht in der Schule war, versuchten Istvan und Elisabeth immer wieder einmal ein Zusammenleben, doch es endete regelmäßig im Desaster. Irgendwann gab Istvan nichts mehr auf die Briefe. Er verständigte sich mit Onkel Willi, der sozusagen die Interessen von Elisabeth vertrat, über eine regelmäßige Zahlung, machte aber klar, daß er den Kontakt aufgeben wolle. Während Willi das wohl verstand, schürten die Frauen Haß, hetzten Elisabeth auf, immer wieder neue Forderungen zu stellen, hielten Istvan für das Schwein in der Geschichte, schuld auch an dem, was dann passierte.
Inge, inzwischen zwölf Jahre alt, lief von zu Hause weg, wollte den Vater besuchen, von dem sie wußte, daß er in

Hamburg war. Sie fuhr per Anhalter dorthin, traf Istvan aber nicht an, saß auf der Straße, wurde von einer Bewohnerin des Hauses zum letzten Mal gesehen. Wochenlang suchte man sie, glaubte, sie sei in der Drogenszene. Über Polizei und schließlich eine Fernsehsendung fahndete man nach Inges Verbleib. Elisabeth und Istvan sprachen Aufrufe im Rundfunk, spielten im Fernsehen das glückliche Elternpaar, zu dem die Tochter doch bitte zurückkommen möge.
Wochen später fand man in einem Waldstück in der Lüneburger Heide die Leiche. Geschändet, vergewaltigt, erdrosselt, der Täter blieb unbekannt.
Für einen Moment hatte Istvan gedacht, aus der Tragödie heraus könnte es vielleicht ein Zusammenleben auf einer vernünftigen Ebene geben. Die gemeinsame Suche und das Bangen der letzten Wochen hatten sie beide wieder verbunden. Doch alle Versuche, die Istvan machte, blieben erfolglos. Elisabeth kam über das Unglück nicht hinweg, ihre Wahnvorstellungen nahmen zu. Sie sperrte sich nur noch ein, schrieb Drohbriefe an Istvan, zeigte ihn des Mordes an der Tochter an. Willi gelang es wieder einmal, auf Elisabeth einzuwirken, sie ging schließlich freiwillig in eine psychiatrische Klinik, wo man sie mit Medikamenten ruhigstellte, aber, denkt Paul, wohl nicht an die Ursachen ging. Schließlich konnte Elisabeth entlassen werden, sie nahm sich eine neue Wohnung und fand sogar eine Arbeit. Die Familie konnte aufatmen und Hoffnung haben.
Etwa zwei Jahre danach, es war Mitte der siebziger Jahre, rief Istvan Paul in Berlin an und las ihm einen seltsamen Brief von Elisabeth vor, in dem sie Istvan bat, sie zu besuchen, denn sie lebe jetzt sehr friedlich mit ihrer Tochter, gehe ihrer

Arbeit nach, werde ihn, Istvan nicht mehr zu irgend etwas drängen, entschuldige sich für ihre Ausrutscher, sähe aber sehr gerne einmal die Familie für eine Teestunde komplett, denn Inge sei von den Toten auferstanden.

»Hilf mir, Paul, komm mit mir. Ich muß zu ihr gehen, denke ich, aber ich traue mich nicht allein.«

Sie trafen sich in München am Flughafen und fuhren zu Elisabeth. Sie öffnete, sah nett aus, war sorgfältig gekleidet und bester Laune, fand es schön, daß Istvan Paul mitgebracht hatte, den er, wie er log, zufällig am Flughafen getroffen hätte.

Als sie in das Wohnzimmer kamen, glaubten sie beide, ihren Augen nicht zu trauen, denn auf dem Sofa an dem mit Teegeschirr und Gebäck für vier Personen gedeckten Tisch, saß Inge. Sie war aus Marmor und trug die Kleider der Toten.

»Schau mal, Liebchen, wer gekommen ist, dein Vater und dein Vetter Paul!«

Elisabeth bot den beiden Platz an, redete über normale, alltägliche Dinge, fragte nach dem Befinden, diskutierte über Politik, hatte das eine oder andere Buch gelesen, schwärmte von Willy Brandt und Johannes Heesters und bezog Inge, die Marmorstumme, in alle Gespräche mit ein. Istvan und Paul, die sich mit einem Blick darüber verständigt hatten, daß es das Beste wäre, das Spiel mitzuspielen, erlebten für eine Stunde eine aufgekratzte, scharf denkende, gutaussehende Elisabeth. Nur weit hinter ihren Augen und an der einstudierten Perfektion dieser Inszenierung ahnte Paul den Wahnsinn, und ihm war klar, daß diese Elisabeth, die sich ihnen präsentierte, genau so künstlich war wie ihr Marmorkind.

Als sie gegangen waren, saßen Istvan und Paul noch lange schweigend in einer Kneipe und tranken Schnäpse in sich hinein.

Bis heute, sie ist jetzt 54, lebt Elisabeth mit dem Marmorkind, das ihre Rettung gewesen zu sein scheint, denn sie hatte keinen nennenswerten Rückfall mehr, allerdings holt sie sich regelmäßig die Medikamente ab, die ihr ein ruhiges, weitgehend wahnfreies Leben ermöglichen.

Weder Istvan noch Paul haben sie jemals wieder besucht.

Paul hat Tante Trudes Hand gehalten, während er ihr diese Geschichte erzählte. Jetzt, da er schweigt, spürt er plötzlich, wie sich ihre bisher schlaffen Finger um seine Hand krallen, sie festhalten, für einen Moment nur, so als wollte sie sagen, ich habe alles verstanden. Im Gesicht kann man davon nichts sehen.

Der Mensch, der sprachlos und auf die Todeserwartung reduziert in einem weißen Klinikbett liegt, verrät dem Fremden nichts von sich. Sehr wohl aber der Raum, in dem er gelebt hat, den er überstürzt hat verlassen müssen, in dem er vielleicht bewußtlos zusammengebrochen ist und den er nie mehr wiedersehen wird.

Das Bett ist so korrekt gemacht, wie es Paul niemals gelingen würde. Auf dem Tisch zeugen ein Löffel und ein haferschleimverkrusteter Teller von der letzten Mahlzeit. Eine Flasche Rotwein ohne Etikett ist angebrochen, ein Kanten Brot hart geworden. Auf dem Zweiflammenherd steht der Topf, in dem sie den Haferschleim gekocht hat. Wasser ist darin, damit sich die Ränder nicht verhärten. Eine Dose Zucker, Instantkaffee, Dosenmilch in Portionstuben, Teebeutel, eine angeschimmelte Zitrone, mehr ist an Lebensmitteln nicht vorhanden. Sie hat bescheiden gelebt. Das erzählt auch der Raum, der mit dem Bett, einem Stuhl, einem Tisch, einem Schrank und einem Bücherregal eingerichtet ist. Vorhänge gibt es nicht. Nur ein Stapel Zeitungen, ein paar zerlesene Taschenbücher und viele Bilder von Schauspielern, Sängern, berühmten Leuten, die ihr Konterfei der Blumenfrau von der Piazza Riforma gewidmet haben, um hier an der Wand zu landen, unterscheiden diesen ansonsten spartanischen Raum von dem einer alten Bauernmagd. Das hundertfache Autogrammkartenberufslächeln von den Wänden stört Paul nicht. Befremdlich wirken mehrere den Raum fast ausfüllende Kartons, in denen Paul Seidenrosengestecke und die Einzelteile dazu findet. Trude scheint wohl, seit sie nicht mehr selbst mit ihren Blumen auf dem Markt stand, in einer Art Heimarbeit diese Gestekke angefertigt zu haben.

Paul hat den Fensterladen und das Fenster geöffnet und sitzt jetzt mit zwei Schuhkartons, die unten im Schrank lagen, am Tisch. Er findet nichts Unrechtes an seinem Tun, denn schließlich ist er jetzt doch wohl, wie schon vor zwei Wochen bei Emma, derjenige, der den Nachlaß aufzulösen hat. Natürlich hofft Paul, hier irgendeinen Hinweis auf Walter zu finden, auf die Spur, die er sucht.

In dem einen Schuhkarton findet er Papiere, die Police einer Sterbekasse, die er beiseite legt, und ein paar Postkarten, die ihm nichts sagen. Im anderen Karton wird Paul fündig. Sauber zusammengeheftet nach Jahren, bis in den Dezember 89 reichend, liegen da Kontoauszüge eines Spar- und oder Girokontos bei der Schweizer Bankgesellschaft.

Paul blättert. Es gab wenige Bewegungen: einmal im Monat 80 Franken Miete für das Gartenhaus, ein paar kleine Regelmäßigkeiten, Sterbekasse, Elektrizität und dergleichen. Und, Paul wird ganz aufgeregt, auf das Konto kamen und kommen, was man an den noch in Briefkuverts auf dem Tisch liegenden Auszügen der letzten drei Monate sieht, von einem Konto der Rössli-Bank-Zürich jeden Monatsersten 300 Franken.
»Das Geld liegt bei Freund Rössli«, hatte Walter an Emma geschrieben. Da muß es einen Zusammenhang geben. Walter scheint Trude also unterstützt zu haben, auch über seinen Tod hinaus. 300 Franken, über Jahre. Das war früher gutes Geld, heute ist es wenig. Es gibt also auch nach Walters Ableben ein Konto. Daß es Walters ist, daran zweifelt Paul nicht.

»Es wäre nicht gut«, sagt Claudio, »offiziell zur Bank zu gehen. Ich halte es fast nicht für normal, daß über so lange Zeit nur dieser eine Dauerauftrag läuft und sonst mit dem Konto nichts passiert ist.«
»Aber kann es nicht sein, daß das Konto ganz normal existiert mit einem Kontostand, den ich erfahren kann, wenn ich mich als Verwandter ausweise?«
»Kann sein, muß aber nicht.«
»Was kann ich jetzt tun?«
»Du mußt Ruth kennenlernen.«

14

»Welches Interesse haben Sie an der Geschichte?«
»Walter Petzold war mein Großonkel, vielleicht sogar mein eigentlicher Großvater. Aber das werde ich wohl nie aufklären können. Sie sehen, es ist ein familiäres Interesse.«
»Und er war wohlhabend?«
»Das ist möglich, ich weiß es nicht. Seine Grabstelle sieht nicht danach aus. Ich weiß, daß er vor dem Krieg viel Geld in die Schweiz gebracht hat und daß er 1954 gestorben ist – und das hier.«
Er legt Ruth das Bündel Überweisungsbelege hin, die er bei Trude gefunden hat. Sie blättert darin.
»Also gibt es bei uns ein laufendes Konto.«
»Eine Grabpflege wird auch davon bezahlt.«
»Gut, ich werde nachsehen, was auf dem Konto ist. Darauf hat ja dann Ihre Familie, je nach Erbfolge, einen Anspruch. Dafür kann ich Ihnen einen Anwalt empfehlen.«
Er schaut sie an. Sie macht den Eindruck, als sei sie überarbeitet. Sie raucht nervös, schon die dritte Zigarette, jede nur zur Hälfte. Dabei ist sie erst vor etwa einer halben Stun-

de gekommen. Sie hat sofort diese Hotelbar vorgeschlagen, nachdem er ihr am Telefon gesagt hatte, wo er wohnt. Sie scheint sich hier auszukennen, sie nickt dem einen oder anderen zu, man kennt sie, sie kennt manchen. Paul, von Claudio in diesem Hotel zu einem günstigen Preis einquartiert, eigentlich nicht gewohnt, in solchen Luxusabsteigen und solchen Bars zu verkehren, gegen die das Schumanns in München eine nette Schwatzbude kleiner Wichtigtuer ist, hatte noch nicht genügend Zeit, diesen marmorgepflasterten und holzgestylten Raum und sein distinguiertes Publikum zu beobachten. Er hat nur reiche und superreiche Menschen gesehen, die mit geradezu unverschämter Selbstverständlichkeit hier verkehren. Umgeben sind sie von blasierten, dem Raum entsprechend auf zwanziger Jahre zurechtgemachten Servilen, die ihre Freundlichkeiten nach einer sicher gut adressierten Einschätzung der Wichtigkeit von Personen dosieren. Dem Neuling, der sich herverirrt, bläst es wie eiskalter Wind ins Gesicht. Wie sehr er sich auch den Anschein geldstrotzender Seriosität gibt, er ist sekundenschnell durchschaut, denn dieses Personal sieht einen für andere unsichtbaren Datenstreifen auf der Stirn der Gäste. Paul gibt sich denn auch keine Mühe, mehr zu scheinen als er ist. Aber auch der von ihm so geliebte kleine Flirt mit dem weiblichen Teil des Bedienungspersonals scheint zwecklos, denn die Frauen wirken mit ihren zementierten Haaren und den Einheitsgesichtern samt ihrer künstlichen Freundlichkeit aus Beton wie aus einem Leni-Riefenstahl-Film entlaufen.

Es war Paul zunächst gar nicht so leichtgefallen, diese Ruth anzurufen, denn er wußte, mit dem Kontakt zu ihr beginnt

das ausschließliche Interesse an dem eventuell von Walter hinterlassenen Geld. Zwei Tage hat er es hinausgeschoben, denn er wollte unbedingt erst einmal auf eigene Faust die spärlichen Spuren von Großvaters Bruder verfolgen.
Was hat er denn in der Hand? Den Namen Petzold, unter dem Walter hier ab 1935 bis zu seinem Tod 1954 gelebt hat. Seine Adresse, den Namen der Bank, bei der er sein Konto hatte, von dem die monatlichen Zahlungen an Trude immer abgebucht werden, mehr nicht. Wo sollte er beginnen?
Er hatte in der Zentralbibliothek begonnen, durfte, nachdem er mit den Mikrofilmen nicht zurechtkam, dank eines einsichtigen Bibliotheksangestellten in den Originalen der Tageszeitungen blättern, suchte und fand die Todesanzeige. »Walter Petzold, 1. 2. 1896 – 3. 7. 1954, Zürich, Kirchgasse 4 – Bestattung: Sihlfeld, 10 Uhr 45«. Mehr stand da nicht. Paul packte schließlich die Lust, in den alten Zeitungen zu blättern. Was gab es damals für Werbung, was lief im Kino, was schrieb man beispielsweise zum Fußball-Weltmeister Deutschland, der einen Tag nach Walters Tod das legendäre Spiel gegen Ungarn mit 3:2 gewann?
Mit dem Ausscheiden der Schweiz war das Thema Fußball-WM ausschließlich auf die Sportseite verbannt. Nicht einmal mehr das Endspielergebnis wurde auf der ersten Seite erwähnt. Statt dessen warnte man vor den Deutschen, fand den Sieg deplaziert, denn im Zusammenhang mit Siegen wollte man das Nachkriegsdeutschland nicht mehr sehen. Wenn diese Deutschen immer wieder erstarken, in der Wirtschaft, auf dem Rasen und sonstwo, dann sind sie wieder gefährlich für den Rest der Welt, so war der Tenor.

Paul mußte daran denken, wie er als Zehnjähriger diesen deutschen Triumph erlebt hatte. Mit Max und dem Vater hatte er vor dem kleinen Löwe-Opta mit dem magischen grünen Auge gesessen, an jenem Julisonntagnachmittag, fiebernd, von der Welt des Fußballs fasziniert. Im Gegensatz zu den beiden Söhnen hatte der Vater überhaupt keine Ahnung von den Brüdern Otmar und Fritz Walter, von Helmuth Rahn und Toni Turek und allen anderen. Doch er saß dabei, blätterte in einer Zeitung und hörte halbwegs zu. Als sich aber die Stimme des Radioreporters mit dem Schlußpfiff überschlug, sprang der Vater auf, schrie »Deutschland, Deutschland, wir haben es ihnen gezeigt, bravo, bravo, wir sind wieder wer!« Brachen da all die Entbehrungen und Enttäuschungen, die der Krieg in sein Leben gebracht hatte, aus ihm heraus, war er, der sich nie später in irgendeiner Weise für dieses Deutschland und schon gar nicht für dessen Fußballhelden interessierte, vorher ein glühender Nationalist? Ein Nationalsozialist? War es die Enttäuschung über den angezettelten oder über den ungerechtfertigterweise verlorenen Krieg, die ihn aufschreien ließ, als der Reporter in die Welt hinausschrie: »Deutschland ist Weltmeister!«?
Paul ist nie dahintergekommen.
Er blätterte zurück ins Frühjahr 1954. Interessant an den Schweizernachrichten ist stets, worüber das sogenannte Schweizerstimmvolk abzustimmen hat. Eigentlich über alles, was geändert oder eben nicht geändert werden soll. Eine Abstimmung, die sich im Vorfeld mit aggressiven Anzeigen, Beschuldigungen und Beleidigungen zweier Interessenlager über Wochen hinzog, fand bei Paul, der sich gerade an diesem Morgen wieder einmal seine provisorische Brücke neu

einkleben mußte, besonderes Interesse, die »Gebiß-Initiative.«

Zahntechniker ohne Lehrabschluß, zusammengeschlossen im »Initiativkomitee der Schweizer Zahntechniker« stritten gegen die Zahntechniker mit Lehrabschluß, die in der »Schweizerischen Zahntechniker Vereinigung« ihr Sprachrohr hatten. Dürfen Zahntechniker ohne Lehrabschluß Abdrucke von Schweizergebissen, Gebißkorrekturen oder Neugebisse machen, oder berechtigt erst der Lehrabschluß in Verbindung mit der zahnärztlichen Diagnose dazu, die die Schweizerzahnärzte den nicht Lehrabschlußtätigen versagen? Droht den Schweizergebissen der Ruin? Ziehen asiatische und mittelalterliche Verhältnisse in Schweizermünder ein? Gewinnen Dilettantismus, Hobbytum und Schindluder Oberhand über die Schweizergebisse? Müssen nicht die Kanton-Zürich-Gebisse Modellfunktion für alle Schweizergebisse haben? Und so fort. Stellungnahmen, Pamphlete, Ehrabschneidungen bestimmten Lokal- und Anzeigenteile. Die Qualität der Schweizerzähne stand auf dem Spiel, Zahn um Zahn. Schon bestand die Gefahr der Gefahren, daß der betuchte Schweizer das Vertrauen in den Schweizerzahnersatz verlieren und nach Deutschland gehen könnte, um sich die Zähne reparieren zu lassen.

Ein schöner Gedanke, dachte Paul. Schweizer gehen nach Deutschland, lassen sich bei den deutschen Zahnärzten ihre Zähne machen und zahlen in guten Franken, die die deutschen Zahnärzte wiederum auf ihre Nummernkonten in der Schweiz bringen. Das kann man verkürzen, spinnt Paul weiter, indem die deutschen Zahnärzte in Schweizer-

banken Schweizerzähne behandeln, direkt im Tresorraum. Und so fort.
Jedenfalls gewannen die Verfechter eines ordentlichen Lehrabschlusses knapp, und Paul schmerzte der Rechtsuntendrei wieder einmal.

Ruth bricht jetzt mit zerbrechlichen Fingern Krustentiere. Sie ist zurückhaltend und findet es überhaupt nicht nötig, gegenüber Claudios Freund nun übertriebene Freundlichkeit an den Tag zu legen. Alles an ihr, diese üppigen schwarzen Haare, die zierliche Figur, die schmalen Finger ohne Ringe, die kurzgeschnittenen, gepflegten, aber nicht lackierten Nägel, das Ungeschminkte vor allem, gefällt Paul. Sie ist der Typ Frau, an den er sein Leben lang hingeflirtet hat, aber nie mit Erfolg. Solche Frauen haben immer elegante Männer, die mit Mode oder Design zu tun haben, oder diese edlen Kunstverwalter. Nicht die Künstler, die Verwalter, die Verkäufer, städtische Kulturdezernenten, Kulturredakteure, Galeriebesitzer. Die brauchen solche Frauen für ihre Vernissagen. Man geht durch die Räume und stellt fest, daß die Frauen, die da wie hindrapiert stehen und klug und informiert parlieren, die eigentlichen Kunstgegenstände sind. Selbst die gewieftesten Künstler oder gerade die haben aufgedonnerte, bis ins Ordinäre aufgeputzte Frauen, die sie meist um einen Kopf überragen. Alles Verallgemeinerung, würde Helga sagen. Ja, Helga, seis drum, denkt Paul.
»Wird es denn nötig sein, einen Anwalt zu nehmen?«
»Es könnte sein, daß man Ihnen das Geld, auf das Sie Anspruch haben, nicht freiwillig geben will.«
Sie lächelt gewitzt und hintergründig.

»Claudio hat mir nicht viel über Sie erzählt«, sagt Paul, »er wollte es mir überlassen, was ich aus Ihnen herausfrage.«
»Fangen Sie an!«
»Es sind wohl jüdische Gelder in Schweizer Banken verschwunden, denen spüren Sie im Auftrag der Erben nach. Richtig?«
»Richtig. Nebenbei gesagt, es sind nicht nur jüdische Gelder in der Schweiz verschwunden. Entscheidend war, daß sich nach dem Krieg über längere Zeit hinweg keine Erben meldeten und trotz detektivischer Nachforschungen keine Erben zu finden waren.«
»Dann haben es die Bankiers eingesackt?«
»Sozusagen. In den fünfziger Jahren verschwand ein Nummernkonto im Wert von mehreren Millionen Franken, weil sich keine Erben des Kontoinhabers meldeten. Der hieß Adolf Hitler.«
»Ach was!«
»Sie kennen die Schweiz noch nicht und ihre Geschichte, die eine Geschichte des Bankgeheimnisses ist. Ich will Ihnen ein Beispiel erzählen. Es ist die Geschichte des Jakob Blumenthal und seines Sohnes Josel.
1942 an der Rampe von Auschwitz. Jakob Blumenthal und seine Frau, die ihren einjährigen Sohn Josel auf dem Arm hatte, wurden zur Vergasung ausgewählt. Nach rechts raustreten hieß das, und jeder wußte, was es bedeutete. Neben Blumenthals stand Elzbieta, eine Nachbarin, die mit ihnen zusammen aus dem Warschauer Haus abgeholt worden war. Ihr drückte Frau Blumenthal das Kind in die Hand, und Blumenthal flüsterte ihr zu, wenn ihr durchkommt, geht in die Schweiz, dort liegt das Geld. Elzbieta, die mitbekom-

men hatte, daß Blumenthal schon vor Jahren große Summen in die Schweiz gebracht hatte, zur Sicherheit, wie er gesagt hatte, kam durch, überlebte, heiratete nach dem Krieg in Warschau und zog Josel groß, dessen Verwandtschaft ausnahmslos im Vernichtungslager umgekommen war. In die Schweiz konnte sie mit ihm natürlich nicht. Aber als er alt genug war und ehe sie starb, schärfte sie ihm ein, was sie wußte. Erst vor einem Jahr durfte Josel ausreisen. Seine naive Vorstellung, die Schweizer Bank sei eine einzige große Bank, in der fein säuberlich registriert und gut verzinst das Geld seines Vaters liege, bekam einen gewaltigen Dämpfer, als er feststellen mußte, daß er keine Chance hatte, da er den Namen der Bank nicht wußte, der Jakob Blumenthal sein Geld anvertraut hatte. Ein Schicksal, das er mit vielen teilte. Über irgendwelche Kanäle landete er bei mir.
Nun hatten sich die Schweizer Bankiers, denen nichts so heilig ist wie das Bankgeheimnis, dessen Unterhöhlung sie ständig fürchten, dazu durchgerungen, 1963 eine Meldestelle für erblose Vermögen in der Schweiz einzurichten. Sehr freiwillig taten sie das nicht. Da aber ein ehemaliger Mitarbeiter einer Großbank, der namentlich nicht in Erscheinung trat, aber, wie es hieß, Sproß einer guten Schweizerfamilie war, von mehreren hundert Millionen herrenloser Franken gesprochen hatte, machte das Ausland Druck. Schweizer Bankiers, die vorher gesagt hatten, es könne sich da höchstens um die minimale Summe von ein paar hunderttausend Franken handeln, meldeten nun auf freiwilliger Basis 961 herrenlose Konten mit einer Gesamtsumme von neuneinhalb Millionen Franken, über die eine Liste angelegt wurde. Der Name Jakob Blumenthal kam dort genau-

sowenig vor wie der Name Adolf Hitler. Und ich möchte nicht schwören, daß dort von Walter Petzold die Rede ist.«
»Und Josel hat von seinem Geld nichts gesehen?«
»Nichts.«
»Ich habe noch einige Fragen, aber, was meinen Sie, können wir nicht das Lokal wechseln? Irgendwie sind mir die Menschen hier zu nahe am Thema, verstehen Sie?«
Sie lacht.
»Das wird so sein.«
Sie verlassen die Hotelbar, gehen über eine Brücke, landen in der Altstadt. Paul bietet Ruth seinen Arm an, sie hakt sich ein, er duzt sie, sie läßt es geschehen, geht ihrerseits dem Du noch eine Weile geschickt aus dem Wege und gebraucht es erst, als sie für sich beschlossen hat, daß das ein netter Freund von Claudio ist, den sie sich eventuell genauer anschauen wird.
»Was weißt du von Walter Petzolds Leben in Zürich?«
»Nicht viel. Nicht mehr eigentlich, als ich schon aus seinen Briefen an Emma weiß.«

Und in der Tat. Das Grab auf dem Massenfriedhof, das nur noch nicht aufgelassen worden ist, weil noch bezahlt wurde, gab nicht mehr her als die Todesanzeige in der Zeitung. Und im Bestattungsamt war auch nur das Datum, nicht aber die Todesursache des doch immerhin damals erst 58jährigen notiert.
Paul war dann zur Kirchgasse 4 gepilgert, wo Walter gewohnt hat.
»Meine Wohnung im dritten Stock schaut auf einen Schul-

hof hinunter, und von dort grüßen zwei Kastanien herüber« hatte er an Emma geschrieben. Paul fand das Haus und den Schulhof und die Kastanien, die jetzt wohl schon in den fünften Stock grüßten, und er fand die Wohnung im dritten Stock. Aber weder die junge Frau, die jetzt dort wohnte, noch sonst irgend jemand hatte den Namen Walter Petzold je gehört, nein, sagten sie, von damals wohne hier sicher niemand mehr.

Paul und Ruth landen in einer kleinen Kneipe, und sie nähern sich einander mit der gezügelten Neugier aus Sympathie und Vorsicht, die die Möglichkeit nicht ausschließt, daß einem da ein Mensch begegnet ist, zu dem man sich möglichst unkompliziert für eine kleine Weile legen möchte. Es geht ihnen beiden so, sie denken dasselbe, doch sie wissen es noch nicht voneinander.
»Und Josel Blumenthal hätte durch nichts an sein Geld kommen können?«
»Er hätte zu jeder einzelnen Bank gehen, dort eine Recherche in Auftrag geben können und für den Negativbescheid jeweils ein paar hundert Franken hinlegen müssen. Bearbeitungsgebühr.«
»Und was machst du nun eigentlich genau?«
»Ich bin, wenn man so will, eine Spionin. Beat Rössli, Privatbankier, alte Schweizerfamilie, war in den dreißiger Jahren die Anlaufstelle für Juden, die aus Deutschland ihr Geld rausbrachten. Und ausgerechnet dieser Beat Rössli und sein Sohn Beat Rössli jr., der jetzt Chef der Bank ist, haben 1963 nur wenige erbenlose Konten gemeldet. Durch einige Fälle, in denen plötzlich doch Erben auftauchten oder es Hinwei-

se gab, wurde man auf das Bankhaus Rössli aufmerksam. Eine jüdische Anwaltskanzlei, für die ich arbeite, hat sich dieser Fälle angenommen. Ich bin also seit ein paar Jahren als normale Angestellte bei Rössli eingeschleust, um gezielt die Fälle unserer Kanzlei zu recherchieren. Ich erzähle dir das, weil du Claudios Freund bist. Du verstehst, daß das top secret ist?«

»Ich schweige wie ein Grab. Aber ich bin sehr neugierig geworden, auch, was Großvaters Bruder Walter betrifft.«

»Da wissen wir bald mehr. Der Fall scheint mir vergleichsweise einfach zu liegen.«

»Warum?«

»Wir haben eine Kontonummer.«

»Haben Rösslis die jüdischen Konten einfach irgendwann aufgelöst?«

»Nein. Die Konten wurden von Dritten aufgelöst, von denen eine Bevollmächtigung vorlag. Erstens haben wir nie einen der Dritten aufspüren können, es gab sie vermutlich nicht, zweitens sind wir in einigen Fällen sicher, daß die Vollmachten erst nach dem Tod der Vollmachtgeber entstanden sind. Also waren sie gefälscht. Einfach ist das Ganze nicht.«

»Wie lebst du? Allein?«

Sie lächelt.

»Die richtige Frage an dieser Stelle. Ich lebe allein, und manchmal frage ich einen netten Herrn, ob er mit mir kommt.«

15

»Es geht dem Ende zu. Kommen Sie. Wenn Sie Glück haben, sind Sie bei ihr, wenn sie stirbt«, sagte die Stationsschwester am Telefon, als sich Paul nach Trudes Befinden erkundigte. Er setzte sich unverzüglich ins Auto und fuhr nach Lugano. In Sachen Großvaters Bruder konnte er hier ohnehin nichts tun. Er mußte nun abwarten, was Ruths Recherchen bringen würden. Dort aber gab es die Möglichkeit, einen Menschen einfach nicht allein sterben zu lassen.

Paul hält Trudes Hand, durch die sich ihm der letzte vergebliche Kampf gegen den Tod vermittelt. Die Finger krallen sich in die seinen, die Hand zittert leicht, erschlafft dann, die Finger bleiben aber um die seinen geschlungen. Als er den Griff lockert, fällt die Hand leblos auf die Bettdecke. Trude ist tot. Paul schließt ihr, das macht er zum ersten Mal in seinem Leben, mit Daumen und kleinem Finger die Augen, wie er es in Filmen gesehen hat.
Dann weint er. Alles Elend der Welt bricht in diesem Mo-

ment aus ihm heraus. Er weint am Totenbett eines Menschen, den er nicht kannte, der nie zu ihm und mit ihm gesprochen hat, den er nicht hat stehen, gehen, lachen, sprechen sehen. Er weint wegen dieser Familie, wegen Emma und ihrer unerfüllten Liebe, wegen Walter und seinen traurigen Jahren des vergeblichen Wartens, wegen Elisabeth und ihrem Marmorkind, wegen des Vaters und seiner beiden Leben, er weint über die Mutter, die er nicht so lieben kann, wie sie es sich wünscht und glaubt, darauf einen Anspruch zu haben, und er weint über die verpfuschte Chance, im Bruder, den man doch länger kennt als alle anderen, einen Freund fürs Leben zu haben.
Er weint am Totenbett der Frau, die diese Familie vor vielen Jahren schon verlassen hat, um ein anderes, einsameres, aber vielleicht glücklicheres Leben zu führen.

Zwei Tage später weiß er, daß die Überlebenden dieser Familie den rechtlichen Anspruch auf etwa zehn Millionen Franken haben. Er wird mit ein paar Blumenhändlern, denen er von Trudes Ableben erzählt hat, an ihrem Grab stehen, oben in Morcote über dem See, und er wird nicht mehr weinen. Er, der Trude, die von den Almosen des Vermögens gelebt hatte, diesen Platz hier oben kurzerhand gekauft hat, wird jetzt sehr genau wissen, was er zu tun hat.

»Mir ist da auf der Fahrt hierher so ein grotesker Gedanke gekommen. Ruth hat von Hitlers Nummernkonten erzählt. Kann man es als eine Laune der Geschichte ansehen, daß Hitler die Schweiz nicht angegriffen hat, weil er hier sein Schwarzgeld liegen hatte?«

Claudio lacht.

»Die Geschichte ist nicht so launig, eher viel empörender: die sogenannte neutrale Schweiz war Hitlers Finanzumschlagplatz. Eine Basler Bank, BIZ, das heißt Bank für internationalen Zahlungsausgleich, diente den Nazis als Drehscheibe. Hier lagerten sie tonnenweise das Gold aus den Westfrontraubzügen ein, um aus Finanzgeschäften mit der US-Hochfinanz den Ostfeldzug zu finanzieren. In der Schweiz lagen zeitweise fast 200 Tonnen Nazigold und eineinhalb Milliarden Franken. Daß ein deutsches NSDAP-Mitglied Generaldirektor der BIZ war, störte die Schweizer selbst nach dem Krieg nicht. Sie übergaben zwar die übriggebliebenen vier Tonnen Gold und ein paar geflohene Naziverbrecher an die Siegermächte, der Generaldirektor durfte aber mit allen Ehren in der Schweiz bleiben. Als ich zum ersten Mal von diesen Dingen hörte, sagte mir mein damaliger Chef, daß die BIZ doch die beste Friedensgarantie für die Schweiz gewesen sei.«

»Es war auch das Gold aus den Gebissen der Juden dabei, zusammengeschmolzen zu handlichen Barren«, sagt Ruth.

»Natürlich. Wo das herkommt, was da so sauber wie Schokolade in stapelbare Blöcke gegossen ist, das hat den Schweizer noch nie interessiert. Daran klebt kein Blut mehr, da schreien keine hungernden oder sterbenden Kinder mehr, da weiß man einfach auch nicht, wie viele tödliche Spritzen von dem Geld bezahlt worden sind.«

Sie sitzen auf dem kleinen Balkon, von wo aus man über den See schauen kann. Teresa hat Tee und Gebäck gebracht, das Paul gierig wegfuttert. Er ist von der Autobahn aus gleich zum Krankenhaus gefahren, hat nach Trudes Tod alle Formalitäten für ein Begräbnis erledigt und ist dann erst zu Claudio heraufgefahren.

»Stell dir mal vor, Claudio, die Nazis hätten die Schweiz damals besetzt.«

»Was soll ich mir da vorstellen?«

»Wie hätten sich die Schweizer verhalten?«

»Viele haben sich ja auch ohne Besetzung wie deutsche Nazis verhalten. Sie haben bei Nacht und Nebel geflohene Juden über die Grenze zurückgebracht.«

»Das Boot ist voll.«

»Richtig. Du erinnerst dich. Hier ist das Boot immer zu voll. Und die Aufenthaltsgebühr im Boot steigt. Das können sich die Flüchtlinge dieser Welt nicht leisten. Nein, Paul, da mache ich mir nichts vor. Die Schweizer hätten genauso viele gute Nazis abgegeben wie die Deutschen und die Österreicher.«

»Darfst du das in der Schweiz laut sagen?«

»Ich sage es.«

Das Telefon klingelt. Claudio geht dran.

»Pronto?! Ah, Ruth! Wir sitzen gerade draußen. Ein schöner Sonnenuntergang.«

Paul schlägt das Herz höher.

Sie sind ja gestern abend dann irgendwie doch noch in Ruths Wohnung gelandet, und es war weniger Leidenschaft als die zwangsläufige Unausweichlichkeit, die sie ins Bett brachte, das einzige Möbel in ihrem Schlafzimmer in der fast möbellosen Wohnung. Es war nicht die Gier nach dem Körper des anderen, es war eher ein Spiel, ein Umeinanderherumschleichen, eine vage Sehnsucht nach etwas, das man bei dem Spiel im anderen eigentlich nicht fand.

Sie entledigten sich selbst ihrer Kleider, bemühten sich nicht einmal um Verschämtheit, fanden zu einer Mechanik des Vorgangs, der nur einmal, für den kurzen Moment des still und nackt Aneinanderliegens, um gemeinsames Atmen bemüht, kongruent war. Mit zunehmender Intimität verloren sie sich aber, agierten aneinander vorbei, so daß bald das Gefühl aufkam, daß es zwischen ihnen nicht um Lust und Leidenschaft, sondern um Pflicht und Leistung und Beweis ging. Schließlich, hatte Paul das Gefühl, bestand kaum mehr eine Notwendigkeit für eine Liebesnacht. Ruth war längst in Gedanken weit entfernt, während Paul ahnte, daß sie wohl beide nicht für ein so schnelles Abenteuer taugten und eigentlich nur noch verbissen gegen eine Niederlage ankämpften. Und da die oberflächigen Reize bei ihnen beiden funktionierten, machte er weiter, bis er schließlich, von einer kleinen Geilheit auf ihren Körper entflammt, in sie kommen wollte. Da machte sie dem Geplänkel, mehr war es ja auch für sie nicht, einen logisch-technischen Schluß.

»Ohne Präservativ, bist du verrückt?!«

Wie eine plötzlich zu hundert Watt hochgedimmerte Lampe wirkte dieser Satz auf Paul. Da fiel in sich zusammen, was nicht viel dargestellt hatte, und die Ernüchterung bescherte ihnen den redlichsten Moment des Abends.

»Ich habe keins.«

»Warum nicht?«

»Ich kann das nicht. Ich hab das seit meiner Jugend nicht mehr mit den Dingern gemacht.«

Sie legte sich auf den Bauch, verschränkte die Arme unter

dem Kopf und schaute zu ihm hinüber, der sich, jetzt ganz verschämt, unter die Bettdecke verzog, sich auf den Rücken legte und an die Wand starrte.
Sie lachte. Dann faßte sie zu ihm herüber. Er nahm ihre Hand und drückte sie sich an die Wange.
»Weißt du, ich bin so altmodisch, daß ich das den Männern überlasse. Und wir kennen uns so kurz. Ich habe einfach Angst, ich weiß doch nicht, was du sonst so machst in der Beziehung.«
Er plazierte kleine Küßchen auf ihre Hand. Dann drehte er sich zu ihr, legte seine Hand auf ihren Rücken. Langsam streichelte er ihr die Gänsehaut weg. Mit dieser endlich ganz ehrlichen Zärtlichkeit schliefen sie ein.

Kaum nahm Paul mit seinem ersten Aufwachen Ruths Nacktheit wahr, da war sie schon davongehuscht und zauberte schließlich Kaffeegeruch in sein zweites Erwachen. Kurz darauf wurde Paul bewußt, daß zwei Menschen wie sie, die einfach eine Nacht so nebeneinander gelegen sind, sich bei einem Frühstück verschworener gegenübersitzen können als zwei für eine heftige Liebesnacht einander Ausgelieferte. Was ist das, dachte Paul, daß ich hier sitze und das nicht vollzogene Liebesabenteuer stolz als einen Sieg über das Normale feiere? Ist das jetzt Ausdruck von Verklemmtheit oder von Souveränität? Ist das der Kniefall vor der selbstbewußten Frau oder Angst vor der Aufreißerrolle? Paul fand für sich keine gültige Antwort, aber er fühlte sich wohl, und es schien Ruth nicht anders zu gehen. Es sprangen Ruhe und geheimnisvolle Aufregung zwischen ihnen hin und her.

Claudio kommt auf den Balkon und reicht Paul mit leichtem Triumph im Gesicht das drahtlose Telefon. Langsam, von Claudio registriert, erscheint auch auf Pauls Gesicht dieser Triumph.
Rösslis hatten tatsächlich zwei Jahre nach Walters Tod das Geld, damals über eine Million Franken, abgehoben und nur zwanzigtausend Franken für die Daueraufträge an Trude und die Friedhofsverwaltung belassen.

Ruth ruft von einer Zelle aus an, wo sie sich am sichersten fühlt. Sie macht es kurz. Paul sagt ihr, daß er morgen kommen wird.
»Und gehts dir gut?«
»Ich habe heute voller Liebe an dich gedacht.«
»Ich auch. Es war so ein schöner Tag, obwohl ein Mensch gestorben ist. Ich bin so froh, daß ich noch rechtzeitig zu ihr gegangen bin.«
»Ich freue mich, wenn du wiederkommst.«
»Ich auch.«
»Bis morgen, ciao.«
»Bis morgen.«
Paul legt auf. Claudio lächelt.
»Liebe?«
»Ich weiß es noch nicht genau.«
Sie schweigen. Claudio gießt Tee ein.
»Na, da kommt ein Geldsegen auf die Familie nieder.«
»Noch glaube ich nicht daran.«
»Ihr fordert Rösslis auf zu zahlen, und wenn sie das nicht freiwillig tun, nehmt ihr den Anwalt von Ruth.«
»Claudio, du kennst meine Familiengeschichte und die Ge-

schichte von Emma und Walter, und du weißt, wie ich zu meinem Bruder und zu meiner Mutter stehe –«
Claudio nickt und lächelt, denn er weiß sehr genau, was Paul ihm jetzt sagen will.
»Du willst mit der Familie nicht teilen?«
»So ist es.«
Sie schweigen, schauen über den See. Die Sonne, ein gelbroter Ball, verschwindet hinter dem San Salvatore und zackt die Ränder der Hügel zum Scherenschnitt.
»Wenn mein Bruder das erst mal in die Finger bekommt, dann muß ich vermutlich bei dem meinen Anteil einklagen. Nein, ich gönne es ihnen nicht. Sie haben alle miteinander keinen Anspruch darauf, Claudio!«
»Dann gibts nur eins.«

Als Paul am späten Abend oben im Gästezimmer unterm Dach noch wach im Bett liegt, schaut er auf ein Gemälde von Emil Nolde, das der zu einer Zeit gemalt hat, als ihm die Nazis das Malen verboten hatten. Paul schaut das Bild lange an, ehe er das Licht ausmacht. Da türmen sich Wellen und Wolken, orange und gelb und tiefblau, fast schwarz um eine im Meer versinkende rote Sonne. Und weiße und himmelblaue Zacken zerschneiden die Sonne und tanzen bedrohlich auf den Wogen. Da ist Himmel nicht von Wasser zu unterscheiden, da verheißen lilafarbene Flecken über allem nichts Gutes. Nur die fast kindlich hingemalte Signatur, E. Nolde, strahlt Friedlichkeit aus.

16

»Passen da fünf Millionen hinein?«
Ruth lacht. Paul steht in ihrer kleinen Küche, wo sie gerade Spaghetti kocht, und zeigt ihr einen Koffer, den er mitgebracht hat.
»Ich denke schon. Aber was hast du vor?«
»Ich hole mir mein Geld.«
»Es sind zehn Millionen, und du kannst sie mit deiner Familie zusammen durch einen guten Anwalt rausholen.«
»Diese Familie hat Walter immer verteufelt. Sie hat keinen Anspruch darauf. Und mit meinem Bruder teile ich ohnehin nichts.«
»Seid ihr zerstritten?«
»Das kann man sagen. Wir reden seit zehn Jahren nicht mehr miteinander, wir sehen uns nicht, wir erfahren übereinander nur durch die Mutter.«
»Warum, wie kam das?«

Ja, wie kam das? Paul erinnert sich an das letzte Treffen mit Max. Sie trafen sich, als sie noch miteinander redeten und

Paul in München war, meistens im Biergarten nahe des neuen Firmengebäudes, der Versicherung, bei der Max damals schon Direktor war. Da habe er es nicht weit, da reiche seine Mittagspause für das Treffen aus, sagte er gern, da könne er sogar von seinem Bürofenster aus sehen, wann Paul angekommen sei, und schnell herüberkommen.

Dann saßen sie sich gegenüber und schwiegen zunächst einmal den ersten Bieren entgegen. Seltsam, denkt Paul, daß wir uns nie im Winter trafen.

Sie nahmen mit aller ihnen zur Verfügung stehenden Geringschätzung ihre unterschiedliche Aufmachung wahr, doch darüber gab es schon damals keine Worte mehr zwischen ihnen. Sie bemächtigten sich der Bierkrüge, tranken und schwiegen immer noch und warteten auf die benebelnde Wirkung des Bieres in der Hitze des Sommertages. Sie hatten, das fiel Paul einmal auf, dieselbe Art zu trinken, den Schaum abzuwischen, mit dem schwitzenden Krug Figuren in die Pfützen auf dem Tisch zu malen. Schnell stellten sich alle Belanglosigkeiten zwischen ihnen ein. Paul übertrieb in wenigen Worten seine wirtschafliche Lage, gab keinen Zentimeter seiner Selbstzweifel preis und entlarvte unbarmherzig schwadronierend das Unvermögen des Bruders, irgend etwas von seinem Tun zu begreifen. Max revanchierte sich und pries die Solidität seiner Lebensplanung.

Eine Mauer wuchs zwischen ihnen. Zahlen purzelten in Tausendern auf den Tisch, Zahlen von tatsächlichen und zu erwartenden Gehältern, Geldanlagen in Immobilien, Lebensversicherungen für alle erdenklichen Eventualitäten seines Todes. Er sprach über eine bevorstehende Amerikareise, an deren Ende man an die Zeugung des ersten von

zwei Kindern denke, von Plänen eines Architekten, der den Vorgarten bis in die entferntesten Winkel sinnvoll und pflegeleicht begrüne, von Huren, die man in einem Zürcher Hotel äußerst preiswert bekommen könne, und er erwähnte seine künftigen, heute schon kalkulierbaren Rentenbezüge. Sicherheit über das eigene Ableben hinaus, geregelte Hinterlassenschaften, das gehörte zu seinem unerschütterbaren Lebensgebäude.
Sie redeten wie so oft dem Ende seiner Mittagspause entgegen. Zwei Monate zuvor war der Vater gestorben, und die Mutter, die noch im Elternhaus lebte, aber schon alles mit der Wohnung draußen perfekt gemacht hatte, hörte es mit Zufriedenheit, daß sich die Brüder getroffen hatten, denn sie liebte, wie sie gern sagte, beide Söhne gleichermaßen.
Ob sie es denn nett miteinander gehabt hätten, ob sie sich denn jetzt, wo Vater tot sei, besser vertrügen, ob es nicht gerade jetzt ein erhebendes und wunderbares Gefühl sei, wenigstens einen Bruder zu haben? Fragen der Mutter, denen Paul auszuweichen versuchte, denn das Familiengefühl, das die Mutter verzweifelt provozieren wollte, hatte er längst verloren.

»Wart ihr schon immer so verschieden?«
Ruth deckt den kleinen Tisch in der Küche für zwei Personen. Paul setzt sich, gießt sich vom Rotwein ein, trinkt.
»Ich erzähle dir eine Geschichte, an die ich mich erinnere, die beweist, daß wir schon als Kinder so verschieden waren, wie wir heute sind.
Wir lebten damals, Mitte der fünfziger Jahre, wie auf dem

Dorf. Es war zwar ein Stadtteil von München, aber es war sehr dörflich. Ich war etwa zehn, Max zwei Jahre älter. Ich hatte nie Geld. Ich putzte Erwachsenen die Fahrräder und gab das Geld Betrunkenen, damit sie mir schlüpfrige Geschichten erzählten. Ich hatte bei meinem Bruder immer Schulden. Er sparte, denn er wollte damals schon Unternehmer werden. Er sagte, er würde mal feine Anzüge tragen, ein Haus und ein Auto besitzen, nach Amerika fahren, zwei Kinder und eine sichere Position haben. Wir verdienten Geld, indem wir Jüngere in der Siedlung mit Schlägen bedrohten. Sie kauften sich groschenweise frei. Das Geld teilten wir. Mein Bruder versteckte seins und zeigte es mir, wenn ich meines ausgegeben hatte. Er hatte damals, glaube ich, schon mehr Geld als mein Vater, denn im Gegensatz zu ihm rauchte mein Bruder nicht.

Auf einer Waldwiese hinter der Siedlung waren oft Volksfeste des Schützenvereins. Da gingen wir hin. Das wenige Geld, das uns die Eltern gaben, reichte für ein paar Karussellfahrten, Süßigkeiten, drei Schüsse an der Schießbude, für mehr nicht. Wenn wir das Geld ausgegeben hatten, gingen wir in die Bierzelte, denn da war das Leben.

Da saßen die Männer und tranken und faßten unter den Tischen nach den Beinen der Frauen. Da wurde gesungen, und die Blasmusik spielte. Wir krochen zwischen den Tischen herum, denn wir suchten Geld. Wir sammelten die Münzen ein, die den Betrunkenen beim Zahlen unter den Tisch rollten. Und einmal, wir trauten unseren Augen nicht, vor uns, auf dem matschigen, ausgetretenen, biergetränkten Weg durch das Festzelt, lag ein Zwanzigmarkschein. Keiner der Trinkenden, Singenden, Schunkelnden sah ihn. Ich schrie, freute mich, posaunte das Erstaunliche hinaus. Hier, da, schaut mal alle her! Keiner kümmerte sich um mich. Wer hat das Geld verloren? Wem fehlen zwanzig Mark? rief ich. Ich bückte mich, doch statt des Geldes sah ich den unerbittlich starr in den Boden gepflanzten Fuß meines Bruders. Er raunte mir zu, ich solle endlich das Maul halten, zog langsam den Schein unter seinem Schuh hervor und ließ ihn in der Hand verschwinden. Komm, zischte er. Hinter dem Bierzelt begutachteten wir unseren Fund. Mein Bruder ließ ihn nicht mehr aus der Hand. Sein Kennerblick sagte ihm, der Schein ist echt.

Wir kauften uns einen Lederball. Das machte uns stark, denn wir konnten jetzt Fußball spielen, ohne den Lehrersohn mitmachen zu lassen, der bisher als einziger einen Lederball besaß. Den Rest des Geldes, auch meinen Anteil, nahm mein Bruder an sich. Er spare, sagte er, jetzt auch für mich, damit ich ihm später nicht auf der Tasche liege.

Ich habe diesen Satz nie vergessen. Er hat ihn oft wiederholt. Man könnte das vergessen, wenn da nicht die Sache mit dem Elternhaus gewesen wäre.

Wie gesagt, Vater war zwei Monate tot, Mutter bereitete den Umzug in die Wohnung vor. Schon am Tag des Begräbnisses haben mein Bruder und ich darüber gesprochen, was danach mit dem Haus geschehen soll. Vater hatte lange Jahre nicht geklebt, Mutters Rente war klein, sie würde die Miete aus dem Haus oder die Zinsen eines Verkaufserlöses brauchen, um weiterhin sorgenfrei leben zu können. Denn auch sie wollte nicht den Söhnen eines

Tages auf der Tasche liegen, wie Max das so nannte. Man werde sehen, hatte Max damals ausweichend gesagt, was mir nicht auffiel, denn ich dachte auch, daß es keine Eile hätte.
Dann zog Mutter um, und ich rief Max an.
»Was machen wir?« fragte ich, »vermieten oder verkaufen?«
»Ich habe schon verkauft«, sagte er.
»Wie, DU hast verkauft? Wenn, dann hat Mutter verkauft. Es ist immer noch ihr Haus.«
»Da irrst du.«
»Wie?«
»Es gibt einen Vertrag.«
»Was für einen Vertrag?«
»Ich habe Vater vor zwei Jahren mit einer Resthypothek unter die Arme gegriffen, da haben wir einen Vertrag gemacht.«
»Sag mir jetzt sofort, was in dem Vertrag steht!«
»Ich schicke ihn dir.«
Damit war das Gespräch beendet. Ich rief unsere Mutter an.
»Max sagt, er habe das Haus verkauft. ER, denn es sei ausschließlich sein Haus.«
»Ach so ein Unsinn.«
»Wart ihr mit Max bei einem Notar, Vater und du?«
»Ja, wegen der vierzigtausend Mark, die Max Vater gegeben hat.«
»Habt ihr was unterschrieben?«
»Das weiß ich nicht mehr.«
»Also habt ihr vermutlich unterschrieben, daß es sein Haus ist. Sonst könnte er das mir gegenüber nicht behaupten.«

»Ich sag dir doch, daß das Unsinn ist.«
»Das werden wir sehen.«
Sie schwieg, wie immer in solchen Situationen.
»Ich schau mir den Vertrag an.«
»Aber streitet euch nicht deswegen!«
»Wir werden sehen.«
Was dann in dem Vertrag stand, den beide Elternteile unterschrieben hatten, arglos, nicht ahnend, was sie da unterschrieben, war selbst der Mutter zuviel. Max hatte das Haus von den Eltern quasi für die Vierzigtausend gekauft, und mein Erbanspruch, so hieß es, war durch meine Ausbildung, die die Eltern finanziert hatten, abgegolten.
So, sagte die Mutter, habe sie das nicht verstanden, denn auch ihr war klar, daß das eine Verdrehung der Tatsachen war. Während ich direkt nach dem Abitur das Elternhaus verlassen und mein Studium selbst finanziert habe, ist Max bis zum Diplom zu Hause geblieben, hat dort gelebt, gegessen, die Wäsche waschen lassen.
Ich hab mich immer wieder gefragt, wie Max dazu kam und was ihn getrieben hat, die Eltern und den Bruder so zu betrügen. Die Eltern haben arglos den Vertrag unterschrieben. Sie haben das nicht gelesen, und der Notar, er muß mit Max gemeinsame Sache gemacht haben, scheint es ihnen nicht vorgelesen zu haben, zumindest konnte sich die Mutter daran nicht erinnern.
»Da hätte ich doch gesagt, so geht das nicht«, sagte die Mutter.
»Mit deinem Auszug ist auch der Nießbrauch erloschen.«
»Was heißt das?«

»Keine Ansprüche mehr. Er muß dir nichts geben, wenn er nicht will.«

Wieder einmal schwieg sie, um ihre Enttäuschung nicht zugeben zu müssen.

Ich hab mich dann dazu durchgerungen, Max anzurufen.

»Was wirst du Mutter geben?«

»Das regle ich mit ihr.«

»Was bist du doch für ein korruptes Schwein!«

Da hat er einfach aufgelegt.

»Wie kann jemand so sein oder werden?« sagt Ruth.

»Ich weiß es nicht.«

»Aber es beschäftigt dich?«

»Ja.«

»Mehr als du willst?«

»Ich verstehe so vieles nicht. Wir hatten dieselbe Kindheit. Und das Verrückte ist, ich hätte so wahnsinnig gern einen Bruder, der mir mindestens ein Freund wäre.«

»Ich habe fünf Geschwister. Sie stehen mir alle näher als meine Freunde.«

»Ich beneide dich.«

»Und jetzt sinnst du auf Rache?«

»Ich weiß nicht, ob es Rache ist. Weißt du, der springende Punkt war, daß Max das alles so genau berechnet hat. Ich bin damals zu einem Anwalt gegangen. Ich hatte sogar die Mutter schon so weit, daß sie gegen diesen Vertrag klagen wollte. Aber wir hatten keine Chance. Der Anwalt winkte ab. Man hätte diesen Vertrag nur bis zu sechs Wochen nach dem Tod des Vaters anfechten können. Genau deswegen war Max am Tag des Begräbnisses einem Gespräch über die

Zukunft des Hauses ausgewichen. Ich habe damals gedacht, ich gehe in seine Versicherung, stelle ihn zur Rede und schlage ihn zusammen. Manchmal, wenn ich die Geschichte jemandem erzählt habe, habe ich sie sogar mit diesem Schluß erzählt. Aber es ist nicht so gewesen. Ich bin nicht in die Versicherung gegangen, ich habe ihn nicht aufgesucht, ich habe ihn nicht geschlagen. Es war immer nur Ohnmacht. Ich habe meine Vorstellungen von Gewalt gegen seine diffizileren Mittel gesetzt. Aber eben immer nur die Vorstellung von der Gewalt, nie die Gewalt selbst. Was ich jetzt tun werde, ist die einzige Chance im Leben, mich an ihm, sogar ohne daß er es weiß und je erfahren wird, zu rächen. Insofern hast du recht, es ist Rache. Es ist mir nicht wichtig, daß er es weiß. Ich möchte aber sehr gern mit der Vorstellung leben, diesen ganzen, verdammten Rest dieser Familie um ein Erbe gebracht zu haben, das ich keinem von ihnen gönne. Meiner Mutter nicht und meinem Bruder erst recht nicht. ›Da ist doch nichts zu holen‹, hat er gesagt, er, der erbverwöhnte, dessen Frau ein Imperium an Eigentumswohnungen geerbt hat. Er fühlt sich immer als der Sieger in unserem Bruderzwist, natürlich, denn er hat das Haus verkauft, das Geld eingesteckt und ist vor Gericht nicht zu belangen. Lächerliche Verjährung nach sechs Wochen! Ist es nicht recht und billig, daß ich in Emmas und Walters Sinne handle? Waren sie mit ihrer Liebe nicht in meiner Situation, die in der Familie Geächteten? Natürlich würde Max, erführe er etwas von diesem Erbe, seinen gut geschmierten Apparat zur Einverleibung solcher Nachlässe in Bewegung setzen. Er würde die Sache mit ausdrücklicher Billigung der Mutter, die ja

schließlich die Haupterbin wäre, an sich reißen wie das Elternhaus.
Und denke nicht, daß ich mich nicht darüber wundere, welche kriminelle Energie da plötzlich in mir steckt. Ich glaube, wenn ich das jetzt kann und wenn mir das gelingt, dann ist die Triebfeder diese maßlose Wut auf Max.«
Sie schaut ihn mit ihren großen dunklen Augen an.
»Mir sind solche Gefühle ziemlich fremd. Aber ich denke, du wirst tun müssen, was du tun willst.«

17

ALS RUTH ÖFFNET, geht Paul fröhlich pfeifend an ihr vorbei durch den Flur direkt in ihr Schlafzimmer, öffnet den Koffer und leert mit triumphierendem Gesicht den Inhalt auf das Bett. 50 Notenbündel zu je hundert Tausenderscheinen purzeln auf die Keith-Haring-Motiv-Decke. Paul streift sein Jackett nach hinten ab, macht einen Hechtsprung in das Geld, wühlt darin, reißt die einzelnen Bündel auf, wirft das Geld in die Luft, läßt es, was bei der Solidität neuer Schweizer Tausendernoten gar nicht so leicht ist, herumwirbeln, jubiliert derart, daß seltsame Töne aus ihm herausbrechen, die irgendwo zwischen Lachen, Jodeln, Weinen und mißlungenem Mezzosopran anzusiedeln sind.
Paul hat sich auf diesen Moment gefreut wie ein Kind, auf diese Szene, auf die er sich innerlich vorbereitet hat wie auf den Coup selbst, eine Szene, die er aus tausend Filmen zu kennen glaubt, dabei waren es vielleicht nur einer oder zwei oder die Phantasie allein oder auch nur Dagobert Duck, der allerdings in Hartgeld badete und das mit durch Goldstaub verstopften Poren bezahlen mußte.

Jetzt schaut er nach Ruth, die er für einen Augenblick des Badens im Geld vergessen hat. Er dreht sich auf den Rücken und streckt den Arm nach ihr aus.
»Komm zu mir!«
»Du bist verrückt.«
»Ja, bin ich!«
Langsam kommt sie zu ihm, setzt sich auf die Bettkante, nimmt einen Schein in die Hand. Riesenscheine sind das, Plakate, die sich die Schweizer da für ihre größte Banknote ausgedacht haben.
Sie legt den Schein wieder hin, er faßt nach ihrer Hand, hält sie fest. Sie streicht mit der anderen über seinen Kopf, wie man das bei einem Kind tut, das man trösten will.
»Ich bin gerade so langsam dabei, dich richtig zu mögen – wirst du dich sehr ändern?«
»Ich weiß es nicht. Es ist verdammt gefährlich. Ich werde es lernen müssen. Im Moment bin ich sicher völlig verrückt. Aber das legt sich.«
Er kuschelt sich an sie, zieht sie zu sich, sie läßt es geschehen.
»Weißt du, es ist nicht einmal die Menge des Geldes, die mich fast durchdrehen läßt. Es ist die Tatsache, daß es geklappt hat. Daß einem so was gelingt, einem wie mir. Daß das gelingt, und nicht nur im Film. Eigentlich glaube ich, daß ich nur träume.«

Paul hatte sich sehr gut vorbereitet. Immer wieder war er alle Eventualitäten durchgegangen. Mehrmals hatte er noch mit Claudio telefoniert. Einen Vertrag zur Aufhebung des laufenden Kontos von 20.000 Franken hatten sie vorberei-

tet, der, von Paul und Rössli unterschrieben, letzteren von allem entbinden sollte. Schon als er sich bei Rössli anmeldete, gab er sich als Enkel von Walter Petzold alias Hanke aus. Als Anliegen an Rössli hatte er der Sekretärin gesagt: es geht um das Erbe des Walter Petzold.
Nun saß er in einem Raum und wartete. Wie schon das Äußere dieses gediegenen Bürgerhauses, verriet dieser Raum durch nichts, daß man sich in einer Bank befand. Draußen waren freundliche Fenster in einer unauffällig gestrichenen Fassade, hinter den Fenstern Gardinen, so als spielten sich dahinter ein braves Schweizer Familienleben und nicht Geldgeschäfte großen Stils ab. Eine einzige Klingel gab es an der schweren messingbewehrten Tür: Rössli.
Paul schaute sich um. Zwei vergitterte Fenster, eine alte Anrichte, ein Kleiderständer, ein langer Konferenztisch mit lederbenageltem Gestühl, auf dem Tisch, wie mit einem Lineal angeordnet, ein Telefon, Schreibzeug, Streichhölzer, ein Aschenbecher, Büroklammern, neutrale Kuverts, was man halt so braucht, um Geld zu bündeln und einzupakken. An der Wand vermutlich Rösslis Vorfahren, eine ganze Bande rotnasiger, durchtrieben aussehender Kerle, die teils falsch freundlich, teils geldgierig auf den Tisch herunterblickten, allesamt in buntem Öl. Einer, direkt Paul gegenüber, streckte einen Arm nach vorne in Richtung Tisch und machte mit Daumen und Zeigefinger die in aller Welt bekannte Geste: Geld. Paul lachte innerlich, denn er sagte sich, jawohl, du schlitzohriger Vorfahre dieses Betrügers, ich werde es euch zeigen, was Zahlstunde heißt.
Dann kam der Nachfahre, Dr. Beat Rössli jr. Auf leisen Sohlen, sanft, als gehe er auf dicken Teppichen, ein weißhaari-

ger, etwa sechzig Jahre alter, magerer, gepflegter Herr. Paul stand auf, gab ihm die Hand. Rössli zeigte auf den Stuhl mit einer Bitte-setzen-Sie-sich-Geste, Paul setzte sich, Rössli auch, halbschräg gegenüber, nicht direkt, so daß sinnigerweise Pauls Blick auf die Geste des Vorfahren frei blieb. Sie sehen sich tatsächlich ähnlich, dachte Paul für einen Augenblick, ehe von Rössli der zu erwartende Satz kam, die Eröffnung der Partie sozusagen.
»Was kann ich für Sie tun?«
»Herr Rössli, ich bin gekommen, um Ihnen zu sagen, Sie können den Dauerauftrag an Trude Hanke in Lugano stornieren. Sie ist gestorben.«
»Dafür bin ich nicht zuständig, das –«
»In diesem Fall schon.«
»Was wollen Sie?«
Paul nahm ganz langsam, sich über seine Ruhe wundernd, oh, ich eiskalter Engel ich, die Mappe mit den Unterlagen aus dem Koffer. Er ließ sich viel Zeit.
»Walter Petzold, als Walter Hanke am 1. 2. 1896 in Berlin geboren, machte am 15. 2. 1935 in Ihrer Bank ein Konto unter der Nummer EMMA 9096 auf. Am 3. 7. 1954 verstarb Walter Petzold. An diesem Tag waren auf dem Konto 1.235 375, 23 Franken.«
Noch tat Rössli, als gehe ihn das alles gar nichts an. Wie versteinert hörte er zu, schaute an Paul vorbei, ganz bewußt.
»Da ihr Herr Vater freundschaftlichen Kontakt mit Walter Petzold pflegte, wußte er, beziehungsweise mußte er annehmen, daß es nur noch diese verrückte Tante in Lugano gab. Vermutlich hat er recherchiert oder recherchieren lassen, wie es mit ihr steht. Also konnte er, ohne sich die Mühe zu

machen, die er sich später machte, was die jüdischen Konten betraf, das Konto einfach auflösen. Er steckte den Betrag ein und errichtete ein neues Konto, auf dem er lediglich den Betrag beließ, der ausreiche, den Dauerauftrag an Trude Hanke und die Sihlberger Friedhofsverwaltung zu garantieren.«
»Sie reimen sich da eine abenteuerliche Geschichte zusammen.«
»Die ich allerdings minutiös beweisen kann.«
Paul öffnete seine Mappe, zeigte Rössli ein paar Kopien von diversen Kontoauszügen. Doch der wollte sie nicht sehen. Er schien zu merken, daß Paul bestens informiert war. Dieser war zufrieden mit sich, wunderte sich über die Sprache, die da aus seinem Munde quoll, und legte nach.
»Ich habe alle Details recherchiert. Und da Ihr Haus in diversen anderen Fällen bereits die einschlägige Verfehlung eingestanden hat, denke ich, daß Sie auch in dieser Angelegenheit um eine Klärung bemüht sein müßten, die im diskreten Rahmen bleibt.«
Rössli antwortete nicht. Paul ließ ganz bewußt eine Denkpause. Der Sohn des Alten, zur fraglichen Zeit ein Kind, wußte, das sah man, sehr genau über die damaligen und späteren Machenschaften Bescheid, an denen er wohl auch beteiligt war. Trotzdem, dachte Paul, konnte es nicht schaden, die Erinnerung etwas aufzufrischen.
»Ich nenne da nur die Fälle Weiss, Lanzmann, Rosenzweig.«
»Warum klagt Ihre Familie nicht?«
»Weil sie das bis jetzt alles nicht weiß. Nur ich weiß das. Sehen Sie, Herr Rössli, ich habe eine ähnliche, nennen wir es

ruhig kriminelle Affinität zum Geld wie Sie. Ich will das Erbe, das wir selbstverständlich vollständig einklagen könnten, sollten Sie es nicht freiwillig zurückgeben wollen, nicht mit einer Familie teilen, die mich nicht interessiert. Mein Vorschlag also: grob gerechnet, würde meine Familie etwa zehn Millionen Franken einklagen können. Es kommt darauf an, wie man das rechnet.«
Zum ersten Mal sah Paul bei Rössli so etwas wie eine Regung. Die Summe zuckte über sein Gesicht.
»Ich weise mich als Walter Petzolds Großneffe aus, fungiere als Beauftragter meiner Familie, unterschreibe ihnen eine von meinem Anwalt vorbereitete Auflösung des laufenden Kontos und verzichte damit auf alle Ansprüche für alle Zeiten. Dafür legen Sie mir in diesen Koffer fünf Millionen Franken.«
Rössli starrte auf den Koffer, überlegte.
»Ich muß das überprüfen. Wenn Sie morgen –«
»Nein.«
Paul schaute auf die Uhr.
»Sie haben noch eine Stunde und fünfzehn Minuten Zeit. Sollte ich bis dahin nicht meinen Anwalt benachrichtigt haben, reicht er die Klage bei Gericht ein.«
Rössli schwieg, spielte leicht nervös mit den Fingern auf der gediegenen Tischplatte.
»Sehen Sie, Herr Rössli, wir, Sie und ich, teilen uns die Beute redlich. Das sollte Sie doch nicht so traurig stimmen.«
Rössli stand auf, zeigte keinerlei Lust, sich auf diese plumpjoviale Art einzulassen, die sich Paul als letzten Trumpf auszuspielen vorgenommen hatte.
»Warten Sie. Darf man Ihnen einstweilen einen Kaffee offerieren?«

»Danke nein.«
Rössli ging.
Und er blieb lange. Eine halbe Stunde, eine lange halbe Stunde, die längste halbe Stunde, die Paul in seinem Leben erlebt hat, die unsicherste, aufgewühlteste, voller Zweifel sich vor ihm auftürmende halbe Stunde seines 46jährigen Lebens. Selbst die vielen halben und ganzen Stunden, die er in den Folterstühlen der Zahnärzte zugebracht hatte, waren Kurzweil gegen diese halbe Stunde zu Füßen eines ihn verhöhnenden Vorfahren des Mannes, der ihn jetzt warten ließ.
Was tut Rössli jetzt? fragte sich Paul. Überprüft er Pauls Angaben oder hat er ein Bewußtsein davon, daß die Geschichte des Walter Petzold verwandt ist mit den Geschichten der Juden, deren sogenannte erbenlose Konten er damals nicht gemeldet hat? Hat er verstanden, daß Paul auf die Hälfte des Geldes verzichtet, um mit niemandem teilen zu müssen, oder traut er Paul die konsequente Durchsetzung seiner Forderung nicht zu? Lacht er über ihn, oder fürchtet er ihn? Kommt er gleich mit dem Geld hier herein oder mit einem Killer, der bereits einen Schalldämpfer auf eine Magnum Parabellum 9 oder eine Walther 42 geschraubt hat und Paul eiskalt mit einem kleinen, leisen, kurzen Wumpf umlegt? Muß er sich nicht das Hirn zermartern darüber, woher Paul die detaillierten Informationen hat? Lebt Ruth bei ihrer Arbeit nicht gefährlich? Ist das alles ein Traum, geträumt in seiner Berliner Wohnung? Kommt gleich Helga und ruft: »Paul, hast du das gewußt, daß Honecker von der Verfolgung und Bespitzelung der Dissidenten gar nichts geahnt hat?« Und streiten sie dann, um sich irgendwann in die Ar-

me zu fallen, niederzusinken und einen neuen, noch nicht entdeckten Orgasmus zu finden? Sind Trude und Claudio und Ruth auch nur ein Traum? Ist Walter Petzold doch in der Spree ertrunken und hat das Geld der Familie im Casino verspielt? Ist dieser Paul Helmer ein kleiner mieser Möchtegern, ein Hochstapler, ein Zocker, der überzockt hat und nun gleich umgeblasen wird?

Pauls Achseln glichen einem Feuchtbiotop. Kleine, perlende Schweißbächlein rannen nach unten und sammelten sich über dem Gürtel. Pauls Hände zitterten, und schon kündigten sich geradezu undefinierbare, unlokalisierbare Schmerzen in den Zähnen, der Wirbelsäule, den Augen und im Kopf an.

Jetzt an einem Herzanfall sterben, tot umfallen, auf dem Boden liegen, wenn Rössli mit dem Geld zur Tür rein käme.

Er kam, hatte das Geld dabei, sagte kein Wort, zählte die fünfzig Bündel auf den Tisch, zählte ein Bündel mit hundert Tausendern durch, legte Paul das alles hin. Der griff sich die Bündel, legte sie langsam, fein säuberlich in den Koffer, darauf achtend, daß seine Hände nicht zitterten. Dann übergab er Rössli die Unterlagen, unterschrieb einen von Rössli mitgebrachten Kontoauflösungsvertrag, stand auf, nahm seinen Koffer, wollte Rössli die Hand geben, die der nicht nahm, und ging.

Draußen schaute sich Paul ständig um, ob ihm niemand folgte. Er beschleunigte seine Schritte, nahm ein Taxi, gab seinen Koffer nicht aus der Hand, legte ihn sich auf die Knie, was etwas eng und unbequem war. Über seinem Gürtel sammelte sich jetzt der Schweiß der ganzen verdammten

Aufregung, der Angst, des zu warmen Taxis, der Erlösung.
Eine Million jetzt für ein Bad.
Es wurde das Bad im Geld auf Ruths Bett.

Da liegt er nun in seiner Wiese aus lilafarbenen Blüten, schnuppert etwas, schaut imaginären Schmetterlingen nach, greift wieder und wieder ins raschelnde Gras, will Ruth zu sich ziehen, über sich, doch sie tritt schon den Rückzug an, will sich nicht von seiner Euphorie, die nicht ihr, sondern dem Geld gilt, verführen lassen, will nicht so tun, als sei das, was da irgendwie ja doch bei ihnen beiden keine Übereinstimmung ist, auf einem Lager aus Geldscheinen aus der Welt zu schlafen.
Langsam beginnt sie, die Scheine wieder zu stapeln. Daraus wird ein Spiel. Paul greift um sich, wirft Ruth die Scheine entgegen, sie greift nach ihnen, fängt sie auf, bündelt sie, legt sie in den Koffer, kann sich zeitweise gegen den Schneesturm aus Geld, der ihr ins Gesicht weht, nicht wehren, schließt die Augen, lacht. Dann schließt sie den Koffer und wird plötzlich sehr sachlich.
»Ich hoffe, Claudio hilft dir, das alles zu verkraften. Das ist sicher nicht leicht.«
»Ich weiß.«
Er ist vom Bett aufgestanden, stellt den Koffer auf den Tisch, öffnet ihn wieder.
»Liebe, du hast das alles möglich gemacht. Ohne dich hätte ich das nie hingekriegt. Ich möchte dir eine Million schenken.«
»Bist du verrückt!«
Er beginnt zu zählen.

»Gib dir keine Mühe, Paul. Ich nehme das auf keinen Fall, lieber schmeiße ich es zum Fenster hinaus.«
»Bitte, nimm es. Du hast es verdient.«
»Nein. Ich kann damit nicht umgehen. Das ist nicht mein Leben. Ich muß mit dem leben, was ich habe, was ich verdiene. Ich komme schon kaum damit zurecht.«
Das macht ihn fertig.
»Aber wie soll ich dir denn danken?!«
»Geh und bring jetzt dein Geld in Sicherheit. Und melde dich wieder, wenn du es ausgegeben hast.«
Er steht inzwischen an der Tür.
»Dann kaufe ich aber vom letzten Franken Präservative.«
Sie müssen beide lachen, küssen sich auf die Wangen. Er geht.
Am Abend findet Ruth zwischen Bettdecke und Laken noch einen Tausendfrankenschein.

18

»Helga!?«
»Ja, ich bins. Bin ein bißchen erkältet. Hör mal, Paul, ich muß dir was erzählen, was Tolles.«
»Ich dir auch.«
»Erst ich, ja?!«
»Okay.«
»Also: Hartmann hat ja im Osten insgesamt drei Häuser geerbt. Jetzt verkauft er eins an eine Versicherung. Die zahlen gut. Davon machen wir eine Produktionsfirma auf. In seinem Büro. Er hat ja Ahnung davon, weil er früher in Recklinghausen die politischen Rockkonzerte organisiert hat. Ist das nicht irrsinnig toll!? Ich hab endlich meine Ruhe, kann mich allein der Arbeit widmen. Ich hab schon mit zwei Genossinnen gesprochen, die auch über uns produzieren wollen. Wir entwickeln Formate für die Privaten. Das ist der Markt. Wenn du Ideen hast, Paul –«
»Was ist das, ein Format?«
»Das ist, also, ich sags an einem Beispiel. Anke hat das Co-

pyright auf folgendes Format: zwei Frauen reden mit einem Mann.«
»Ist das neu?«
»Warte doch! Eine Frau ist lesbisch und eine hetero. Die nehmen einen Mann, der in der Öffentlichkeit als Macho gilt, ins Kreuzverhör. Das ist das Format.«
»Und wenn jetzt ein schwuler Mann und ein Hetero eine Nymphomanin ins Kreuzverhör nehmen?«
»Dann ist das ein anderers Format.«
»Aha.«
»Hör mal, da ist ein Wahnsinnsbedarf für so was. Jedenfalls, Paul, ich bin ganz glücklich. Endlich hab ichs geschafft.«
»Ich auch, Helga.«
»Ja! Jetzt du. Erzähl!«
»Helga, ich bin steinreich.«
»Ehrlich!?«
»Ich habe Walters Geld. Ich schaue von dieser Telefonzelle aus auf mein Auto. Da liegt im Kofferraum ein Koffer, da ist es drin.«
»Wahnsinn, Mensch, paß bloß drauf auf!«
»Ich laß es nicht aus den Augen.«
»Wieviel ist es?«
»Rate mal.«
»Eine Million?«
»Mal fünf.«
»Wahnsinn, Wahnsinn, Wahnsinn.«
»Wenn mir jetzt einer hinten reinfährt und der Tank hochgeht, ist es futsch.«
»Mach Sachen! Mensch, Paul, das ist irre. Was machst du jetzt damit?«

»Ich lasse es in der Schweiz. Claudio hilft mir, es anzulegen. Und – hör mal, Helga, zu keinem Menschen ein Wort. Auch nicht zu Hartmann, versprichst du mir das?«
»Schon versprochen.«
»Das wissen vier Menschen, mehr dürfen es nicht sein.«
»Wer denn?«
»Naja, Claudio, Rössli, du und –«
Er will Ruth nennen, aber aus irgendeiner Eingebung heraus läßt er es.
»– und ich natürlich.«
»Paul, paß gut auf. Fahr nicht zu viel rum damit.«
»In zwei Stunden ist das Geld im Safe.«
»Dann ist es gut.«
»Bist du die nächsten Tage zu Hause?«
»Ja.«
»Ich komme kurz nach Berlin, einiges regeln. Es ist jetzt viel zu tun.«
»Geld haben macht Arbeit, was?«
»Helga, ich will dir was sagen –«
»Was klingst du so klein, sag schon.«
»Ich wollte mit dir eine Produktionsfirma aufmachen, von einem Teil des Geldes. Das war so meine Idee. Aber egal, vergiß es.«
»Paul, wir sind Freunde, wir können doch alle zusammen was machen. Hartmann ist okay. Ehrlich, Paul, du –«
An dieser Stelle macht die abgelaufene Telefonkarte dem Gespräch ein gnädiges Ende. Richtig so, denkt Paul, es ist vorerst alles gesagt. Und es beschleichen ihn leichte Zweifel, ob es richtig war, Helga einzuweihen, zumindest jetzt schon.

Paul geht in den Raststättenshop und kauft sich, da sie keine Bayerisch Blockmalz haben, Schweizerkräuterbonbons. Und so sehr er sich vornimmt, sie nur zu lutschen, er beißt doch auf ihnen herum, zermahlt sie, um sie an den Gaumen zu kleben, genießt dieses vertraute Ritual, das unweigerlich zur Folge hat, daß ihm noch vor der Gotthardraststätte, die etwa vierzig Kilometer vor dem Tunnel kommt, die Krümel unter das Gebiß geraten und schmerzen.

Paul fährt zur Raststätte, parkt, steigt aus, zögert, holt dann doch den Koffer aus dem Kofferraum, denn die Vorstellung, sie würden ihm ausgerechnet jetzt das Auto klauen, ist ihm unerträglich.

So sitzt er auf der Toilette der Raststätte, den Koffer mit fünf Millionen auf den Knien, und bastelt sich wieder einmal seine Zähne zurecht. Dabei stellt er sich die Gesichter von kleinen Autodieben vor, die einen zwanzig Jahre alten Benz stehlen und im Kofferraum einen Koffer mit fünf Millionen finden. Die drehen durch, denkt Paul. Noch mehr belustigt ihn die Vorstellung, daß Autodiebe, die so einen alten Benz stehlen, ihn nur brauchen, um, sagen wir, bis Lugano oder Chiasso zu kommen, wo sie ihn stehenlassen, ohne den Kofferraum aufgemacht zu haben.

Die Nähe des Geldes, denkt Paul, regt die Phantasie an. Und in der Tat, tausend Gedanken jagen sich in seinem Kopf, wobei sie im Moment um Helga kreisen. Nein, das darf nicht sein, das will er nicht wahrhaben, daß dieser schlumpfige Adelsgenosse seine Helga jetzt in der Hand hat. Nicht, daß Paul mit Helga je leben wollen würde, jetzt schon gar nicht, da sich sein Leben wohl doch rastloser gestalten wird, heute in New York, morgen in London, übermorgen vielleicht in

Paris – aber er möchte einfach statt des Herrn von Rönne der Auslöser für Helgas Zufriedenheit und Glück sein. Er möchte die wenigen Menschen, die ihm nahestehen, an seinem Glück teilhaben lassen. Und wer ist das denn schon? Benny, dem gegenüber er ein schlechtes Gewissen hat, Brigitte, die er gern in die Lage versetzen würde, sich gegen diesen Proleten an ihrer Seite zu behaupten, und Helga. Er hat doch nur sie, seine Helga.

Das mit Ruth war doch nur ein Rückfall in die Eroberereitelkeit, denkt Paul, als er wieder im Auto sitzt. Aber liebt er sie? Müßig, sich das zu fragen. Es gibt zwischen ihnen ohnehin keine Kongruenz. Alles richtig, alles wahr, alles vernünftig gedacht. Und doch. Paul fühlt plötzlich so ein wohliges Ziehen im Unterleib, das ihn vorbeugend den Griff tun läßt, den Kowalski so sehr liebt. Jetzt verschmelzen Ruths Brüste und Helgas Gesicht, und Helgas kleiner blonder Flaum wird zu Ruths üppigem Gebüsch, und die anthrazitfarbene 501 wird Paul zu eng. Er schaltet zur Ablenkung das Radio ein und wird von einem schweizerdeutschen Vortrag über Reggae-Musik aus Jamaika auf die Jeansgröße 34 x 36 heruntergeholt.

Gibt es eigentlich im Leben eines Menschen, der in die Jeans quasi hineingewachsen ist, den Punkt, wo er sie nicht mehr tragen sollte? Paul liebt die Levis 501, trägt keine andere, zieht dazu Lederjacke oder dunkles Jackett an, fühlt sich, auch ganz in Schwarz, wie bei Großmutters Beerdigung, gut angezogen. Doch er sieht auch die Sechzigjährigen, bärtigen weißhaarigen Schnapstrinker, die den Gürtel der Jeans unter dem Kugelbauch tragen und sich in Jeansjacken zwängen, die Paul sowieso nicht mag. Aber sah Max, der ja fast so groß ist wie Paul, in seinem Boss-Anzug nicht gut angezogen aus? Hatte das nicht was? Wirke ich vielleicht irgendwann in meinen Jeans lächerlich, ohne es zu bemerken, weil es mir keiner sagt? denkt Paul. Mit Helga kann er darüber nicht reden. Ein Blick darauf, wie Helga sich kleidet, und jeder Gedanke an ein Wort über Mode erübrigt sich, obwohl gerade sie es ist, die gelegentlich sein Äußeres kritisiert. Aber sie hat dann meistens recht, das sind die Phasen, in denen er sich gehenläßt, wenn die Jeans ausgebeult sind und die Taschen der Jakketts eingerissen und an den Hemden Knöpfe fehlen. Bin ich eitel? denkt Paul. Ruth hat ihn das gefragt. Könnte er mit ihr über sein Einkleidungsproblem reden? Sollte er sich jetzt, wo er Geld hat, vielleicht die wirklich guten, aber teuren Sachen kaufen? Armani und nicht Boss, was inzwischen jeder Vertreter trägt? Claudio trägt Armanijakketts. Aber, sagte er zu Paul einmal, der ist Italiener, der schneidet für so lange Menschen wie dich nicht. Paul beschließt, mit Ruth in Zürich einkaufen zu gehen, sich einzukleiden, sie um Rat zu fragen. Und er wird auf alle Fälle Präservative dabeihaben. Verdammt, er sollte das mal üben, wie man das draufzieht. Seit dreißig Jahren hatte er damit nichts zu tun. Aber schon der Gedanke daran, neben Ruth zu liegen, ihren Körper zu spüren, sich an ihr zu zerwühlen, geil zu werden und dann das Präservativ aufzuziehen, wirkt auf Paul wie ein Eimer kaltes Wasser.

Im siebzehn Kilometer langen Gotthard-Tunnel wird Paul bei Kilometer sieben, obwohl es verboten ist, von einem Auto überholt, das schon seit einiger Zeit zu nahe hinter

ihm fuhr und ihn nervös machte. »Bitte folgen« leuchtet ein Schild. Polizei. Eine Kelle wird aus dem Fenster gehalten, Paul wird genötigt, hinter dem Polizeiauto in eine Versorgungsparkbucht zu fahren und anzuhalten. Zwei Polizisten steigen aus, gehen um das Auto herum. Einer kommt zum Fahrerfenster, das Paul heruntergekurbelt hat. Er hält ihm eine MP vor die Nase.
»Aussteigen!«
Paul steigt aus. Er sieht ein, daß da nichts zu machen ist. Und er ahnt sehr schnell, daß es sich mitnichten um Polizei handelt.
»An die Wand stellen, Hände auf den Rücken!«
Paul gehorcht. Er hört einen Schuß und sieht, daß der andere Polizist das Kofferraumschloß aufgeschossen hat, den Koffer herausnimmt, zum Auto geht, den Koffer auf den Rücksitz legt, einsteigt und das Auto startet. Der Kollege steigt ebenfalls ein, hält aber bis zum letzten Moment mit der MP Paul noch in Schach. Quietschend fahren sie ab. Es waren Sekunden, wie ein Spuk. Seelenruhig und teilnahmslos saust der Verkehr vorbei. Im Rückfenster des davonfahrenden Autos sieht Paul das pferdezahnige Gesicht von Rössli, grinsend.
Darüber der Abspann.
So wäre die Geschichte im Film, im Fernsehen, in einem deutschschweizer Tatort vielleicht, denkt Paul, während er mit einschläfernden sechzig Stundenkilometern hinter einem belgischen Caravan herfährt. Titel fallen ihm ein. »Das Geld bleibt in der Schweiz« oder »Die Käse-Connection.« Nein, man müßte die Geschichte schon spannender erzählen. Natürlich würde Rössli im Film versuchen, Paul

das Geld wieder abzujagen. Aber nicht so. Es müßte zu einem wahnsinnigen Finale kommen, in welchem sich verschiedene Geschichten bündeln. Es wäre auf jeden Fall schon mal Sommer. Und Ruth würde eine Rolle spielen. Sie würden sofort aufeinander fliegen und schon im Fahrstuhl zu ihrem Appartement wesentlich übereinander herfallen. Sie wäre die Spionin bei Rössli und würde Paul ausschließlich im Bett die Informationen geben. Sie hätte vielleicht die Neigung, auf ihm zu reiten wie Helga, ihm dabei aber die Hände am Bett festzubinden. Nachdem er das Geld hat, kommt es die Serpentinen des Gotthardpasses hinunter zu einer irren Verfolgungsjagd zwischen Paul und Rössli, der zwei Killer im Auto hat. In einer Kurve gelingt es dem waghalsig fahrenden Paul, den Wagen der anderen so abzudrängen, daß er in die Schlucht stürzt. Da sich die Stoßstangen, was man ganz groß und funkenstiebend sieht, ineinander verhakt haben, reißt es Pauls Auto mit. Im letzten Moment kann er aus dem Auto springen. Er schaut in die Schlucht, sieht sein Auto brennen. Die Millionen sind dahin. Das andere Auto hat sich in einem Gebüsch verfangen. Paul sieht, daß Rössli überlebt hat und ihn jetzt mit einer Pistole bedroht. Er weiß, daß der ihn jetzt erschießen wird, denn er muß ja damit rechnen, daß Paul auf legalem Wege das Geld einzuklagen versucht. Da fällt ein Schuß, Rössli stürzt hintenüber in die Schlucht. Ruth hat geschossen. Sie ist Paul mit dem Auto gefolgt. Die Retterin. Er fällt ihr um den Hals, sie gehen zu ihrem Auto. Rössli, sagt Ruth, hat die gerechte Strafe ereilt, denn sie hat recherchiert, daß er damals Walter umgebracht hat, um an dessen Geld zu kommen. Paul preist sein Überleben und beklagt den Verlust des Geldes.

Da macht Ruth den Kofferraum auf, holt den Koffer heraus, öffnet ihn, und Paul sieht das Geld. Sie habe schon zu Hause in der Wohnung die Koffer vertauscht. In dem anderen sei nur Zeitungspapier gewesen. Sie habe sich gedacht, daß Rössli ihn verfolgen würde. Sie fahren glücklich weiter. Im Hotel in Lugano schlafen sie in einer weitläufigen Suite im Licht einer an der Außenwand des Hotels befindlichen Reklame miteinander. Ruth ist wilder denn je. Wieder bindet sie seine Arme fest und reitet auf ihm. Der Höhepunkt der Lust. Da traut Paul plötzlich seinen Augen nicht. Am Fußende des Bettes steht Max. Er hat den Koffer in der Hand. Ruth springt von Paul herunter und verläßt mit Max, den sie zärtlich begrüßt, das Zimmer. So, oder so ähnlich, denkt Paul. Fehlt vielleicht noch ein politisches Moment. Das müßte man noch hineinstricken. Vielleicht ist Max heimlich bei einer faschistischen Organisation, mit der die Jüdin Ruth zusammenarbeitet, um nicht nur die in der Schweiz liegenden Gelder der Juden, sondern auch die deutscher Nazis rauszuholen.

Paul fährt aus dem Gotthard-Tunnel heraus, sucht die nächste Gelegenheit, den Caravan zu überholen und fährt ins Tessin hinunter. Ja, denkt er, in Filmen wäre das so. Im Leben ist es langweiliger. Es geht einfach so aus, wie es ausgegangen ist. Er wird das Geld auf die Bank legen, kein Rössli wird einen Killer beschäftigen, kein Max wird etwas davon erfahren. Und die orgiastischen Nummern mit Ruth finden auch nicht statt. Die Realität ist so langweilig wie eine glückliche Liebesgeschichte, denkt Paul. Und doch, dieses Geld wird sein Leben interessanter machen, das weiß er ganz sicher, das nimmt er sich vor. Und da der Rechtsuntendrei wieder puckert, liegt als einer seiner ersten Gedanken ein in Amerika operativ eingesetztes Implantat nahe. Denn Geld spielt nun keine Rolle mehr.

»Sag mir, Claudio, du kennst das doch, wie lebt man mit fünf Millionen?«
»Ich habe keine fünf Millionen, glaube ich. Zumindest nicht so wie du. Gut, ich hab das Haus hier, die Bilder, meine Pension, Lebensversicherungen. Bißchen Gespartes. Da kommen ein paar Millionen zusammen. Aber das ist langsam entstanden, gewachsen. Das ist meine Sicherheit, mein Leben in einem gewissen Wohlstand. Ich kann mir leisten, was ich brauche. Und was braucht ein alter, kranker Mann schon. Mein größter Luxus sind die beiden Leute unten. Ich bezahle sie, damit ich nicht allein leben muß, damit ich klingeln kann, wenn ich mal Hilfe brauche. Und zwei Kuren im Jahr in Sils Maria. Das hält mich am Leben. Für dich ist die Situation ganz anders. Mit diesem Koffer beginnt für dich ein neues Leben, Paul, und da heißt es: aufpassen. Es wird schnell weniger, ehe man sich versieht.«
Sie haben das Geld in Claudios Safe verstaut, Claudio hat Paul – für den Notfall – den Code erklärt, sie haben eine Flasche Champagner geöffnet und sitzen am Kamin und prosten sich zu. Paul ist vom erneuten Zählen und Anfassen und vom Anblick des vielen Geldes sehr erregt, seine Hand zittert, als er Claudio zuprostet.
»Claudio, du mußt mir helfen, damit klarzukommen.«
»Tu ich. Ich habe schon ein Konzept entwickelt.«
»Ich höre zu und gehorche. Du bist der Profi.«
»Das Wichtigste: das Geld ist Schwarzgeld, und du kriegst

es nicht so leicht weiß. Das heißt also: du muß beinahe so leben, als hättest du es gar nicht. Du kannst nämlich unmöglich bei deinem derzeitigen Einkommen und Lebensstandard groß Geld ausgeben. Nicht einmal die Zinsen darfst du auftauchen lassen. Wenn wir das alles etwas streuen, bekommen wir auf jeden Fall um die acht Prozent per anno, das sind vierhunderttausend im Jahr, steuerfrei! So komisch das klingt, jetzt, wo du so viel Geld hast, mußt du auf Pump leben. Wenn du dir also zum Beispiel eine Eigentumswohnung kaufen willst, dann finanzierst du sie über eine Bank.«

»Ich bin bei meinem derzeitigen Einkommen für keine Bank kreditwürdig.«

»Das ändern wir. Paß auf. Du mußt ab sofort ein attraktives, zu versteuerndes Einkommen haben. Ich mache mit dir einen langjährigen Vertrag, der besagt, daß du mich in Kunstdingen berätst, weltweit den Markt beobachtest, für mich kaufst und verkaufst. Das ist glaubhaft. Ich kann mir das leisten, ich kann selbst nicht reisen, ich bin Sammler und als solcher nicht unbekannt. Ich zahle dir – sagen wir einmal – zehntausend im Monat, die ganz offiziell auf dein deutsches Konto gehen. Ich setze das Geld steuerlich ab, du versteuerst es, hast ein sichtbares Einkommen, das dich kreditwürdig macht. Durch Reisen und andere Auslagen und durch steuerlich ansetzbare Schulden verringerst du die Steuern, die du bezahlen mußt. Deine Millionen liegen auf einem Nummernkonto. Ab und zu holst du dir Geld aus den Zinsen. Davon zahlst du mir das zurück, was ich überweise. So mache ich das Geld wieder schwarz. Haben wir beide was davon. Und du mußt eben am Anfang langsam machen. Laß dir ein halbes Jahr Zeit, eine Wohnung zu suchen. Bis dahin bist du der Bank kreditwürdig, du kriegst das Ding zu achtzig Prozent finanziert, sicherst das durch eine Lebensversicherung ab, die du ihnen abtrittst. Je mehr du dir auf diese Art ein Schuldenpolster verschaffst, desto glaubwürdiger wirst du. Wenn du einmal eine größere Summe bar hinlegst, schöpft man Verdacht. Es sei denn, du kannst was schwarz hinlegen. Ich faß das mal zusammen, weil du so ungläubig guckst: der Sinn ist, durch den Vertrag mit mir und die regelmäßigen Zahlungen ein Einkommen zu fingieren und damit einen höheren Lebensstandard zu signalisieren, den du ja aus deinen schwarzen Zinsen bezahlst. Und der Sinn der Schulden ist, die Steuern, die du für das weiß gemachte Geld bezahlst, so klein wie möglich zu halten.«

Paul ist selig, verspricht Claudio, in der Tat nun nicht sofort, so schwer ihm das fallen wird, viel Geld auszugeben.

»Wir können das später steuern. Wenn du eine Summe weiß machen willst, zahle ich eine Sonderprämie für die Vermittlung eines Bildes, und du kannst über das Geld offiziell verfügen. Wir kriegen das schon hin, Paul. Man kann auch mit viel Geld ganz gut leben.«

19

»Ich kaufe das Haus.«
»Welches Haus?«
»Ich kaufe es zurück.«
»Ich verstehe dich nicht. Was für ein Haus?«
»Unser Haus, das Max verkauft hat, kaufe ich zurück.«
Zum ersten Mal ist Paul mit dem Auto hier herausgefahren und hat in der Tiefgarage auf Platz 0728 im orangefarbenen Trakt 22d geparkt. Und zum ersten Mal ist er unangemeldet gekommen. Einfach so, um sie mit dieser Nachricht zu überraschen. Natürlich hatte er gewußt, daß sie das töricht finden würde, aber er war es sich und seiner Entscheidung schuldig, es ihr zuerst zu sagen, es vor ihr hinzubreiten, um sie zu beschämen, mit der Hoffnung oder besser gesagt der Gewißheit, daß sie es sofort fassungslos Max erzählen würde.
Sie sitzen in der Märzsonne auf dem Balkon. Ein schöner, föhniger Tag, man sieht die Alpen an den Horizont getürmt. Ein Flugzeug schneidet in den Himmel eine Wunde, die schnell wieder verheilt. Die Autobahn rauscht in der Ferne wie ein Bach. Bauern sind mit großen Traktoren auf ihren

Riesenfeldern. Im Märzen der Bauer die Rößlein einspannt, haben wir gesungen, denkt Paul, aber er kriegt, unmusikalisch wie er ist, die Melodie nicht mehr zusammen.
»Kannst du mir mal erklären, was das alles soll?«
Paul läßt sich Zeit. Er genießt es, sie auf die Antworten warten zu lassen. Sie zieht sich mit beiden Händen die Wolldecke vorne zusammen, die sie sich umgelegt hat, um sich zu verkriechen. Er schaut auf das Panorama. Als er mit dem Vater damals die Wohnung besichtigte, regnete es in Strömen. An einem Tag wie heute müßten Immobilienhändler Käufern oder Mietern diese Wohnungen hier zeigen, nicht an Regentagen, denkt Paul.
»Es ist ganz einfach. Ich kaufe das Haus zurück. Nächste Woche haben wir einen Notartermin.«
»Wer ist wir?«
»Die jetzigen Besitzer und ich. Ich kaufe es den Leuten, denen es Max verkauft hat, wieder ab.«
»Und das machen die?«
»Bei der Summe, die ich ihnen geboten habe, konnten sie nicht nein sagen.«
»Bist du verrückt geworden?«
»Es war und ist mein Elternhaus. Es ist irgendwann die einzige greifbare Erinnerung an meine Kindheit und Jugend. Ich war nie damit einverstanden, daß es verkauft wurde. Jetzt habe ich das Geld, es zurückzukaufen, also kaufe ich es.«
Paul genießt es, das zu sagen. Es ist der Satz der Sätze, der Satz, der sie zunächst verstummen läßt.

In der Tat ist Paul, in dessen Kopf sich seit der Gewißheit seines plötzlichen Reichtums diese Idee festgefressen hat,

noch gestern gleich von der Autobahn auf gut Glück hinausgefahren. Er ging durch die Siedlung und stand lange vor dem Haus. Und wie konnte es anders sein, hinter dem veränderten Gesicht fand er ein Stück seiner Kindheit wieder. Warum ihm das vor ein paar Wochen nicht so gegangen war, die Frage stellte er sich nicht. Er war jetzt anderer Stimmung, und er war nicht mehr, wie neulich noch, ohnmächtig gegenüber dem, was Max mit dem gemeinsamen Erbe eigenmächtig getan hatte. Er spürte jetzt die Macht, das Rad zurückdrehen zu können. Und da er sich allen erdenklichen sentimentalen Kindheitserinnerungen hoffnungslos ergab, gab es kein Zurück mehr. Er sah sich im Sandkasten hinter dem Haus spielen, erlebte noch mal sein vergebliches Bemühen, Geige zu lernen, sah sein Zimmer oben unterm Dach, mit dem Bett unter der Schräge, die später ein Stierkampfplakat zierte, er dachte an seine Bücher »Winnetou I«, »Winnetou II«, »Winnetou III«, Armin Harys »10,0«, Sammy Drechsels »Elf Freunde müßt ihr sein«, Karlheinz Deschners »Kitsch, Konvention und Kunst«, Manfred Hausmanns »Lampioon küßt Mädchen und kleine Birken« und Hermann Hesses »Glasperlenspiel«. Er dachte an das selbstgebaute Transistorradio, an die »Staffette«-Bände, an die »Hobby«-Hefte, an »Tom Prox«, »Sigurd« und »Prinz Eisenherz«, an »Pinocchio« und die vielen darüber vergossenen Tränen und an seinen Bastelspeicher, der sein Reich war.
Da oben hatte er als Vierzehnjähriger monatelang an einem sechs Meter langen Boot gebaut. Als es fertig war und er damit zur Jungfernfahrt an den Baggersee fahren wollte, stellte er fest, daß er das Boot weder durch die Speicherluke noch

durch die viel zu kleinen Fenster nach unten bringen konnte. Wieder mußte er wochenlang basteln, es auseinanderbauen und unten auf der Wiese wieder zusammenfügen.
»Guten Abend, entschuldigen Sie die Störung, aber ich möchte dieses Haus kaufen.«
»Da sind Sie falsch, das Haus, das zum Verkauf steht, ist in der Parallelstraße. Waldstraße 24.«
»Nein, nein, ich möchte dieses Haus hier kaufen. Sind Sie der Besitzer?«
»Ja, aber wir verkaufen nicht.«
»Sind Sie sicher?«
Der Mann lachte. So was hat er doch überhaupt noch nicht erlebt. Schon erschien in der Tür seine Frau.
»Franz, was ist?«
»Der Herr möchte unser Haus kaufen.«
Sie kam näher. Den wollte sie doch auch sehen.
»Das ist kein Scherz. Mein Name ist Paul Helmer. Ich bin in diesem Haus aufgewachsen.«
»Ah, Sie wollen sichs mal wieder ansehen. Das kann ich gut verstehen. Bitte, kommen Sie rein. Dann war das Ihr Bruder damals, von dem wir gekauft haben?«
Paul haben immer die Geschichten von Menschen fasziniert, die aus einfachen Verhältnissen stammten, zu Ruhm und Geld gekommen sind und sich ihre Wurzeln kurzerhand kauften. Der Fußballer, zu Millionen gekommen, kaufte den ganzen Straßenzug zusammen, in dem er aufgewachsen war. Der Milliardär kaufte das Hotel, in welchem er als Tellerwäscher angefangen hatte, der Reeder kaufte den Slum, aus dem er stammte, ließ ihn abreißen und für die Armen Wohnhäuser bauen.

Man müßte den alten Zustand wiederherstellen, dachte Paul, als er in die neureiche Niedlichkeit eintrat wie in eine Geschenkartikelboutique. Hier würde sich Brigitte wohl fühlen. Das ist überhaupt die Idee. Hat sie nicht gesagt, daß sie Ende des Jahres aus ihrer Wohnung rausmüssen! Er wird an Brigitte vermieten, nein, nicht vermieten, sie hier wohnen lassen.
»Es hat sich viel verändert, was?« sagte die Frau und stellte Untersetzer und Gläser, auf denen Harlekine abgebildet waren, auf den Tisch. Der Mann holte zwei Flaschen Pils.
»Wir haben viel reingesteckt. Auch an Arbeit.«
Paul hörte gar nicht zu. Er war wild entschlossen, hier und jetzt seine neue Rolle zu üben, die des Multimillionärs. Daß er das Interieur über die Maßen scheußlich fand, daß er ahnte, wie sehr sich dieser Bankangestellte strecken mußte, um diesen Plunder zu finanzieren, den ihm sein Geltungsbedürfnis befahl, erleichterte es Paul. Er hatte kein Mitleid mit den beiden, er fand sie scheußlich, keines sozialen Gedankens wert. Er erzählte von seiner wunderbaren Kindheit in diesem Hause, von den Erinnerungen, die ihn durch diese Wände anatmeten, von der Ungeheuerlichkeit seines Bruders, ohne sein Wissen dieses Denkmal seiner Jugend schnöde veräußert zu haben.
»Wieviel müssen Sie haben?«
Die puppige Frau schaute ihren Mann etwa mit dem Blick an, den die Harlekine auf den Gläsern hatten. Und er schien, das sah Paul sehr genau, etwas zu wittern. Da lag Geld in der Luft, ein Geschäft fürs Leben, die Möglichkeit, sich an einem reichen Spinner gesundzustoßen. Es gelang

ihm nicht, die geile Vorfreude auf einen Coup zu verbergen, so sehr er das versuchte.

»Sehen Sie, wir fühlen uns hier wohl, wir haben uns eingerichtet. Es dauert Jahre, bis man es so hat, wie man will. Der Gedanke, jetzt zu verkaufen, ist geradezu abwegig.«

Du Simpel, dachte Paul, kauf deiner Zuckerpuppe das Haus in der Waldstraße, und sie ist wieder für Jahre beschäftigt. Was soll sie denn hier noch tun? Paul gab seelenruhig, sich seiner Sache unendlich sicher, Gedankenhilfe.

»Was soll denn das Haus in der Waldstraße, das ja meines Wissens größen- und substanzmäßig zu vergleichen ist, kosten?«

»Fünfhundertfünfzigtausend plus Courtage.«

»Ich biete Ihnen die Fünfhundertfünfzig plus hundertfünfzig. So viel Sie davon wollen, falls Sie einverstanden sind, können Sie schwarz haben.«

Paul sah in ihrem Kopf nichts passieren und in seinem die Zahlen rattern.

»Da blieben uns unterm Strich, wenn wir uns drüben einkaufen würden, hunderttausend. Dafür ist mir der Aufwand zu groß. Was meinst du Schatz?«

Was sollte sie schon meinen. Was hätte sie sagen sollen? Was wäre es wert, wenn sie ihre gesammelten Niedlichkeiten eine Straße weiter tragen würde? Sie sagte, was man ihr ansah.

»Ich krieg das gar nicht in meinen Kopf rein, Franz.«

Er verband jetzt geschickt Trost mit Zockerei.

»Wir müssen überhaupt nicht verkaufen, Schatz, wenn wir nicht wollen.«

»Ich weiß, daß ich in Ihrer Hand bin. Ich lege fünfzigtau-

send drauf. Das sind siebenhundertfünfzigtausend. Ich denke, das ist ein guter Preis. Mir ist es das wert, und Ihr Entgegenkommen wird belohnt.«
Man wollte es sich bis morgen überlegen, darüber schlafen und sprechen und rechnen, schließlich sei das doch sehr plötzlich über einen gekommen und durchaus auch ungewöhnlich. Er werde sich morgen früh melden, versprach Franz Breitensteiner. Paul gab ihm die Nummer des Hotels und ging.
Ein aufwühlender, das Unterste zuoberst bringender Abend, nicht nur für Breitensteiners, die sich sagten, der Mann hat entweder einen Goldschatz im Garten vergraben, oder er ist verrückt. Und während sie unter anderem darüber sprachen, daß ein Umzug in die Waldstraße auch bedeuten würde, daß man die Zeugung des ersten Kindes noch einmal um ein bis zwei Jahre verschieben sollte, trieb es Paul unruhig durch die Stadt, er wußte nicht, wohin mit seiner neuen Rolle, er wollte sie weiterspielen, sich mitteilen, aber wo, wie und vor allem wem?
Er rief Benny an, da lief das Band. Beider Stimmen, jeder den Namen des anderen sagend, ein alberner Text als Dialog. Paul sprach drauf, daß er gern mit Benny sprechen wolle, auch darüber, daß das neulich nicht so glücklich gelaufen sei, weil er sich überrumpelt gefühlt habe und so fort.
»Hinterlaß eine Nachricht im Hotel, ja?«
Dann überkam ihn die Lust, sich mal wieder mit Fritz Schindler, dem Freund aus Studienzeiten, zu treffen. Auch bei dem lief ein Band. Aber immerhin, es gab ihn noch unter dieser Nummer. Mit Belustigung hörte Paul die Ansage, von Fritz in seinem unverwechselbaren bayerischen Tonfall gesprochen.

»Schindler-Fritz und Anhang! Mir sind nicht daheim, aber nach dem Pfeiferl können Sie was hinterlassen, Servus.«
Paul hinterließ auch hier die Nummer des Hotels.
Dann rief er bei Brigtte an.
»Komm vorbei«, sagte sie, »wir sind gerade am Saufen.«

»DU hast dir doch nie was aus dem Haus gemacht«, sagte die Mutter.
»Wie kommst du denn darauf?«
Paul fröstelt. Sie hat das DU so betont, als wollte sie sagen, ER schon.
»Ich höre dich noch wie heute. ›Hier ist es so eng, ich kann hier nicht leben, ich ziehe aus, alles Spießer hier.‹ Und kaum hattest du das Abitur, warst du weg.«
»Als junger Mensch, meingott, man wollte raus, war neugierig auf das Leben.«
»Und hast du je irgendwas am Haus gemacht? Du warst so geschickt, aber du hast nichts gemacht.«
»Willst du jetzt dadurch rechtfertigen, was Max uns – auch dir – angetan hat, indem du Arbeitsstunden aufrechnest?«
»Mir ist kühl. Laß uns reingehen.«

Er war dann gestern noch bei Brigitte und ihrem derzeitigen Lebensgefährten, der eigentlich Hans heißt, den sie aber, weil sie glaubt, daß er Marlon Brando ähnlich sieht, Marlon nennt. Paul konnte schon vor drei Jahren, als der bullige, gutbeleibte Antiquitätenhändler in Brigittes Leben trat, nicht diese Ähnlichkeit feststellen, und er kann es auch jetzt nicht. Ob es das Gewicht allein ist? Vielleicht. Marlon hat die wenigen, schon grauen Haare ölig nach hinten gekämmt und dort zu einem Zopf zusammengebunden. Er hat runde Schweinsaugen, dicke, beringte Finger, trägt nur schwarze Flatterhosen und weiße, weit geschnittene Hemden, meist fast bis zum Bauchnabel geöffnet, so daß seine graugeringelten Brusthaare herausschauen können. Er befleißigt sich redselig eines geringen Wortschatzes und verleugnet seine niederbayerische Herkunft nicht. An Gewicht steht ihm Brigitte inzwischen in nichts mehr nach, so ist sie auseinandergegangen. Das ist nicht mehr die stramme, knackige Moppeligkeit, die der junge Paul so an ihr geliebt hatte. Nein, sie, die sich damals gern auf ein erträgliches Maß hingehungert hatte, ist sich inzwischen entglitten und hat es nicht nur aufgegeben, ein gewisses Gewicht halten zu wollen, sondern verzichtet jetzt auf jeglichen Versuch, die Fleischmassen, die schon unter den Augen beginnen, in irgendeiner Weise festhalten zu wollen. Sie läßt es unter bodenlangen Flatterkleidern wogen.

Wenn es grotesk ist, Zwergwüchsige in einer auf Normalmaße zugeschnittenen Wohnung leben zu sehen, so wirken diese beiden in ihrer ebenerdigen, dunklen Hinterhauswohnung wie Riesen in einer Puppenstube, denn die Zimmer sind nicht nur so mit Möbeln zugestellt, daß man sich wundert, wie zwei Menschen sich dort gleichzeitig bewegen können, es hat sich auch wie ein Wurmfortsatz mit allem Plunder der im Vorderhaus befindliche Laden hierhergefressen.

Dort, wo früher, als Paul noch das Ambiente des Ladens bestimmt hatte, Jugendstil- und Art-deco-Teilchen mit galantem Augenaufschlag nach den Passanten blinzelten, treten jetzt Butterfässer, Hufeisen, Pferdegeschirre und von Marlon lieblos zusammengeflickte, sogenannte Bauernmöbel, werbend auf die Straße gestellt, nach den Vorbeigehenden. Und im Inneren, das Paul schon lange nicht mehr betreten mag, glaubt man eher, sich in einer Schießbude als in einem Antiquitätenladen zu befinden. Da regiert längst der wertlose Nippes, der Plunder, den abzustauben sich die beiden wohl nicht mehr trauen, denn er könnte ihnen unter ihren klobigen Händen zerbrechen.

Paul fand Brigitte und Marlon schon gut angefüllt in der Wohnung, wohin sie sich, wie sie stolz verkündeten, im Laufe eines schon sehr früh sektseligen Tages gesoffen hatten. Marlon beschaffte ächzend noch zwei Flaschen Champagner, denn: mit den besten Gästen kommen die besten Getränke, und Paul, zu dieser Zeit noch mehr mit all seinem Stolz als mit Alkohol angefüllt, fühlte sich durch diese muffelige, scheinbar ausweglose Kläglichkeit, die die beiden hier umgab, herausgefordert, die Geschichte seines Hauskaufs zu erzählen, die er in einem für die beiden großherzig wirkenden Finale enden lassen wollte.

Nicht ahnend, daß der Alkohol wieder einmal in Brigittes Kopf jenen gefährlichen Sud aus Enttäuschung über die damals gescheiterte Beziehung und Minderwertigkeitskomplexen zusammenbraute, erzählte er von seinem Ansinnen, jetzt, da er durch gute Geschäfte, wie er sagte, zu Geld gekommen sei, das schnöde von Max verscherbelte Elternhaus wieder zurückzukaufen.

Etwas zu laut und auch zu selbstbewußt, als daß die im Inneren ihres massigen Körpers zart besaitete Brigitte das widerspruchslos hätte hinnehmen können, breitete er aus, wie er diesen jungen Banksimpel mit der puppigen Harle-

kinfrau über den reichlich mit Geld bedeckten Tisch zu ziehen gedachte. Und mit großer Geste begleitete er seine Reden, so daß er am Ende einen kleinen bayerischen, blau-weiß behosten Porzellanlöwen vom Tisch fegte. Dem brach die Pfote ab, mit der er vorher Salzletten gehalten hatte.
»Und ich dachte, wenn ihr hier rausmüßt, wie ihr sagt, daß ihr dort wohnen könntet. Was zahlt ihr eigentlich hier?«
»Fünfhundert«, knurrte Marlon, während er dem Löwen erste Hilfe angedeihen ließ, indem er ihm die Pfote an den Körper drückte, als sei da zunächst einmal Blut zu stillen, ehe man mittels Sekundenkleber zur Operation schreiten konnte.
»Du machst das alles doch nur gegen deinen Bruder. Den willst du beschämen. Dich interessiert das Haus doch gar nicht wirklich. Du willst es Max zeigen und deiner Mutter.«
Nichts ertrug Paul weniger, als wenn Brigitte in versoffenem Kopf Überreste eines analytischen Verstandes zusammenkramte, um dem Ex-Geliebten Lebensweisheiten entgegenzuschleudern. Und wenn sie darüber hinaus auch noch die eigentliche Wahrheit sagte und er sich ertappt fühlen mußte, suchte er sich meist einen schnellen Abgang.
»Wieso willst du ein Haus kaufen, das du nicht brauchst, und kannst deinem Sohn nicht mit fünfzigtausend Mark helfen, eine Existenz zu gründen?«
Paul schwieg betroffen, nahm sich noch ein Glas Champagner und sagte mit wiederum großer Geste:
»Ich kaufe Benny natürlich den Laden.«
Hansi, alias Marlon, gern stolz auf das, was er an Brigitte für intellektuelle Fähigkeiten oder Gescheitheit, wie er es nann-

te, ansah und auch stets um Harmonie bemüht, war so zufrieden, daß er seiner Lebensgefährtin mit einem herzhaften Griff in die Schenkel kniff.

Spät in der Nacht noch saß Paul gut benebelt im Schumanns und machte nicht seinen Witz, als der Mann kam und am Nebentisch »Die Dame eine Rose« sagte. Es war Paul klar, daß Brigitte recht hatte. Er tat das gegen Max. Seis drum, er mußte es tun, er konnte es sich leisten, er war ein reicher Mann, er könnte, wenn er wollte, den Laden hier kaufen.
Mit den zu schnell getrunkenen Margaritas kamen ihm Zweifel. Hat Claudio nicht gewarnt, hat er nicht gesagt, daß mit den Aktivitäten und Transaktionen abgewartet werden sollte? Wie, verdammt noch einmal, soll er an die Hypothek kommen? Noch ist nichts von dem Geld weiß gemacht. Ach was, er wird Claudio anrufen, der wird Rat wissen, wie immer.
Plötzlich, wie aus dem Nebel aufgetaucht, gleich der weißen fellinischen Kuh, stand eine Frau vor ihm, in der er die Herausgeschnittene erkannte.
»Hallo!«
»Hallo, Schlangenei!«
Sie kicherte.
»Die Dame eine Rose.«
»Nein zwei!«

Als Paul dann heute früh unter der Dusche stand und sein Schädel Kapriolen schlug, rechnete er: zwei Bier bei Breitensteiners, zwei Weißbier im Franziskaner, der Champa-

gner bei Brigitte, ach ja, danach noch ein Weißbier mit Marlon, dann ein Pils und mehrere Margaritas im Schumanns. Kein Wunder also, daß ihm die Herausgeschnittene wieder verlorengegangen war, diesmal auf dem Weg zum Hotel, wenn er sich richtig erinnerte.
Kaum hatte sich Paul abgetrocknet, klingelte das Telefon. Es war Breitensteiner. Er war unten in der Hotelhalle, ist gleich selbst gekommen, um, wie er sagte, »Nägel mit Köpfen zu machen«. Sie setzten sich in den Frühstücksraum, der bis nach Mitternacht noch als Restaurant gedient hatte und stank wie das Abteil eines Sonderzuges zu einem Bundesligaspiel.
Paul frühstückte, Franz Breitensteiner trank einen Kaffee mit viel Milch und duftete nach einem aufdringlichen Rasierwasser, das Paul leichten Brechreiz verursachte.
Nun, das sei ein Abend gewesen gestern. So eine Überraschung, so eine Anforderung an die eigene Flexibilität.
»Sehen Sie, ich für meine Person bin ein Rechner. Ihre Absicht dahingestellt, das sind andere Motive, für mich rechnet sich das, dementsprechend ist meine Entscheidung ausgefallen, die ich meiner Frau vorgetragen habe. Meine Frau, müssen sie wissen, ist mehr der, wie soll ich sagen, der emotionelle Teil unserer Beziehung, verstehen Sie. Sie müssen wissen, daß meine Frau sich sehr stark mit diesen übersinnlichen Dingen beschäftigt. Und was soll ich Ihnen sagen: wir schlafen auf einer Wasserader, die für unsere Determinationen auf Dauer ungesund ist. Meine Frau hat das einen Wünschelrutengänger testen lassen, übrigens ein anerkannter Mann, kann ich Ihnen bei Bedarf die Nummer geben. Wir haben die Betten schon dreimal umge-

stellt. Noch immer wirken sich die negativen Strahlen auf die rechte Schulter meiner Frau aus. Wir müßten jetzt praktisch durch einen Anbau der Ader ausweichen. Meine Frau läßt heute das Haus in der Waldstraße durch den Wünschelrutengänger testen. Danach möchte sie sich entscheiden. Ich kann Sie da beruhigen. Ich habe mit dem Mann heute gesprochen, er sagt, daß eine solche Strahlung höchst selten vorkommt. Also wir können davon ausgehen, daß wir an Sie verkaufen. Unter uns gesagt, ich persönlich spüre diese Wasserader nicht, oder sagen wir einmal höchst minimal. Gut, man hat mal seine Gliederschmerzen, ja. Aber höchst selten, wie gesagt.«
Er strich dauernd seinen kleinen fein gestutzten Schnäuzer, dem allein die Aufgabe zuzukommen schien, ihn als erwachsen auszugeben bei all seiner Konfirmandenhaftigkeit. Und was er trug, das war kein Anzug, das war ein Anzügelchen, das ein nicht vorhandener Wind um seine schlappe Gestalt flattern ließ. Ob daher der Ausdruck »ein windiger Typ« kommt? Paul stellte ihn sich einen Moment auf der rundlichen Zuckerpuppe mit dem Harlekingesicht vor und dachte plötzlich an den jungen Paul, der mit dem Studium nicht weiterwußte, kein Geld hatte, zu stolz war, die Eltern oder gar den Bruder anzupumpen, in Brigitte verliebt war, die so rund und niedlich war, und der daran dachte, bei 10S als Vertreter einzusteigen, wie das Fritz Schindler getan hatte. Fritz ist bei den Versicherungen hängengeblieben, wie Thomas Bauer, der mit ihnen beiden eine Wohngemeinschaft in der Hinterhauswohnung in der Thierschstraße gebildet hatte. Fritz hat gestern noch eine Nachricht hinterlassen. Sie werden sich treffen, endlich einmal wieder nach Jahren.

Breitensteiner trank seinen Kaffee und wischte sich nach jedem Schluck mit einem rosafarbenen Taschentuch auf dessen eine Ecke ein – nein, kein Harlekin – ein Schmetterling gestickt war, das Bärtchen. Und er war schon fleißig gewesen an diesem Morgen. Als Kaufinteressent für die Waldstraße stehe er schon an erster Stelle. Und – er flüsterte – was das Schwarzgeld betreffe, da wolle er vorschlagen, daß man vierhundertfünfzigtausend offiziell und dreihunderttausend schwarz mache, wenn Paul das recht sei. Und ob Paul denn die vierhundertfünfzig ganz finanzieren wolle, er habe sich vorsorglich heute morgen nach den Konditionen seiner Bank erkundigt, die habe er da, wenn Paul daran interessiert sei.

»Ich schlage vor, Sie machen mir ein Angebot über Vierhunderttausend, auf zehn Jahre, neunzig Prozent Auszahlung. Zehn Prozent Disagio kann ich dieses Jahr gut und gerne unterbringen.«

»Können Sie sofort haben.«

Er wühlte in seinen Unterlagen und nannte Paul die Konditionen.

»Würde mich freuen, wenn wir so auch geschäftlich zusammenkämen.«

»Ich lasse das prüfen. Und was das Inoffizielle angeht: vor dem Notartermin zähle ich Ihnen das Geld vor, tue es in Ihrem Beisein in ein Kuvert, das wir gemeinsam zukleben. Das Kuvert liegt zwischen uns beiden beim Notartermin auf dem Tisch. Haben Sie unterschrieben, nehmen Sies an sich, fertig.«

Da hat der noch was dazugelernt, dachte Paul, der mit seinem Rollenspiel bisher ganz zufrieden war, wiewohl er wuß-

te, daß er sich an einem kleinen Wicht probierte, der ihn jetzt mit gierig-flackernden Augen ansah.
Sie trennten sich, verabredeten sich für den nächsten Tag, wenn auch die Wasseradergeschädigte ihr Placet gegeben haben würde, um das übrige zu besprechen.
»Und Sie haben das als Kind nicht gespürt, mit der Wasserader?«
»Nein.«
»Niemand in Ihrer Familie?«
»Nicht daß ich wüßte. Mein Vater vielleicht, der ist sehr früh gestorben.«
Nachdenklich, vielleicht mit der leisen Ahnung, daß seine harlekinsche Frau möglicherweise nicht ganz bei Trost ist, zog er ab.

Mutter sitzt in ihrem Lehnstuhl, Paul geht auf und ab, ist innerlich umgetrieben, aufgeregt, bleibt am Fenster stehen, schaut in die Landschaft hinaus.
»Das Haus hat eine Wasserader, sagt der Mann. Hast du davon mal was gespürt? Es soll auf die Gelenke gehen.«
»Wir hatten alle immer mit dem Kreuz zu tun.«
»Ja, weil wir so groß sind und die Türen in dem Haus so klein waren, daß wir uns dauernd bücken mußten.«
»Ist doch gar nicht wahr!«
»Wie? Ist jetzt nichts mehr so wie ich mich erinnere?«
»Du biegst dir alles zurecht, wie du es willst.«
»Du verdrängst und vergißt alles, was dir unangenehm ist. Alles, was man sagt, ist ein Angriff auf dich.«
»Willst du mich fertigmachen?«
»Ich will dich nicht so behandeln wie Max das tut. Er disku-

tiert nichts mit dir. Er macht es einfach. So war er immer. Das ist viel bequemer. Ich bin dumm, daß ich es nicht auch so mache. ER hat dich um das Haus betrogen und mich auch. Und du gehst hin und spielst die Oma. Gut, tu das. Aber verdrehe bitte nicht die Tatsachen. Und zwinge mich nicht in dein Harmonienest. Und jetzt laß mich einfach still und ruhig gehen.«
Sie schweigt trotzig, und aus dem Trotz kommen Tränen. Er geht dann doch nicht. Er setzt sich hin, schaut zum Fenster hinaus, um sie in ihrer falschen Trauer nicht ansehen zu müssen, und schweigt. Es ist immer wieder dasselbe Ritual. Sie gehört zu der Sorte Menschen, denkt er, die einen Konflikt einfach nicht austragen. Sie pumpt ein paar Tränen der Selbstbejammerung heraus, trocknet sie dann ab und tut so, als scheine schon wieder die Sonne. »Ich bin ein fröhlicher Mensch. Ich sehe nur das Positive. Auf meiner Lebensseite scheint die Sonne.«
Für solche wie sie, denkt Paul, machen sie diese Volksmusiksendungen, in denen sonnenbankgebräunte Menschen in bunten Klamotten davon singen, daß sie sich täglich freuen zu leben. Und auf Leben reimen sie Segen und streben, verweben und kleben und niemals mehr Regen, immer nur Sonne erleben auf allen meinen Wegen. Und Paul wünscht ihnen verwegen, es ereilte sie ein Erdbeben.
»Wo hast du denn das Geld überhaupt her?«
»Ich hab es. Geschäfte. Im Moment läuft es gut.«

Dann sitzt Paul im Auto. Der Benz fährt, wie Paul seit ein paar Tagen geht: auf Wolken. Der brave Benz. Nein, er wird sich kein neues Auto kaufen. Keinen Konsumzwang jetzt.

Aber er wird ihn richtig überholen lassen, was er sich bisher im wahrsten Sinne des Wortes gespart hat. Meingott, ja, denkt er, ich werde nicht mehr sparen müssen. Ich werde nie mehr in meinem Leben diese Situation haben, in der ich seit Jahren bin, zu wissen, irgendwann ist kein Geld mehr da, und es kommt nicht genug rein, um etwas wegzulegen. Das werde ich nicht mehr kennen. Ich werde auf dem Teppich bleiben. Mit 46 hat man, wenn man Pech hat, erst die Hälfte des Lebens hinter sich. Da braucht man noch viel Geld. Zum Beispiel, rechnet Paul, wenn ich 43 Jahre lang – sagen wir 40 Jahre lang, rechnet sich besser – jeden Tag eine Cohiba rauche, eine nur, also eine Cohiba kostet im Moment, ich besorge sie mir natürlich in der Schweiz, wo sie ein Drittel billiger ist, sagen wir 30 Mark, reicht glaube ich nicht, aber egal. Das sind 365 mal 30. Zehn mal 365 ist 3.650 mal drei ist zehntausendneunhundertfünfzig. Das mal vierzig, sind vierhundertachtunddreißigtausend Mark. Das ist etwa die Summe, mit der sich der Vater seinen Lungenkrebs erraucht hat. Allerdings mit seinen Zigaretten. Ich rauche gesund. Cohiba, das Beste vom Besten.
Natürlich hat Mutter sich mit seiner knappen Erklärung über sein Geld nicht abspeisen lassen. Ob er denn nicht etwas für die Zukunft weglegen wolle, ob es nicht töricht sei, das Haus zu kaufen, noch dazu zu einem überhöhten Preis, und wenn er doch gar nicht hinziehe. Sie hat sich mit ihrer Ahnungslosigkeit eingemischt, und das endete da, wo es immer endet:
»Du kannst deinem anderen Sohn sagen, er kann beruhigt sein, sein Bruder werde ihm nicht eines Tages, wie er das mal so schön formuliert hat, ›auf der Tasche liegen‹.«

»Das hat Max nie gesagt.«
»Er hat es gesagt, als ich mein Studium abgebrochen habe und Benny unterwegs war.«
»Was macht denn der Kleine, hast du ihn gesehen?«
»Der Kleine ist vierundzwanzig Jahre alt und schwul und lebt mit einem achtundvierzigjährigen Mann zusammen, mit dem er bumst und eine Boutique für kleine knappe Herren-Slips aufmacht.«
Da war sie dann endlich sehr still.

20

»Linksuntendrei Extraktion, zwei und eins Trepanation, rechtsunteneins und zwei ebenfalls, rechtsuntendrei Wurzelbehandlung. Linksunteneins distal, zwei buccal, rechts eins labbial, zwei distal. Haben Sie das? Dann die Endobox bitte. Und Papierspitzen. Danke. Schmerzt das?«
Nichts schmerzt und alles. Paul spürt seinen Mund nicht mehr, wähnt ihn irgendwo, nicht mehr bei sich. Alles ist taub. Dr. Vogt dreht Nadeln in den Rechtsuntendrei, den er, wie alle anderen auch, um sie abschleifen zu können, mit einer Reihe von Spritzeneinstichen schmerzfrei gemacht hat. Zu dritt werkeln sie in Pauls Mund herum, der nicht mehr seiner ist. Gewohnt, nicht zu schlucken, sich nicht zu bewegen, sich mit dem Kopf eher den unvermeidlichen Extupationsnadeln entgegenzubewegen als ihnen entfliehen zu wollen, mitdenkend, mitarbeitend, willig und ergeben liegt Paul da, umklammert ein Papiertaschentuch und verliert sich wieder in den großen, übergroßen Augen der Sprechstundenhilfe.
Während Dr. Vogt Nadel um Nadel immer tiefer in den

Rechtsuntendrei dreht, der, heftig schmerzend, Paul sofort nach der Ankunft in Berlin hierhergetrieben hat, redet er von Termingeschäften und Standardwerten, mißtraut er Preussag und Degussa, sieht er die Metallgesellschaft im Kommen, zählt er die Charts von Spezialwerten auf, warnt er davor, über deutsche Banken mit Schwarzgeldern nach Luxemburg zu gehen, hält er die Erwartungen in den Osteffekt für überzogen. Paul ist froh, daß er nichts antworten kann, denn er will Dr. Armin Vogt nicht erzählen, daß er sein imaginäres Depot in Erwartung eines echten aufgelöst hat. Er denkt sich weg von hier, nach Lugano zum Beispiel, zu seinen fünfzig Bündeln im Safe von Claudio, die ihn über des Zahnarztes kleingärtnerisches Aktieninteresse lachen lassen. Und er denkt an das Elternhaus und stellt sich vor, wie Max reagieren wird, wenn ihm die Mutter das erzählt. Das hilft ihm seit gestern über eine leichte Unsicherheit hinweg. Er wollte bei Claudio anrufen, doch da meldete sich niemand. Er wird es noch einmal versuchen. Claudio wird Verständnis für Pauls Eile haben. Man wird ein größeres Geschäft fingieren, das wird schon gehen. Ach, warum soll er überhaupt dort anrufen? In ein paar Tagen wird er hinunterfahren. Dann werden sie über alles reden.
Er denkt an Benny, den guten Jungen.

Im Hotel hatte er gestern auch eine Nachricht von Benny vorgefunden. Sie trafen sich in einem Szenecafé in Haidhausen. Benny kam allein. Sie unterhielten sich trotz der zu lauten Musik sehr gut. Paul machte ihm unumwunden klar, daß er nun etwas für ihn tun wollte, denn wider Erwarten seien ein paar Geschäfte sehr gut gelaufen. Ja, das hatte er

sich in den letzten Tagen vorgenommen, er würde in Zukunft nur noch lapidar und geheimnisvoll von »Geschäften« reden, sonst von nichts. Und Benny solle doch bitte sein Verhalten von neulich entschuldigen, er, Paul, sei indisponiert und wegen eben jener Geschäfte nervös gewesen, und auch die Situation mit Leo habe ihn ziemlich verwirrt.
»Geschenkt.«
»Okay. Und was ist nun mit dem Laden?«
»Leo hat seinen Kredit nicht bekommen. Der hat mit einem früheren Freund schon mal einen Laden in den Sand gesetzt. Jedenfalls hatten wir nach unserem Treffen mit dir Krach. Aber das ging vorher schon längere Zeit so. Es ist der Wurm drin. Darum wollten wir das auch so sauber trennen mit den Geldern.«
»Ist es aus mit euch?«
»So gut wie, kann man sagen. Ich mache den Laden, wenn ich ihn mache, allein.«
»Wieviel brauchst du?«
Das war der Moment, auf den er sich so gefreut hatte, den er genießen wollte, mehr fast noch als den, da er Franz Breitensteiner an der Haustür verkündete, daß er das Haus kaufen werde. Er wollte alles wiedergutmachen, wollte mit Großzügigkeit die Jahre, die er dem Jungen kein Vater war, übertünchen, wollte seine Toleranz beweisen, sein Vertrauen in Benjamin, seinen Sohn.
»Hunderttausend wären der Grundstock.«
»Kann man den Laden auch kaufen?«
»Der Laden würde mir ja dann gehören. Als Laden.«
»Ich meine das Ladenlokal, die Immobilie.«

»Keine Ahnung. Das gehört einem Apotheker. Man müßte ihm ein Angebot machen. Warum, willst du – ?«
»Es wäre für dich doch sicherer, nicht?«
»Ja, weißt du, das ist so. Ewig will ich das gar nicht machen. Es ist für mich ein Übergang. Mir wäre es lieber, ich würde den Laden jetzt so übernehmen und ihn später weitergeben. Eine Immobilie interessiert mich nicht. Wenn du Geld investieren willst, dann tus in meine künftige Firma.«
Er strahlte Paul an. Dann erzählte er von seiner Idee, eine neue Männermode auf den Markt zu bringen. Paul war völlig verblüfft von der Selbstverständlichkeit, mit der der Junge da vor ihm ein Modeimperium herzauberte. Witzige Ideen, kaufmännischer Verstand, kluge Einschätzung der Lage, Benjamin weiß, was er will. Paul, ohnehin in diesen Tagen leicht zu begeistern, weil von sich selbst und allen neuen Lebensperspektiven schon so grenzenlos beeindruckt, war hingerissen.
»Ich bin dabei, prost!«
»Und ich sage dir, das fetzt durch.«
»Wie soll es heißen?«
»Benjamin.«
»Wie wärs mit ›Paul & Benjamin‹?«
»Nicht schlecht.«

»Hör mal, Paul, die Technocell sind ja ziemlich gestiegen. Waren im Januar auf achthundert. Das war der Höchstwert. Jetzt geht es langsam bergab. Sind noch fast bei siebenhundert. Aber das geht in den Keller. Ich gehe da jetzt raus. Ist mir zu unsicher. Ich sage dir, die Zeiten, wo diese ganzen Ökosachen boomen, sind ausgereizt. Die Leute haben an-

dere Probleme. Die merken, daß ihr umweltbewußtes Verhalten nicht belohnt wird, weil sich die Politik einen Dreck darum schert. Die größten Luftverschmutzer werden doch mit Steuergeschenken belohnt, und der Umweltminister schaut zu. Das war in den letzten Jahren nichts als der Tschernobyl-Effekt, der solche Werte wie Technocell hochkatapultiert hat. Die Zeiten sind vorbei. Ich gehe nur noch in die konservativen Werte, Daimler-Benz, Mercedes-Holding, Allianz, MAN, Holzmann, Hochtief. Bauwesen, das hat Zukunft. Der halbe Osten liegt in Schutt, da muß gebaut werden. Das sind die Werte der Zukunft, Paul!«
Paul kann nicht antworten, denn während seines Vortrags hat Dr. Vogt die Extraktion des Linksuntendrei begonnen. Immer wieder diese martialische verchromte Horrorzange, denkt Paul. Wie oft noch? Er zählt seine restlichen Zähne, die noch Wurzeln haben. Er kommt auf zehn. Mit einem Meißel muß die Wurzel in zwei Teilen aus dem Unterkiefer gehoben, regelrecht gestemmt werden. Ein kurzes Knirschen, der Geschmack von Blut, Ausspucken, Nachspülen, eine prüfende Suche mit der Zunge, ein Riesenloch. Wieder einer weniger. Abschied. Mit jedem Zahn ziehen sie dir Jahre deines Lebens heraus, denkt Paul, und ihm ist schlecht. Die Wirkung der Spritzen läßt nach, sein Mund kommt wieder zu ihm zurück. Der Schmerz meldet sich langsam an, überall.
»Keramag – Armin – Keramac – Kloschüsseln für den Osten – da ist Phantasie drin – Ostphantasie – Armin«, lallt Paul und geht.

Dann trottet er durch Berlin, die Bleibtreustraße hinauf. Da wird ein stattliches Haus renoviert. Ein Schild weist auf die

Immobilienfirma hin, die die großen, teuren Eigentumswohnungen verkauft. Paul schreibt sich die Nummer auf. Er wird sich Exposés schicken lassen. Aber will er denn in Berlin bleiben? In diesem Berlin, das sie jetzt zur Riesenbaustelle und zur deutschen Hauptstadt machen wollen?
Das Exposé kann er sich ja mal schicken lassen. Vermutlich wird er in verschiedenen Städten wohnen. In Lugano, in Zürich, in München, in New York und auch in Berlin. Seine Zähne und sein Mund schmerzen, der ganze Kopf dröhnt. Er kann sich jetzt nicht für die eine oder andere Zukunft entscheiden. Er geht ins Café Bleibtreu, wo natürlich alles beim alten ist. Der Broker Hanno verläßt gerade das Lokal. Sie grüßen sich.
»Wir sollten einmal miteinander reden«, möchte Paul sagen. Warum? Aus Wichtigtuerei, warum sonst? Er sagt nichts, setzt sich in die einzige freie Ecke, gleich neben dem Klo, und bestellt sich »seinen« Capuccino.
Warten auf Helga heißt lange warten. Sie kommt gar nicht. Paul hat viel Zeit, über sein neues Leben nachzudenken, das ihm noch so neu ist, daß es ihm auch Angst macht, weswegen er immer nur ganz kurz darüber nachdenkt, um dann sofort wieder Gewohntes und Vertrautes in seinen Kopf einziehen zu lassen. Was wird sich ändern? Was wird er für Bedürfnisse haben, er, der nie fein essen gegangen ist, der Weine mag, aber nicht kennt, der drei Sorten Bier bevorzugt, ungern reist, außer nach New York. Gut, das wird er tun. Er wird dort eine Wohnung haben, irgendwo oder in der Nähe von Woody Allen. Aber sonst? Wird er nicht mehr in diese geliebte Schmuddelbude hier gehen und zu Takis oder zu Luigi? Natürlich wird er das tun. Und er wird mit Helga in die Kneipe

gehen, in der sie ihm gegenübersitzt mit Blick auf die Tür, um feststellen zu können, wer kommt und wer geht.
Er wird ja genügend Zeit haben, denn er wird nun nicht mehr darüber nachdenken müssen, wie er zu Geld kommt. Es wird einfach immer da sein und für seine Bedürfnisse immer reichen.
Wie hat Fritz Schindler gestern gesagt? »Mein Leben ist ziemlich beschissen, aber wenigstens ist so viel Geld da, daß ich nicht darüber nachdenken muß.«

Sie hatten sich im Franziskaner getroffen, ein paar Weißbiere getrunken, Wurstsalat gegessen, über alle gemeinsamen Bekannten geredet, alles fast wie in alten Zeiten. Über sich sprachen sie erst einmal nicht. Fritz fand sein momentanes Leben nicht interessant genug, als daß es darüber Großartiges zu erzählen gegeben hätte, und Paul, der wahrlich etwas mitzuteilen gehabt hätte, zwang sich, das, was ihn bis zum Hals anfüllte, nicht herauszuplaudern. Irgend etwas, was ihm früher vielleicht nicht aufgefallen ist oder erst eine Entwicklung der letzten Jahre war, gefiel Paul nicht mehr an Fritz. Er registrierte in allem, was er sagte und auch in dem, was er nicht sagte, eine Art Windigkeit. Der früher einmal sehr lustige und witzige Fritz Schindler, der sich rechtschaffen über politischen Mief erregen konnte und ein engagierter Linker war, schien müde, enttäuscht, leicht angeschmuddelt, ranzig geworden zu sein.
Paul erinnert sich an die wenigen Male, da er mit Fritz hinausgefahren war, um an den Großveranstaltungen gegen den Bau des Flughafens teilzunehmen. Vater Schindler, Westfale, vor dem Krieg in den Kolonien gewesen, nach

dem Krieg mit Frau und Kind aufs bayerische Dorf im Norden Münchens verschlagen, dort Samen- und Pflanzenschutzmittelhändler, unterwegs auf den Dörfern im Erdinger Moos, war in der Bürgerinitiative besonders heftig engagiert. Hermann Helmer, der mit Schindler geschäftlich zu tun hatte, sagte immer: »Vertut eure Zeit nicht, die bauen den Flughafen doch, da könnt ihr gar nichts dagegen tun, wenn der Strauß den will.« Als der Kampf gegen die Landesregierung immer aussichtsloser wurde und Schindler noch an eine Wende glaubte, während die Bauern schon ihre Grundstücke an die Flughafengesellschaft verkauften, begann sich Fritz für den Starrsinn des Vaters zu schämen. Das hatte Paul damals nicht verstanden, denn er hätte sich von seinem Vater ein solches Engagement gewünscht. Schindler hat das Schlimmste nicht mehr erlebt, den Bau des Großflughafens München und die Tatsache, daß seine Tochter Angelika nach ihrem Publizistikstudium eine Karriere in der Presseabteilung der Flughafengesellschaft machte.
Fritz, aufgewachsen in diesem Dorf draußen, das es heute nicht mehr gibt, war als Student voller Träume gewesen. Er wollte ans Theater, zum Film, zum Fernsehen. Er wollte Regisseur werden, studierte Theaterwissenschaft und Germanistik, doch früh, zu früh, war seine spätere Frau Edith, die mit ihm in der Kreisstadt auf dieselbe Schule gegangen war, schwanger. Der Verkauf von IOS-Aktien versprach gutes, schnelles Geld. Mit Thomas, dem Freund aus der Wohngemeinschaft, stieg Fritz dort ein. Sie verloren viel, fingen sich aber und verkauften fortan Versicherungen. Ein Zurück zur Kunst gab es für Fritz nicht mehr, als Edith ein zweites Kind bekam und die Ansprüche an ein gutsituiertes

Familienleben größer wurden. Zwangsläufig führte der Weg der beiden zur eigenen Agentur. Thomas heiratete nach Köln und machte sich dort selbständig. Fritz aber, für den München jemals zu verlassen eine absolut unmögliche Vorstellung gewesen wäre, blieb hier. Da er eigentlich faul war, beließ er es »karrieremäßig«, wie er das nennt, beim Nötigsten.
»Und Thomas? Hast du mal wieder was gehört von ihm?«
»Der ruft ziemlich regelmäßig an«, sagte Fritz und bestellte sich noch ein Bier.
»Neulich war er auf einem Kongreß, hielt eine Rede, war recht wichtig. In einer Mittagspause haben wir kurz geredet. Aber du kennst ihn ja. Immer beschäftigt, tausend Termine, da noch und dort noch. Frau und Kinder, sagt er, sieht er kaum noch. Immer am Expandieren. Da haben die Ossis noch von drüben her an der Mauer gepickelt, da ist der Thomas schon dagestanden mit den Versicherungspolicen. Wenn einem ein Mauerstein auf die Zehen gefallen ist, zack, war er schon versichert. ›Thomas-Bauer-Versicherungen, das blaue Band des Vertrauens‹. Der steigt drüben groß ein, unser kleiner Thomas.«
Fritz lächelte. Paul sah sehr wohl, daß bei allem, was Fritz erzählte, vor allem von Thomas, eine leichte Traurigkeit über das eigene Unvermögen und die verpatzen Chancen, ein ganz anderes Leben zu führen, mitschwang.
»Wäre das für dich nichts, der Osten?«
»Bin ich blöd und hals mir noch mehr auf? Ich will meine Ruhe. Was ich brauche, wirft die Agentur ab. Was will ich denn noch? Der Bub macht mit seinen Computern mehr Geld als ich, das Mädel hat einen guten Job, die Edith hat in

Pasing draußen das Haus. Und ich, was will ich mehr? Stadtappartement, alle zwei Jahre einen neuen BMW, ab und zu Urlaub mit einem Hasen, Skifahren im Winter, Surfen im Sommer, oder auch mal in die Karibik oder so, mehr brauch ich nicht. Meinst du, der Thomas hat Zeit, sein Geld auszugeben? Mehr saufen, fressen und ficken kann ich doch nicht. Paul, wir sind in dem Alter, wo man ans Aufhören denkt. Arbeitsmäßig, meine ich. Ich hab genug auf der Seite, ich kann heute aufhören und so weiterleben. Prost.«
Paul schaute ihn an. Er war feist geworden. Um den Hals trug er immer noch an einem Goldkettchen den ersten Zahn seines Sohnes. Das Hemd mit Papageien drauf spannte über dem Bauch. Die dunkelblonden Haare schienen gegen das Ergrauen nachgefärbt zu sein, den Schnauzer, den er einige Zeit getragen hatte, gab es nicht mehr. In den Zahnzwischenräumen sah man braunschwarze Streifen. Er roch leicht faulig aus dem Mund, was sich später legte, als sie tüchtig geraucht und Zwiebeln gegessen hatten. Am Arm trug er ein albernes Glasperlenkettchen, sicher das selbstgefädelte Geschenk eines jungen Mädchens. Er sieht aus, dachte Paul, wie einer, der sich jetzt bedingungslos mit immer jüngeren Frauen vor dem Altwerden zu schützen versucht. Paul mußte in diese Richtung gar nichts nachfragen. Fritz, der einmal ein junges, schlaksiges, sensibles Kerlchen war, lang aufgeschossen und spindeldürr, aber von seiner preußisch-adeligen Mutter zu aufrechter Haltung gezwungen, lag jetzt wie ein offenes Buch vor ihm. Paul, der wie sein Bruder Max nie wirklich den bayerischen Dialekt gelernt hatte, was sich ihre Mutter heute noch zugute hält, sah, daß diese Verbayerung von Fritz ein lebenslanger Sturmlauf

gegen seine Mutter war, die übrigens nach dem Mauerfall sofort auf das elterliche Familiengut nach Mecklenburg zurückgegangen ist, das von einem ihrer Neffen verwaltet wird.
»Und du und Edith?« fragte Paul.
Fritz seufzte, trank dann einen langen kräftigen Schluck vom Weißbier, als läge darin die Antwort, wischte sich den Mund ab, lehnte sich satt zurück, dachte noch einen Moment nach, suchte die Formulierung, an der er, wie auch immer sie ausfiele, leiden würde.
»Da ist nichts mehr mit uns. Ab und zu fahr ich raus. Für ihre Eltern, du kennst sie ja, machen wir die ›Heile-Familie-Nummer‹. Das ist das einzige, was sie noch verlangt von mir. Das sichert ihr das Erbe. Aber sonst leb ich hier in der Stadt.«
Er lehnte sich wieder zurück und schaute an Paul vorbei in den Raum, einer Kellnerin hinterher.
»Frag nur, was du mich fragen willst, Paul! Frag mich, was ich für Weiber hab.«
Paul war leicht unwohl, denn er, der gerade jetzt so eine Neigung verspürte, allen Menschen, die ihm irgend etwas bedeuteten, zu helfen, fühlte sich hilflos.
»Ich lebe sozusagen ›vegetarisch‹«, kalauerte Fritz, »ich liebe das junge Gemüse.«
Er sprach es mit einem »F«, sagte »fegetarisch« und signalisierte die Anführungszeichen mit den Fingern. Dabei sah er so unsicher und unglücklich aus und lächelte so verlegen, daß Paul ihn am liebsten in die Arme geschlossen hätte. Doch das war nicht mehr zwischen ihnen.
»Und Edith, hat sie einen Freund?«

Fritz zögerte.
»Wie denn? Wo sie ihr doch beide Brüste abgenommen haben.«

Helga ist immer noch nicht da. Paul bestellt sich noch einen Capuccino und schaut auf die Bleibtreustraße hinaus, wo sich zwei Hunde ineinander verbissen haben und von ihren Herrchen getrennt werden.
Warum habe ich das, was Fritz da über Edith gesagt hat, so hingenommen? Warum habe ich ihn das sagen lassen? fragt sich Paul jetzt. Warum habe ich ihn vorher nicht in den Arm genommen, als mir danach war? Vielleicht hätte ich ihn damit vor einer solchen Bemerkung schützen können. Vielleicht hätte ich mit ihm ehrlicher reden sollen. Warum darf ein Mann das so brutal sagen? Wie wäre mein Verhalten, wenn das einer Frau, die mir nahesteht, passieren würde, Helga zum Beispiel?
Helga ruft an.
»Paul, es ist heute zu stressig. Wir können uns nicht treffen. Jetzt bin ich gerade bei IKEA, Möbel für unser Büro einkaufen. Dann muß ich rüber in die Wohnung, wo ich einen Ex-Stasi-Mann treffe, der irre Aussagen macht. Ich mache da einen Film, Paul, ich muß das jetzt machen. Ich muß das Thema Stasi beackern, ehe es die Revanchisten machen.«
»Ja.«
»Du bist doch nicht sauer, Paul?«
»Aber nein.«
»Wir treffen uns morgen?!«
»Morgen fahre ich nach München, dann nach Lugano. Aber nächste Woche bin ich wieder da.«

»Scheiße, ich muß dich doch sehen. Ich muß doch sehen, wie ein Multimillionär aussieht.«
»Er sieht zerknautscht aus, hat eine dicke Backe, der Kopf tut ihm weh, und er hat ein Provisorium im Mund, das man Zähne nennt.«
»Warst du bei Dr. Vogt?«
»Klar doch, mein täglich Brot in Berlin.«
»Paul, paß auf, wann fährst du morgen? Früh?«
»Wenn ich aufwache, fahre ich.«
»Paul, ich bin um acht Uhr bei dir. Wir trinken einen Kaffee, und schon bin ich wieder weg, okay?«
»Okay.«

Um Punkt acht Uhr steht sie vor der Tür. Sie schaut Paul kurz prüfend an und fällt ihm dann um den Hals. Er hatte gehofft, sie würde Brötchen mitbringen. Sie nimmt Paul an der Hand, zieht ihn ins Schlafzimmer, zieht sich aus, hilft Paul auch dabei, legt ihn aufs Bett und legt sich auf ihn. Ohne ein Wort zu sprechen, lieben sie sich. Bei Helga, denkt Paul, kann man das aber auch eine Nummer nennen. Es ist, würde Paul sagen, eine Viersternenummer, wenn man dem Nummernkatalog folgt, den er und Helga einmal aufgestellt haben. Als sie für einen Moment neben ihm liegt, mehr Zeit als einen Moment hat sie nicht, denn sie muß noch mal zu IKEA, weil den Regalen die Schrauben nicht beigepackt waren, reiben sie Nase an Nase.
»Was sagt von Rönne dazu?«
»Er ist mein Vermieter, mein Produktionsleiter, mein künftiger Firmenpartner, aber mein Liebhaber ist er nicht mehr.«

»Wie das denn?«
»Frage mich nicht, aber bilde dir ein bißchen was drauf ein.«
Und schon ist sie weg, aus dem Fenster geflogen, um sich auf ihre Art in diese Stadt einzumischen, die Paul sehr schnell und nicht ungern wieder verläßt.
Dabei wollte er sie noch fragen, was aus dem Roman wird. Aber er kann sich ihre Antwort vorstellen.
»Was für ein Roman, Paul?«
»Die Kinder aus dem Osten. Der Kinderkreuzzug.«
»Ach so, ja, den ziehe ich nächsten Monat durch, Paul.«

21

DIE KARWOCHE HAT ANGEFANGEN. Ferienwütige deutsche Touristen haben die Piazza Riforma besetzt. Lautstark preisen sie die Stille des Platzes. Kinder plärren ihren Anspruch auf Erlebnis- und Konsumferien heraus. Die Schwäne sind geflohen. Die Luganeser Bürger auch. Buntscheckige Familien flanieren am See entlang und reißen blühende Magnolienzweige von den Bäumen, als sei erst das Abreißen ein Beweis für ihr Blühen. Ein Flohmarkt, der längst keiner mehr ist, frißt sich in Form von fliegenden Händlern bis auf den Platz. Franz Breitensteiners Puppenfrau hätte Vergnügen am Angebot.

Jetzt ist hier niemand, der nicht aus geschäftlichen oder ferientechnischen Gründen hier sein muß. An den Bürgerhäusern bleiben die Fensterläden geschlossen, die Tore zu den an den Hügeln liegenden Villen sind jetzt doppelt gesichert. Die Umgebung ist wie ausgestorben, nur das Zentrum ächzt unter der Menge von Menschen.

Und mittendrin auf der Piazza Riforma, vor sich ein Glas Fendant, sitzt Paul. Er hört den Lärm nicht, er sieht nicht

die Buntheit der Menschen, er starrt vor sich hin, ins Leere, als hinge er an einem Tropf und sei schon auf dem Weg ins Jenseits.
Vor zwei Tagen ist er in Berlin aufgebrochen und hat sich einen Tag in München aufgehalten, um mit Franz Breitensteiner die letzten Details des Hauskaufs zu besprechen.

Der heutige Morgen fing dann schon auf eine Art und Weise an, daß Paul genau spürte, mit diesem Tag wird es nichts. Früher hat er sich an solchen Tagen sofort wieder ins Bett gelegt. Doch die Zeiten sind jetzt vorbei, denn er hat schließlich seinem Geld gegenüber eine Verantwortung, Termine, Absprachen, Wichtigkeiten.
Paul hatte sich den Wecker sehr früh gestellt, aber noch früher holte ihn Franz Breitensteiner aus dem Schlaf. Er flüsterte am Telefon, als wollte er damit verhindern, daß jemand dieses streng vertrauliche Gespräch abhört. Er habe nachgedacht, gestern und die ganze Nacht und auch heute sehr früh. Es sei nun so, daß er Paul bitten wolle, doch über eine Übergabe des Schwarzgeldes direkt in der Schweiz nachzudenken. Ja, er sagte, »direkt in der Schweiz«, wobei Paul nicht wußte, was das bedeuten sollte. Ihm, Breitensteiner, sei es zu gefährlich, das Geld, das er natürlich in der Schweiz anlegen wolle, über die Grenze zu bringen, denn das könne er sich in seiner Position nicht leisten. Paul, müde, unwillig, mürrisch, schlug vor, einen deutschen Notar mit in die Schweiz zu nehmen und dort den Vertrag zu machen.
»Ich sehe da kein Problem.«
»Das ist gut, so machen wir das. Wenn Sie einverstanden

sind, instruiere ich Dr. Mehlschweißer in der Angelegenheit«, sagte Breitensteiner.
»Tun Sie das.«
»Komischer Name, nicht, Mehlschweißer. Möchten Sie so heißen? Hahaha. Ein Kollege von mir sagte neulich, ›ich möchte wissen, wie Dr. Mehlschweißer zu dem »w« gekommen ist‹. Gut, nicht wahr!? Wir haben so gelacht. Aber Scherz beiseite, wir sind also d'accord, Sie und ich.«
Scherzkeks, dachte Paul und ging unter die Dusche. Kleiner blöder Hühnerficker, als könntest du nicht dreihunderttausend Mark in dein flatteriges Anzügelchen stecken und sähest trotzdem noch aus wie eine Vogelscheuche.
Dann war er endlich auf der Autobahn, und die war voll. Wagen an Wagen quälte man sich zum Bodensee hinunter, zuckelte durch die Schweiz, den San Bernardino hinauf und drüben wieder hinunter. Und immer wieder gab es Staus. Viel Zeit, um die schöne Landschaft zu betrachten, doch danach war Paul heute nicht zumute.
Nach zehn Stunden kam er endlich in Lugano an, benutzte gleich die Umgehungsstraße zu Claudio hinauf, um nicht im Zentrum auch noch dem Getümmel ausgeliefert zu sein.
Als Paul durch das seltsamerweise offene Hoftor fuhr, staunte er nicht schlecht. Etwa zwei Dutzend kurzgeschorene, vorwiegend in Orange gekleidete junge Männer saßen auf Kisten, Mauern oder Stühlen und stopften Mac Donalds Fast-Food in sich hinein. Hat Filippo dem Vater mit seiner Sekte einen Besuch abgestattet, durchfuhr es Paul? Armer Claudio.
Paul parkte sein Auto zwischen zwei Kleinbussen, stieg aus

und schaute sich um. Da kam Carlo aus dem Haus, lief aufgeregt auf Paul zu, hatte Tränen in den Augen, warf sich schluchzend an Pauls Brust.

»Signore Paolo, Claudio ist tot. Vorgestern nacht gestorben. Es ist so furchtbar!«

»Aber wie, das gibt es doch nicht – ich – was sagen Sie, vorgestern nacht? Da wollte ich ihn anrufen, er ging aber nicht dran.«

»Er konnte nicht mehr drangehen. Er muß in der Nacht einen Asthmaanfall gehabt haben. Dafür hat er überall diese Klingel, die uns rausklingelt. Man konnte ihm immer helfen.«

»Hat er nicht geklingelt?«

»Das ist das Furchtbare daran. Gestern früh haben wir das sofort überprüft. Es muß in der Nacht der Strom für die Klingel ausgefallen sein. Er hat zu klingeln versucht, da sind wir sicher. Er ist erstickt, ich hätte ihm helfen können. Er hätte nicht sterben müssen.«

»Carlo, es ist nicht Ihre Schuld. Beruhigen Sie sich.«

»Schauen Sie sich um, Signore Paolo, diese Leute sind seit gestern da. Claudio war noch keine fünf Stunden tot, da wimmelte es hier schon von denen. Filippo, dieser einzige Sohn, eine mißratene Kreatur, muß man sagen. Sie haben sofort Rechtsanwälte, Notar, Nachlaßverwalter, alles mitgebracht. Es gibt kein Testament, aber vermutlich ist Filippo der Haupterbe.«

Jetzt erst, da Carlo die traurige Nachricht auf diese sachliche Ebene brachte, schwante Paul Fürchterliches. Wie ein Donnerschlag durchfuhr es ihn. Schwindlig wurde ihm, er sah Sterne vor dem Gesicht. Um nicht hinzufallen, umschlang er seinerseits Carlo und schluchzte. Der tröstete ihn hilflos und flüsterte dann als ungeheure Sensation das, was Paul schon ahnte.

»Claudio ist reich. War immer reich. Aber hätten Sie gedacht, daß er fünf Millionen Franken einfach so im Safe liegen hatte? Der Nachlaßverwalter hat den Safe vor einer Stunde geöffnet. Da waren fünf Millionen drin, das muß man sich mal vorstellen.«

Paul konnte, aber wollte es sich nicht mehr vorstellen. Ihn traf ein dumpfer Schlag, der all seine Vorstellungskraft für einen Moment ausschaltete, er war der Ohnmacht nahe. Das vorwiegende Orange der vielen Erben verfloß mit dem zarten Grün der Natur und dem Blau des Sees zu einem stürmisch aufgewühlten Meer, dessen hohe Wellen und Untiefen nichts Gutes versprachen. Paul begriff spätestens, als er sah, wie ein paar Schweizer Kripobeamte und Polizisten höflichst mit den Finanzfunktionären der Orangefarbenen umgingen, daß alle Versuche seinerseits, an das Geld zu kommen, aussichtslos sein würden. Im Gegenteil, man würde ihn auslachen oder für verrückt halten. Was hätte er ihnen denn sagen sollen, wenn sie ihn nach der Herkunft dieses Geldes gefragt hätten?

Da ist nichts zu tun. Er kann nichts nachweisen. Hat nichts zu fordern. Nun scheint aus der Realität doch noch ein Film geworden zu sein. Ein Mann sieht orange, denkt Paul, und er hat für einen Moment dieses Nolde-Bild in Claudios Gästezimmer vor Augen. Der Platz mit seinen Bankenfassaden verhöhnt ihn. Hier drunter sollte sein Geld ruhen, ruhen, Claudio, jawohl, ruhen! Doch, auch arbeiten. Aus der

Traum, vorbei. Du bist nun einmal nicht der Mensch, der ein Händchen für Geld hat. Du warst es bisher nicht und bist es jetzt nicht. Du bist eben nicht Max Helmer. Ihn und andere wolltest du betrügen, jetzt hast du dich genaugenommen selbst betrogen, denn du hast nicht einmal den Anteil, der dir geblieben wäre, wenn du mit der Familie das Geld erstritten hättest. An Strafe mag Paul nicht denken. Strafe wofür?

Was ist los, warum sind hier plötzlich so viele Menschen? Sind sie alle gekommen, um sein Elend, seine Niederlage, seine Schmach zu sehen? Hat man Busse gechartert, um den Geprellten zu sehen, den Idioten, den Idioten der Familie? Jawohl, der Idiot der Familie, das bin ich. Paul verläßt fluchtartig den Platz. Er muß mit jemandem reden, es jemandem erzählen, es loswerden, um wieder innere Ruhe zu finden. Ruth. Sie muß es als erste wissen.

Paul geht in die Straße, in der das Telefonamt ist. In der stillen Halle kann man telefonieren und dann am Schalter bezahlen.

Als er durch die Arkaden geht, fällt ihm der alte Pfarrer Sieber aus Zürich ein, ja, so heißt der, wieder eine Erinnerungslücke aufgefüllt, wenigstens das. Beim Salatkopf, hat er gesagt, ist das Herz mitten im Kopf, beim Menschen dagegen? Mein Kopf, denkt Paul, mein Herz, sie sind im Moment so meilenweit von mir weg, daß ich nicht weiß, ob ich sie je wiederfinden werde.

Bei Ruth läuft der Anrufbeantworter. Paul zögert nach dem akustischen Signal kurz und legt dann auf. Nein, einem Apparat will er sich nicht zuerst anvertrauen. Wie selbstverständlich, einer natürlichen Rangordnung fol-

gend, die er für die Menschen um sich herum geschaffen hat, wählt er die Nummer von Helga. Sie ist sofort dran, und Paul, der ohnehin nicht der ist, der die noch so freudige oder noch so traurige Nachricht sofort herausschreit, kommt erst einmal gar nicht dazu, Helga von seinem Zustand zu berichten.
»Paul, wie gut, daß du anrufst. Du ahnst es nicht, Paul, ich bin völlig fertig. Stell dir vor, wir sind pleite. Keine Produktionsfirma, nichts, alles im Arsch. So eine Scheiße, ich kann dir sagen! Hartmann ist auch völlig fertig. Er hatte schon einen Nervenzusammenbruch. Ich bin nahe dran durchzudrehen, wie gut, daß du anrufst, Paul!«
Paul ist sofort klar, daß das, was Helga ihm sagen will, aber aus lauter Verzweiflung nicht kann, was auch immer es ist, auf jeden Fall viel schlimmer, viel elementarer ist als die Tatsache, daß er vor ein paar Stunden fünf Millionen Franken an ein paar Orangefarbene verloren hat.
»Helga, nun mal ruhig Blut. Der Reihe nach, was ist passiert? Helga, hör jetzt auf zu heulen und erzähl vernünftig und ruhig, was los ist.«
»Da sind zwei Brüder aufgetaucht, Juden aus Tel Aviv. Himmelfarb. Die haben den Beweis dafür, daß Hartmanns Vater ihrem Vater 1938 die drei Häuser abgekauft hat. 38, Paul, ein paar Tage vor der Reichskristallnacht! Sie sagen, der Nazi von Rönne habe die Notsituation des Juden Himmelfarb ausgenutzt, und das sei nicht rechtens, und da gebe es jetzt ein Gesetz. Hartmann natürlich gleich zum Anwalt. Der sagt, daß man dagegen überhaupt keine Chance habe. Also, die Häuser sind weg.«
Wieder heult sie.

»Scheiße, Helga, so schnell wie sie gekommen sind, sind sie wieder weg, was?«
Paul wundert sich über sich selbst. Er, der noch gestern mit einem Bruchteil seiner Millionen den Brüdern Himmelfarb die drei schrottreifen Häuser hätte abkaufen können, sieht heute ein, daß diese tragische Geschichte, in der ihn eigentlich nur Helga, nicht Hartmann von Rönne interessiert, gravierender und trauriger ist als seine eigene. War es für ihn nicht eher ein Spiel, ein Zocken, ein Alsob, wie das imaginäre Aktiendepot, das er seit Jahren unterhält? Befindet er sich nicht ohnehin nur in einem Traum, aus dem er noch nicht ganz erwachen will? Helga dagegen hat ihre ganze postrevolutionäre Existenz im Kapitalismus nach dem Fall der Mauer an die drei Häuser dieses flusigen Altachtundsechzigers gehängt. Sie fällt tief, denkt Paul, und ich kann ihr nun auch nicht mehr helfen.
»Zu DDR-Zeiten hätte es das nicht gegeben.«
»Helga, zu DDR-Zeiten hätte Hartmann von Rönne diese Häuser erst gar nicht bekommen.«
»Das ist auch wieder wahr.«
Sie beruhigt sich.
»Jetzt habe ich die ganze IKEA-Scheiße hier herumstehen.«
»Wirf sie zum Fenster hinaus, schenk sie den Ossis oder den Polen.«
Sie zieht die Nase hoch.
»Und du, Paul?«
Sie schnieft und putzt sich die Nase.
»Ist bei dir wenigstens alles okay?«
»Ach, Gott, Helga, ich habe auch –«

Plötzlich ist die Leitung unterbrochen. Beim Naseputzen hat sie irgendwas mit dem Telefon gemacht. Er wartet einen Moment, wählt wieder ihre Nummer, doch es ist besetzt. Auch beim zweiten und dritten Mal. Schließlich, wer weiß, wofür es gut ist, läßt er es.
Während er am Schalter ansteht, um das Telefonat zu bezahlen, merkt er, daß der Rechtsuntendrei wieder zu puckern anfängt. Auch das noch. Nicht auszudenken, was das bedeutet. Alles, was Dr. Vogt letzte Woche in einer Marathonsitzung gemacht hat, ist umsonst, wenn die Wurzelbehandlung nicht anschlägt. Dann kann man allenfalls eine Wurzelresektion versuchen. Und wenn der Zahn doch hinüber ist? Dann ist es Zeit für das Totalgebiß, Paul Helmer.
Was jetzt? Er hat hier nichts mehr zu suchen. Er kann das, was ihn zuweilen an dieser Stadt fasziniert hat, nicht mehr ertragen. Hier leben die Reichen, die sehr Reichen. Hier liegt das Geld der Welt. Irgendwo in einem Banksafe ruhen – nein arbeiten – jetzt schon seine fünf Millionen. Aus der Traum, Paul Helmer, du wirst dir in Zukunft nicht einmal ein Gebißimplantat in Amerika leisten können.
Zu viel Volk hier. Alle, die sich in diesen Tagen durch Kanton und Hauptstadt quälen, schauen den Reichen beim Reichsein zu.
Erst einmal weg von hier, raus aus dieser Stadt. Er fährt auf die Autobahn Richtung Bellinzona/St.Gotthard. Was wird er jetzt tun? Wen will er jetzt sehen? Ruth? Ja, warum nicht. Komm wieder, wenn du das Geld ausgegeben hast, hat sie gesagt. Ja, Ruth, es ist soweit. Mal sehen, was ihm auf der Fahrt so in den Kopf kommen wird. Er wird sich nach dem Gotthard-Tunnel entscheiden und, das belustigt ihn fast, an

der Raststätte kann er sich ein Päckchen Präservative kaufen. Und Malzbonbons.

Er muß an Max denken. Dem wäre das nicht passiert. Der hätte das Geld sauber mit Anwälten erstritten, es gar nicht erst in die Hand genommen, es gleich in die richtigen Kanäle, irgendwie sicher auch an der Steuer vorbei, geleitet. Man ist schon verloren, denkt Paul, wenn man Lust daran hat, Geld in den Händen zu haben, es anzufassen, zu riechen, zu spüren.

Auf einer Wiese springen Schweizersoldaten herum, kriechen auf dem Boden, verstecken sich voreinander hinter flachem Gebüsch, spielen Krieg, und das sieht aus, als handelte es sich um Dreharbeiten der Monty Pythons. Warum hat dieses Land ein Militär? Um das Bankgeheimnis zu schützen? Wozu sonst?

Plötzlich, als kämen mit dem Verschwinden des Geldes wieder andere Gedanken in seinen Kopf, fällt Paul der Name jener Bombe ein, die das Leben zerstört und die Gebäude heil läßt: Neutronenbombe. Wie langweilig, wie wenig aussagekräftig. Er hätte, als er ihm tagelang nicht einfiel, geschworen, daß der Name dieser Bombe die geniale Umsetzung ihrer Gefährlichkeit wäre. So kann man sich täuschen. Die Militärs haben eben nicht die Raffinesse der Schweizeruhrenhersteller oder Schweizer Uhrenhersteller, Paul weiß nie, wie man das richtig nennt, die eine Schweizeruhr oder eine Schweizer Uhr, wie man will, »Swatch« nennen. Da müssen die Militärs noch viel lernen. Hätten sie für ihre Bombe damals einen zündenderen Namen gefunden, wer weiß, ob sie nicht weltweit angenommen worden wäre, sogar in der Schweiz.

Nachdem er längere Zeit dem unangenehmen Gedanken
nachhing, ob er nicht auch Ähnlichkeiten mit seiner Mutter
habe, nicht nur mit dem Vater oder Großvaters Bruder, fällt
Paul im Gotthard-Tunnel ein Satz von Claudio ein:
»Man kann auch mit viel Geld ganz gut leben.«
Paul kehrt den Satz ins Gegenteil um, verdreht ihn, spielt
mit ihm, sucht sich einen neuen anderen Sinn in ihm, von
dem er annimmt, daß er für seine jetzige Situation und seinen künftigen Rest Leben brauchbar ist.
Als er nach einigen Tagen in seine Berliner Wohnung
kommt, findet Paul das Schreiben eines Notars vor, das besagt, daß er, Paul Helmer, sich auf der Kanzlei einfinden möge »betreffend eine Berücksichtigung Ihrer Person im Testament des verstorbenen Claudio Pedrini«.

22

ZIEMLICH GENAU VIER JAHRE SPÄTER, am 4. 4. 1994, es ist ein Ostermontag, feiert Paul Friedhelm Helmer, der sich jetzt Paul F. Helmer nennt, mit großem Aufwand im Café Einstein in Berlin seinen 50. Geburtstag. Etwa 300 Freunde und Bekannte wurden geladen, und sie sind alle gekommen. Fast alle, die sich früher fragten, wovon lebt Paul? fragen sich heute, wo kommt das her, wovon er lebt? Denn er lebt, ohne sichtbar zu arbeiten, auf großem Fuß, zum Beispiel in einer 200-Quadratmeter-Eigentumswohnung in der Bleibtreustraße. Zum Beispiel reist er seit etwa zwei Jahren in der ganzen Welt herum, zum Beispiel ist er an der neuen Herrenmode-Collection »Paul & Benjamin« beteiligt. Und er hat damals natürlich jenem Franz Breitensteiner und seiner Harlekinfrau das Elternhaus abgekauft und es an Brigitte und Marlon vermietet, die heute mit Benny aus München gekommen sind, um mit ihm zu feiern. Und als vor drei Monaten Tante Waltraud starb und Onkel Willi beschloß, seinen Lebensabend bei Schwiegertochter und Enkeln in Kanada zu verbringen, kaufte ihm Paul das Haus

ab. Dort installiert Benny gerade die Zentrale von »Paul & Benjamin«.
Wann hat es bei Paul den Knacks gegeben? Hat er geerbt oder im Lotto gewonnen? Keiner weiß es.
Und er selbst schweigt. Daß ihm der Notar damals eröffnet hat, er habe von seinem Freund Claudio Pedrini dessen gesammelte Chagalls, 35 Exemplare, geerbt, hat Paul niemandem, nicht einmal Helga, je erzählt.
Die ist natürlich auch da. Mit ihrem Mann, einem deutschstämmigen chilenischen Kameramann, ist sie extra aus Santiago herübergekommen. Die beiden haben sich unsterblich und fürs Leben und mit der Perspektive auf eine Produktionsfirma und eine kinderreiche Familie ineinander verliebt, als sie vor Margot und Erich Honeckers Haus zwei Wochen lang mit saarländischer Fleischwurst, eingeschweißt, und Birnenschnaps aus Wiebelskirchen, Erichs Lieblingsschnaps, auf der Lauer lagen, um mit einem der beiden oder beiden ein Interview zu machen. Der zwanzig Sekunden lange Film, der dabei entstand, zeigt Erich Honecker auf unsicheren Beinen, durch die Äste eines Baumes etwas verzerrt. Helga ruft im Off: »Erich, es lebe der Sozialismus!« und Erich antwortet mit erhobener Hand, »Jawoll, jawoll!« Helga und Josef haben den Film in 23 Länder verkauft und sich damit die Basis für eine Produktionsfirma geschaffen. »Jetzt sind wir an Fidel dran«, sagt Helga, die auch überrascht ist, als Paul am Abend bekanntgibt, daß er in der Karwoche die Lufthansa-Stewardeß Rita Lechner aus Wolnzach in Bayern geheiratet hat, die keiner bisher kannte, die keiner vorher je gesehen hat, die plötzlich einfach da ist und zu ihm gehört, wie und warum auch immer.

»Hör mal, Paul«, sagt Thomas Bauer, der Freund aus Münchner Wohngemeinschaftszeiten, der aus Köln angereist ist, »ich habe im Kempinski deinen Bruder getroffen.«
Paul ist erstaunt.
»Und, kommt er her?«
»Das hab ich ihn auch gefragt. Er möchte lieber nicht kommen, hat er gesagt. Er ist wegen einer Konferenz hier, zufällig.«
Paul lächelt.
»Ihr versteht euch überhaupt nicht mehr, wie?«
»Was soll ich sagen? Wir müssen ja nicht Freunde sein, nur weil wir Brüder sind.«
»Aber er hat gesagt, ich soll dir ausrichten, daß er dich sprechen möchte.«
»Ach was? Soll er doch herkommen!«
Paul hat das trotzig gesagt. Doch dann wird er nachdenklich. Was soll das? Was will Max von ihm? Steckt dahinter wieder einmal die Mutter? »Wenn ich da nicht meine beiden Söhne in die Arme schließen kann«, hat sie gesagt, als Paul sie einladen wollte, »dann weiß ich nicht, was ich da soll.«
Als sich seine Gäste am späteren Abend gut durcheinandergewürfelt Gesprächen und Alkohol ergeben haben, will sich Paul davonstehlen. Doch Helga ist ihm gefolgt. Sie hat wieder einmal alles mitbekommen, sich ihre Einschätzung der Lage gemacht und einen Entschluß gefaßt.
»Ich komme mit.«
»Nein.«
»Paul, das ist die Gelegenheit, eine Versöhnung zwischen euch Brüdern herzustellen. Ich mache das. Ich rede mit ihm, ich –«

»Nein! Gib dir keine Mühe.«
Helga schaut Paul traurig und leicht verzweifelt an.
»Es wäre das schönste Geschenk, das ich mir zu deinem Geburtstag vorstellen kann.«
»Helga, würde er das wollen, wäre er gekommen. Er ist in der Stadt. Und was macht er? Er zitiert mich sozusagen zu sich. Gut, das soll er haben, ein letztes Mal, nehme ich an.«
Er läßt Helga einfach stehen und geht.

Sie begrüßen sich kühl, geben sich nicht die Hand, ringen sich zum unverbindlichsten »Servus« durch, das man sich vorstellen kann, und setzen sich in der fast leeren Bar des Hotels so nebeneinander an den Tresen, daß sie sich nicht einmal anschauen müssen. Max scheint das, was er dem Bruder zu sagen hat, schnell hinter sich bringen zu wollen.
»Wenn du denkst, daß ich mich über deinen plötzlichen Reichtum wundere, dann irrst du dich.«
Paul schweigt.
»Du hast es immer so hingestellt, daß du der Künstler bist und ich das geldgierige Arschloch. Aber da will ich dich mal an eine Geschichte erinnern: wir waren vielleicht zehn und zwölf oder so, da haben wir auf dem Volksfest unter den Tischen das Geld aufgehoben, das die Besoffenen verloren haben. Und auf einmal war da ein Fünfzigmarkschein. Ich wollte fragen, wer ihn verloren hat, aber du hast ihn sofort eingesteckt . . .«
»Das hast du dir schön zurechtgelegt. Es war umgekehrt, du warst der, der . . .«
»Ist doch nicht wahr!«

»Und es waren übrigens zwanzig Mark.«
Sie schweigen beide und trinken am frischgezapften Bier.
»Wolltest du mich sprechen, um mir diese Version zu erzählen?«
Max zögert, scheint nach Formulierungen zu suchen.
»Ich habe etwas recherchiert, was dir nicht neu sein dürfte. Großvaters Bruder Walter ist damals verschwunden. Aber nicht in der Spree. Er ist nach Zürich gegangen, weil er mit Großmutter, mit der er ein Verhältnis hatte, dort leben wollte. Sie ist ihm nicht gefolgt. Er hat bis zu seinem Tod in bescheidenen Verhältnissen gelebt, obwohl er über eine Million Reichsmark mit in die Schweiz genommen hatte, Geld, das er aus der Firma veruntreut hatte. Als er starb, wußte nur Großmutter von dem vielen Geld in der Schweiz. Du hast ihren Haushalt aufgelöst – und den von Tante Trude.«
»Eine schöne Geschichte«, sagt Paul, und er ist sich nicht sicher, daß das überzeugend klingt.
»Du hast Phantasie, du solltest Krimis schreiben.«
Max lächelt.
»Da Walter möglicherweise unser leiblicher Großvater war, haben wir – also auch Mutter und ich – ein Anrecht auf das Geld.«
»Abgesehen davon, daß das alles ein Hirngespinst ist, wieso hast du auf einmal so einen Gerechtigkeitssinn, was das Familienvermögen betrifft?«
Max schweigt, trinkt sein Glas leer und schaut Paul zum ersten Mal an.
»Ich diskutiere nicht mit dir. Ich gebe dir die Chance, das Geld unter Brüdern zu teilen, andernfalls . . .«

»Weißt du was, dann beweise das doch alles erst einmal. Und wenn da wirklich Geld ist, dann teilen wir es.«
Paul trinkt ebenfalls sein Bier aus, legt Geld auf die Theke und geht. An der Tür dreht er sich noch einmal um, grinst und sagt:
»Unter Brüdern, versteht sich.«

»*Bernd Schroeder ist ein ganz wunderbarer Erzähler.*«

Angela Wittmann, BRIGITTE

Johannes hat zwei Frauen und zwei Probleme: Lisa verlässt ihn, und seine Mutter kann er nicht verlassen. Als er es fast geschafft hat, greift sie zum letzten Mittel. Bernd Schroeder erzählt die endlose Liebesgeschichte eines Mannes zu seiner ersten Frau: witzig, manchmal bösartig und trotz allem liebevoll.

168 Seiten. Gebunden

www.deutscheautoren.de

HANSER